재건

RECONSTRUCCIÓN

RECONSTRUCCIÓN

재건

어느 이단자의 죽음

안토니오 오레후도 지음 ✣ 조구호 옮김

소담출판사

재건

펴 낸 날 | 2009년 2월 3일 초판 1쇄

지 은 이 | 안토니오 오레후도
옮 긴 이 | 조구호
펴 낸 이 | 이태권
펴 낸 곳 | 소담출판사
서울시 성북구 성북동 178-2 (우)136-020
전화 | 745-8566~7 팩스 | 747-3238
e-mail | sodam@dreamsodam.co.kr
등록번호 | 제2-42호(1979년 11월 14일)
홈페이지 | www.dreamsodam.co.kr

ISBN 978-89-7381-961-4 03870

- 책값은 뒤표지에 있습니다.
- 잘못된 책은 구입하신 곳에서 교환해드립니다.

| contents |

누리아 구스만과 에우세비오 비야누에바에게

작가의 말

이 소설은 허구이다. 하지만 이 소설에는 여러 책에서 직접 취했거나, 화자와 일부 등장인물의 입을 통해 어느 정도 변형된 사료와 다양한 견해가 포함되어 있다. 특히 이 소설은 슈테판 츠바이크, 조지 H. 윌리엄스, 롤런드 H. 바인톤, 그리고 앙헬 알칼라에게 많은 빚을 지고 있다는 사실을 밝혀둔다.

대화

잠자리에서 일어난 프레더릭 주교가 향수 섞은 목욕물을 준비해달라고 부탁하는 것으로 이야기는 시작된다. 방금 전 시중을 들러 들어온 수녀의 도움을 받으며 주교는 좋아 어쩔 줄 몰라 몸을 부르르 떨면서 미지근한 목욕물에 몸을 담근다. 베네딕트 수녀회에 속한 그 수녀는 관대하고 손놀림이 빠르다. 주교는 자기 혼자 하겠다며 그만 나가보라고 수녀에게 말한다. 그리고 두 눈을 감은 채 온몸의 감각을 총 동원해 목욕의 즐거움을 만끽한다. 어떤 의미로 보면 베른트 로트만[1]은 그의 작품이다. 그의 희망이기도 하다. 그리고 그의 욕망의 화신이고, 그 자신의 몸을 오랫동안 존속시켜주는 분신이고, 일종의 선물이다. 프레더릭 주교는 삶의 어느 순간 교황을 꿈꾸었지만 교황이 될 가능성은 없는 것 같다. 하지만 그 이상의 것을 얻었고, 그래서 만족스럽게 죽을 수 있을 것 같다. 만년에 주교가 받은 선물이라 할 수

1) 베른트 로트만(1495~1535년)은 뮌스터 재세례파의 지도자로, 이 소설의 핵심 인물이다.

있는 베른트는 주교에게 조금 더 멀리 나갈 수 있는 가능성을 보여주고 있다. 일종의 특별수당 같은 것이다.

프레더릭 주교는 베른트가 한낱 귀금속세공사의 아들에 불과했을 때 처음 만났다. 주교는 베른트에게 아버지를 불러오라고 한 다음 한 쪽 면에는 아론이 지팡이로 바위를 치자 바위에서 물이 콸콸 쏟아져 나오고, 모세와 그의 백성은 그 광경을 지켜보는 모습을 새기고 다른 쪽 면에는 야누스 신전 옆에 무기를 쌓아올린 채 불을 붙이고 있는 평화의 여신 팍스를 새긴 메달 하나를 제작해달라고 부탁했다. 귀금속세공사가 주교에게 보여준 메달의 문양 가운데 주교의 마음에 드는 것은 하나도 없었다. 젊고 아름다워야 할 팍스 여신이 전반적으로 맹하고 엉성하게 그려져 있었던 것이다. 당시 귀금속세공사와 함께 있던 어린아이를 예의 주시하고 있던 프레더릭 주교는 귀금속세공사에게 아이를 팍스의 모델로 삼으라고 제안했다. 그렇게 해서 그 장인은 마침내 아름답고 숭고한 팍스 여신의 모습을 제대로 구현해낼 수 있었다.

프레더릭 주교는 수녀를 불러 그 메달을 갖다달라고 부탁한다. 다시 한번 그 아이의 귀여운 얼굴을 보고 싶고, 다시 한번 손끝으로 아이의 형상을 어루만지고 싶은 것이다. 메달 뒷면에는 'CLAUDUNTUR BELLI PORTAE(전쟁의 문들이 닫히다)' 라는 글이 써어 있다. 팍스 여신의 신화를 메달에 새길 생각을 하게 한 것은 팍스 여신의 모델이 된 베른트였다. 베른트는 귀금속세공사의 작업을 감독하기 위해 작업실에 들르던 주교에게 그런 생각을 하게 만든 장본인이었다. 그리고 프레더릭은 메달 뒷면에 새겨진 글귀에서 소년의 미래를 읽을 수 있었다. 주교가 아니었더라면 소년은 그 귀금속세공사의 도제가 되어 나중에 장인이 되었을 것이다. 그러니까 소년은 자기 아버지의 작업실을 물려받아 오늘날 많은 돈을 벌게 되었을 것이다. 그러나 한 명의 귀금속 세공사 이상은 되지 못했을 것이다. 프레더릭 주교는 소년을 교육시키고 싶은데 허락해달라고 소년의 아버지를 설득했다. 그리고 소년에게 라틴어, 그리스어, 히브리어를 가르쳤다. 소년의 독서를 지도하고, 소년에게 감수성을 심어주었으며, 소년의 사고방식을 훈련시키고, 남자에게 키스하는 법과 남자를 애무하는 법을 가르쳤다. 그러고 나서 주교는 베른트에게 사제 서품을 받아보라고 제의했다. 베른트는 거부했다. 프레더릭은 자신이 인내심을 가져야 하리라는 사실을 깨달았다.

소년이 교리 교사 공부를 마쳤을 때 프레더릭은 소년에게 주교좌 성당 앞마당에서 설교를 하게 했다. 당시 세상 사람들은, 즉 뮌스터 사람들은 소년이 주교가 부리는 단순한 변덕의 소산은 아니라는 사실을 알아차렸다. 다양한 독서를 통해 함양된 창의력, 성서에 대한 깊은 지식, 그리고 얘기를 서술하는 열정과 재능, 주위 사람들의 삶을 이해하고, 그들의 관심사가 무엇인지 알아내는 열정과 재능은 그를 뛰어난 설교사로 만들었다. 그는 기민하고, 체계적이고, 잘 훈련된 두뇌를 소유하고 있었다. 그는 불과 몇 분 만에 설교 하나를 즉석에서 준비하고 가톨릭 교리가 담긴 길고 복잡한 설교를 매력적으로 바꿀 수 있는 사람이었다. 게다가 그는 날이 갈수록 더 미남이 되어갔다. 프레더릭은 작은 귀를 쫑긋 세운 채 베른트의 설교를 들으며 열광하곤 했다. 뮌스터의 남자들과 여자들은 청산유수처럼 쏟아지는 베른트의 청아한 목소리에 매료되어 황홀한 듯 설교를 듣고, 잘 다듬어지지 않아 야성적이고 거칠기까지 한 그의 아름다움에 마음을 빼앗겼는데, 그 아름다움은 일부 남자들을 당혹스럽게 만들었고, 일부 여자들의 마음을 녹여버렸다.

청년이 비범하다는 것을 항상 인지하고 있던 프레더릭 주교는 그가 대학에서 공부를 계속하지 않는 걸 애석하게 생각했다. 주교는 베른트의 아버지와 얘기한 뒤, 여러 길드 회원들을 모아놓고는, 그의 학비를 부담해달라고 설득했다. 그를 쾰른에서 공부시킨다는 것은 그와 오랫동안 떨어져 지내야 한다는 의미였지만 말이다. 프레더릭은 덜 모호한 에라스무스 한 사람, 가톨릭적인 루터 한 사람, 즉 기독교계가 그토록 필요로 하는 영적인 지도자 한 사람을 배출하는 것이 자신의 중요한 임무라는 사실을 항상 인지하고 있었다. 따라서 주교를 베른트에게 다가가도록 한 것은 단지 동성애적 음욕만은 아니었다. 가톨릭 공동체에 대한 진정한 관심과 새로운 교황을 길러내고 있다는 확신 역시 그를 움직이는 요인이었다. 이제는 베른트가 가톨릭교회의 성직자단에 들어오기만 하면 되는 문제였다. 베른트로트만은 중요한 정치적 역할을 수행하도록 부름받았고, 그것을 위해서라면 반드시 가톨릭교회 안에서 일해야 했다. 쾰른 대학교 총장이 프레더릭 주교가 보호하던 베른트, 즉 주교의 귀여운 아들이 학문적으로 얼마나 발전했는지 알리는 열광적인 편지를 보내올 때마다 주교는 총장에게 그렇게 말했다. 당시 총장이 베른트의 성격에 관해, 그러니까 베른트가 새로운 것을 지나칠 정도로 많이 받아들인다고 가끔 언급한 것은 사실이다. 그러나 이런 것을 '트집'이라고 부른다면, 이런 트집은 베른트가 사람들 앞에서 발표를 뛰어나게 잘하고 급우들과의 토론에서 빛나는 활약을 보인다는 얘기 속에 항상 파묻혀버렸다. 총장이 프레더릭 주교에게 보낸 편지에 따르면, 베른트는 라틴어, 그리스어, 히브리어 텍스트들을 깊이 있게 숙지했고, 수사학은 완벽하게 정복했으며, 비록 일반적인 사회규범을 거부하는 성향이 있기는 했지만, 정통파 교리에 속하는 독창적인 사고 체계를 구축하고 있었다.

주교와 총장은 베른트에게 압력을 행사해 결국 베른트가 사제 서품을 받도록 했고, 주교는 새 목자가 공부를 끝마치자 뮌스터 주교좌 성당의 양떼들 앞에서 첫 미사를 거행할 수 있게 조치를 취했다.

이제 바로 그날이 도래했고, 주교는 자신이 그토록 사랑하는 귀여운 아들을 맞기 위해 이렇듯 정성 들여 목욕을 하고 있는 것이다. 자신이 그토록 사랑하는 귀여운 아들을 위해. 프레더릭 주교는 눈을 감고 목까지 물에 담근 채 몇 분 동안 그대로 있었다. 밖에서는 성당 종소리와 흥겨운 음악 소리가 들려오고 있다. 북소리가 서서히 거리와 광장을 채우기 시작한 주민들의 흥을 돋아주고 있다. 프레더릭 주교는 갑자기 춤을 추지 않고는 못 배길 것 같은 기분을 느낀다.

"나는 그분과 여러 차례 춤을 추어야 했소."

"그건 흔한 일입니다. 발기도 되지 않는 늙은 주교와 단 둘이서 한 번쯤 춤을 추지 않은 사람이 어디 있었겠습니까?"[2)]

아름답게 치장한 나무들이 햇살을 받아 화사하게 반짝거린다. 프레더릭은 거리에 잔디를 깔고 건물들의 전면을 금실로 짠 벽포로 덮으라고 이미 이야기해놓았다. 도시로 드나드는 여러 출입구에 기병대와 포병대가 자리를 잡고 있다. 베른트가 지나갈 광장들은 모두 성장한 사람들로 가득 차 있다. 일부 주민은 개선을 축하하는 아치를 세워놓았다. 일부 주민은 특이한 시합들을 만들어놓았다. 일부 주민은 백일장을 열거나 우화적인 연극을 공연하거나 시 낭송회를 한다.

---

2) 특정 사건, 특정 인물에 관해 한 사람이 회고하고 상대가 그에 관해 견해를 밝히거나 되묻는 투로 이루어지는 이런 대화는 이 소설의 주인공인 베른트 로트만(요아힘 피스터)과 롤랑 사이에 이루어진 것으로, 베른트 로트만이 겪은 과거 사건들을 재건하는 데 중요한 역할을 한다.

길드들과 시청은 베른트를 환영하기 위해 기꺼이 돈을 썼다. 주교좌 성당 광장에는 대리석 기둥 두 개가 세워졌고 그 위에는 각각 황금사자상이 앉혀졌다. 두 사자상 사이에는 머리가 둘 달린 위압적인 독수리 상 하나가 놓였는데, 독수리의 머리는 백포도주와 적포도주를 내뿜는 꼭지였다. 거기서 아주 가까운 곳에서는 거대한 바비큐용 쇠꼬챙이에 황금빛 발톱과 뿔이 달린 황소 한 마리를 꿰어 돌리고 있다. 황소 배에는 작은 새들이 가득 채워져 있다. 아이들은 창문 아래에서 서로 밀고 밀린다. 어른들이 창문을 통해 아몬드 과자, 전병, 비스킷, 설탕에 절인 과일 등을 던져주고 있기 때문이다. 고함소리를 신호로 사과, 배, 밤, 호두, 설탕을 입힌 개암, 향기 나는 풀, 과자가 어린이들이 밟고 서 있는 멍석 위로 쏟아진다.

"그런 식으로 나를 환대할 줄 몰랐소."

"당신의 외모는 예수 그리스도 같았고, 당신은 외모처럼 아주 검소한 환영식을 기대하고 있었던 거지요."

"사람들이 나를 기다리고 있는 것은 알았지만, 이렇게 난리 법석을 떨 거라는 생각은 할 수 없었소."

이내 누군가가 베른트의 도착을 알린다. 군중이 우르르 밀려든다. 모두 더 좋은 자리를 차지하려고 애쓴다. 일부는 지붕으로 올라가고, 일부는 가장 높이 달린 격자에 매달리고, 다들 기둥이든 지주(支柱)든 돌출된 부분이면 가리지 않고 무엇에든 달라붙는다. 일부는 자기 집 장식창(裝飾窓)에 자리를 잡고서는, 도시의 출입문으로 베른트 로트만이 들어서기만을 기다리는 교회 당국자들을 바라보고 있다. 그곳에는 이미 목욕을 끝내 말끔하게 치장한 프레더릭 주교가 황금빛 고삐를 달고 궁둥이를 빨간색 천으로 장식한 높다란 백마 위에서 근엄한 자세로 기다리고 있다. 그 옆에는 시장과 길드 연맹 회장이 자리하고 있다. 그들 뒤로는 귀족 가문의 아이들이 끝없이 길게 늘어서 있고, 다시 그들 뒤로는 흑마를 탄 시의원들이 도열해 있다.

기다리던 순간이 도래하기 직전에 군중 사이에서 흥분을 못 이기는 짧고 가녀린 신음 소리가 새어 나온다. 모든 군중은 기다리던 순간이 도래했을 때 한꺼번에 토해내기 위해 함성을 참고 있는 것 같다. 드디어 베른트가 도착한다. 처음에 그를 제대로 알아보지 못한 사람들은 본 행렬에 앞서 도착하는 시동이나 순례자일 거라 생각한다. 그러나 나귀를 타고 오는 그를 뒤따라오는 사람은 아무도 없다. 머리카락이 어깨까지 늘어지고, 수염이 가슴까지 닿는 모습으로 초라한 어린 나귀를 타고 오는 그 남자, 발등까지 덮는 누추한 복장으로 온몸을 감싼 채 샌들을 신고 오는 그 남자가 바로 베른트 로트만임에 틀림없다. 그래, 그가 바로 베른트 로트만이다. 한순간 아무도 박수를 치거나 환호성을 지르지 않는다. 음악이 멈춘다. 맨 먼저 평정을 되찾은 사람은 바로 프레더릭 주교이다. 베른트의 외모에 신경을 쓰고 싶지 않은 그는 거칠게 자란 수염과 머리카락은 쾰른의 젊은이들 사이에 유행하는 것이라고, 항상 반항적이던 베른트의 성격 탓이라고 생각한다. 프레더릭이 말에서 내려 베른트에게 다가간다. 베른트 역시 나귀에서 내린다. 완연하게 성장해 있다.

"집에 온 걸 환영한다, 아들아." 주교가 그에게 말한다. 그리고 그를 껴안는다.

주교는 베른트의 어깨가 떡 벌어진 것을 알아차린다. 어렵사리 그를 껴안은 주교가 그의 귀를 핥으려고 하나 그가 얼굴을 빼낸다. 그 동작이 주교의 가슴을 아리게 만든다. 주교는 베른트로부터 감사의 말, 예의를 갖춘 말 몇 마디를 듣겠거니 내심 기대하고 있었지만 베른트는 아무 말이 없다. 그저 씩 웃기만 한다. 그의 표정이나 시선에는 감동을 받은 흔적이 없다. 짜증도, 분노도, 고뇌도 드러나 있지 않다. 여전히, 그래 여전히 아주 미남이다. 긴 머리카락 사이로 평온한 얼굴과 명징하고 파란 시선이 드러난다. 주교는 그의 몸이 성한지, 오는 도중에 별일이 없었는지 알고 싶어 한다. 그러나 베른트는 아무 대답도 하지 않는다. 대신에 입을 다문 채 씩 웃어 보인다. 행복감이 드러난 평온한 미소가 그를 바라보고 있는 주교의 두 눈동자에 깊이 각인된다.

군중 역시 베른트의 꾀죄죄한 모습이나 쾰른 식의 이상야릇한 패션이 환영식을 망쳐버리는 걸 용납할 수 없었기 때문에 환호성을 터뜨리고, 방금 도착한 사람에게 박수갈채를 보내며 환영을 표시한다. 행렬이 주교좌성당을 향해 나아간다. 연도에 늘어선 주민들이 그들에게 꽃을 던진다. 이곳에 있는 주민들은 베른트의 외모를 보고서도 처음에 그를 본 사람들만큼은 놀라지 않는다. 베른트의 외모에 관해서는 이미 소문이 퍼져 있고, 광장에서 행렬이 도착하기를 기다리는 사람들도 이미 상황을 충분히 이해하고 있었기 때문이다. 주교는 그런 환영식이 베른트에게 어떤 인상을 주는지 확인하기 위해 가끔 고개를 돌려 베른트를 쳐다본다. 그러나 별다른 인상을 받은 것 같지는 않다. 베른트는 길 양옆을 번갈아 바라보면서 박수갈채를 보내는 사람들에게 고개를 살짝 숙여 감사를 표시한다. 행진하는 도중에 군중 사이에 끼어 있는 유년 시절의 친구 셋을 발견하고는 잠시 걸음을 멈추고 나귀에서 내려 인사를 한다. 롤, 키오프레이스, 빈네라는 친구들이다. 그들은 이미 활기도, 매력도 없는 배불뚝이 남자가 되어 있다. 어렸을 땐 아주 미남이던 빈네는 완전히 대머리가 되어 있다.

행렬은 주민들의 환호성과 미친 듯이 울려 퍼지는 종소리 사이를 통과해 주교좌성당에 도착한다. 말에서 내린 그들은 성당으로 들어가서 각자의 자리에 앉는다. 프레더릭 주교는 베르트를 대동한 채 성물실(聖物室)로 향하고, 그 사이 뮌스터의 주민들은 거대한 성당 안을 가득 채운다. 두 사람이 미사 집전을 위해 옷을 갈아입었을 때, 주교가 베르트에게 참으로 기억할 만한 순간이라면서 설교를 해달라고 부탁한다. 주교좌성당 안은 사람들로 가득 찬다. 모든 사람이 듣고 싶어 하는 설교는 프레더릭 주교의 설교가 아니다.

"이들은 당신의 양떼입니다, 하느님."

오르간이 '라' 플랫 음을 떨듯 계속해서 울려대는 동안에 베르트는 신자들의 열기를 느끼며 주교의 발치에 겸손하게 무릎을 꿇고, 그의 손을 잡아 입을 맞춘다. 흥분한 프레더릭은 베르트의 입술에 닿아 있는 자신의 손가락을 그의 입 속에 집어넣으려 애쓰나 베르트가 거부한다. 이것은 두 사람 사이에서 벌어지는 소리 없는 전투로, 이 전투에서 늙은 주교는 패배자가 된다. 성당 구석에 위치한 합창단의 천사 같은 코러스가 신자들에게 신앙심을 북돋아주고, 그들을 초대하여 단 하나밖에 없는 영적인 몸과 하나가 되게 한다.

미사가 거행되는 동안 프레더릭 주교는 베르트에게서 눈을 떼지 않는다. 베르트는 열정적으로 기도하고, 노래하고, 하느님의 말씀을 봉송한다. 겉모습과는 달리 말투와 음성은 예전보다 한결 나아져 있다. 설교할 순간이 되자 베르트는 결연한 태도로 설교대 발치를 향해 다가간 뒤 겸손한 태도로 마호가니 계단 서른 칸을 한 칸 한 칸 올라가서 신도들 위에 선다. 그는 감히 앞을 쳐다볼 수도 없다는 듯이, 또는 내적으로 변신을 시도하고 있는 듯이, 두 손을 모은 채 다소곳이 고개를 숙이고 있다. 미사 중에 항상 나오기 마련인 웅성거리는 소리나 두런거리는 소리도 사그라진다. 성당 안에 정적이 감돌자 베르트로트만이 고개를 쳐든다. 프레더릭은 형형한 베르트의 두 눈을 보고 갑자기 흠칫 놀란다. 로트만은 두 손을 설교대의 보조 받침대 위에 올려놓은 채 이미 몇 세기가 지난 오늘날까지도 여전히 들리는 것 같은 박력 있는 목소리를 공명판(共鳴板)과 성당 벽을 향해 토해낸다.

"만약 제가 지난 5년간 공부하면서 무언가를 배웠다면, 그것은 바로 우리의 친애하는 프레더릭 주교님께서 이끌고 계시는 가톨릭교회가 곪고 썩어 있다는 사실입니다. 기독교인으로서 우리의 의무는 이 단체에 불을 질러 파괴해버리는 것입니다. 그리고 제 말이 과장이 아니라는 것을 여러분께서 확인하실 수 있도록, 제가 뮌스터를 떠나 신학을 공부하기 위해, 여러분께서 지금 보고 계시는 저 무능한 늙은이에게 어떤 일을 해야 했는지를 시간순으로 말씀해드리겠습니다."

그 5년 동안 베른트 로트만은 쾰른에서 공부만 했다. 공부 말고 다른 것은 일절 하지 않았다. 항상 아침 일찍 일어난 그는 신묘한 속독술 덕분에 오전에만 책을 여러 권 읽어냈다. 그는 독서한 내용을 메모하고 숙고했다. 동료들이 여흥을 즐길 때에도 그 모든 것에 들어가는 돈은 자기 것이 아니라는 사실을 인식하고 공부에만 집중했다. 언젠가는 공부밖에 모르는 싱거운 사람이라는 오명을 씻어버리기 위해 조금 과한 짓도 시도해보았는데, 다른 동료들처럼 여흥을 즐기려다 밤새 구토를 하고 말았다. 그가 대단한 유머 감각을 지녔으리라는 생각은 도저히 할 수 없을 정도였다. 그가 진정으로 좋아한 것은 토론을 하고, 지적인 투쟁에 몰입하는 것이었다.

공부를 더 많이 하고, 성서를 더 많이 읽을수록 예수 그리스도의 형상은 니케아공의회에서 콘스탄티누스 대제에 의해 조작되었고, 예수 그리스도의 말씀은 콘스탄티누스 대제 이후의 모든 교황들에 의해 왜곡되었다는 사실이 명확해질 뿐이었다. 교회는 원래의 메시지가 지닌 소박함이나 명료함과는 무관한 이익과 야심을 추구하는 기구(機構)로 바뀌어버렸다. 수많은 전임자들과 마찬가지로 베른트 로트만 역시 개혁의 필요성을 느꼈다. 제르손[3]과 피에르 다이이[4]의 강연을 듣고, 위클리프[5], 후스[6], 요아힘 피오레[7]의 저술들을 읽었으며, 토마스 아 켐피스[8]의 '데보티오 모데르나[9]', 공동생활을 함께 하던 수사들, 에라스무스 등에 관심을 기울였다. 그리고 자연히 루터라는 괴짜를 다른 시각으로 바라보기 시작했다.

독일 출신 이단자 루터는 몇 년 전 비텐베르크 대학 부속성당 정문에 가톨릭의 대사(大赦)[10]제도 남용에 반대하는 95개 조의 반박문을 붙였다. 루터라는 수사가 분노와 원한에 사로잡힌 괴물 같은 인간이라는 말을 들으면서 자란 베른트는 루터가 악마가 아니라 가톨릭에 대한 긴 불만의 사슬의 마지막 연결 고리라는 사실을 알게 되었다.

---

3) 제르손(1363~1429년)은 교회의 타락을 우려해 교회 회의를 열어 교황 둘을 퇴위시키고, 알렉산데르 5세를 새 교황으로 선출했다. 그러나 세 명의 교황이 싸우게 되자 1414년 제르손이 세 교황을 모두 퇴위시키고 마르티노 5세를 세움으로써 교회의 싸움은 종식되었다.

4) 피에르 다이이(1350~1420년)는 프랑스의 신학자이자 추기경으로, 교회개혁의 옹호자였다.

5) 위클리프(1320~1384년)는 성서를 번역했다는 이유로 이단으로 몰려 정죄를 받고 출회를 당했으나, 죽을 때까지 성서를 번역했다. '개혁의 샛별' 로 불리는 개혁주의자이다.

6) 후스(1369?~1415년)는 위클리프의 정신에 감화를 받아 교황 정치의 부패를 공격하고, 면죄부 판매를 반대했다. 『교회론』을 저술했다.

7) 요아힘 피오레(1145~1202년)는 시대를 성부의 시대, 성자의 시대, 성령의 시대로 나누어 설명했다. 그는 성령을 삼위일체에서 또 다른 위격으로 본 것이 아니라 성부를 나타내는 얼굴로 이해했다.

8) 토마스 아 켐피스(1380~1471년)는 92세의 나이로 죽을 때까지 70년 동안 성서 사본들을 복사하고 편지, 찬송가, 전기 문학을 쓰고 사람들을 상담하는 등 여러 활동에 헌신했다. 『장미의 정원』, 『그리스도를 본받아』, 『영적 훈련』, 『영혼의 고독』, 『고독과 침묵』 등을 저술했다.

9) '근대적 헌신' 을 뜻하는 '데보티오 모데르나(devotio moderna)' 는 14세기말에서 16세기 사이에 로마 가톨릭교회 안에서 일어난 종교운동이다. 의례나 형식보다는 명상과 내면생활을 강조함으로써 지나치게 사변적인 13세기와 14세기의 영성적 경향을 격하시켰다.

10) '면죄부' 를 지칭한다.

루터가 요구하던 개혁은 그리 새로운 게 아니었다. 그의 개혁은 몇 세기 전 가톨릭교회 중심부에서 태동해 비밀리에 활동하던 어느 개혁운동에 속해 있었는데, 그 개혁운동이 루터와 더불어 잠행을 끝내고 표면으로 드러난 것이었다. 그 수사와 비텐베르크 대학에서 학생들을 가르치던 다른 개혁주의자들은 베른트의 상상 속에서 다른 모습, 다른 함의(含意), 다른 의미를 획득해가고 있었다. 베른트는 그 남자들, 특히 그들의 사상이 금지된 것이었기 때문에 더 매력적으로 생각했을 뿐만 아니라 그들의 사상을 개혁에 필요한 것으로 보기 시작했다. 그래서 베른트는 수많은 젊은이처럼 쾰른에서는 정신병자 취급을 받을까 봐 하지 못하던 수많은 질문에 대한 답을 구하기 위해 어느 날 비텐베르크로 도망쳐버렸다. 그는 그곳에서 루터의 강연을 들었는데, 당시 루터는 성 바울의 편지들과 멜란히톤[11]의 편지들을 설명하고 있었다.

"루터를 딱 한 번 보았소. 자신의 계획을 실천하는 데 그토록 모질고 엄격하고 곧은 사람이 그토록 뚱뚱하다는 사실이 실망스럽더군요."

"그랬을 겁니다. 당신은 그가 하는 말을 직접 들었고, 또 그가 기도하는 대신 수녀에게 침을 질질 흘리는 모습을 상상하곤 했으니까요. 실제로 그는 수녀와 결혼했지요. 그는 자신이 비난하던 온갖 죄를 몸소 저지르는 성향이 아주 농후했는데, 특히 간음죄의 경우는 더욱 그랬답니다. 여자를 무지하게 밝혔거든요. 그런 것까지 가톨릭 사제들

---

11) 멜란히톤(1497~1560년)은 독일의 1세대 신앙 개혁가 중 가장 중요한 사람이다. '비텐베르크의 에라스무스'라는 별명을 갖고 있는 그는 냉철한 조직력의 소유자로, 즉흥적인 성격의 루터와 구별된다. 멜란히톤은 종교개혁이 오래 지속될 수 있도록 이론을 다듬었기 때문에 후대에 '독일의 교사'로 불렸다.

을 닮았다니까요. 제가 보기에는 그보다 멜란히톤이 훨씬 더 흥미로운 사람입니다."

"그렇지만 나는 그 사람을 직접 본 적이 없어요."

"지금은 나이가 지긋하게 들었을 겁니다. 하지만 저는 여전히 그의 강의를 기억하고 있습니다. 멜란히톤에 비하면 루터는 무식하고, 아니 천박하기까지 한 사람이지요. 멜란히톤은 세련되고, 교양 있고, 우아한 사람이었어요. 겉으로 보기에 그는 별로 준비도 하지 않고 강의를 하는 것 같았는데도, 그의 강의는 수사학적으로 흠잡을 데 없이 완벽했지요. 어떤 에피소드든, 어떤 묘사든 신학적인 정의를 심오하게 하고, 개념들을 엮어내고, 누군가 제대로 이해하지 못하는 것을 설명하는 데 도움이 되었어요. 강의 초반에 그가 들려주는 견해는 썩 중요해 보이지 않지만, 마지막에는 그 견해를 다시 취해 강의 전체를 아우르는 하나의 단서가 되게 했어요. 천재였지요. 그리고 루터보다는 호리호리했어요."

비텐베르크의 개혁주의자들은 베른트가 묻는 것에 죄다 대답해주지는 않았지만, 적어도 질문을 하는 것만은 허용해주었다. 그 순간부터 베른트는 두 가지 삶을 살았다. 하나는 쾰른에서 신학을 공부하는 공식적인 삶이고, 다른 하나는 루터파들의 강의를 비밀리에 수강하는 은밀한 삶이었다.

새 인쇄술에 베른트가 호감을 갖게 된 곳도 비텐베르크였다. 그가 처음으로 발견한 것은 냄새였다. 그는 인쇄소에 가서 진한 잉크 냄새와 종이 냄새를 맡는 것을 좋아했다. 냄새를 맡은 뒤에는 인쇄소 직원들과 대화를 나누기 시작했다. 작업 하나하나의 기술적인 사항과 세부적인 사항을 배웠다. 특별히 활자의 디자인과 조각에 관심이 많았다. 어떤 분야에서는 그가 귀금속세공사의 아들이라는 점이 두드러질 수밖에 없었다. 공부를 하는 동안 쾰른에 있는 어느 인쇄소에서 교정 일자리를 얻었다. 그가 맡은 업무는 오탈자를 찾아내는 것뿐만 아니라 의미를 제대로 전달해주지 못하는 모호한 문장을 수정하고, 인쇄할 원고에 들어 있던 관점과는 다른 관점을 제시하는 것이었다. 한가한 시간에는 끝이 납으로 되어 있는 첨필(尖筆)로 독특하고 멋진 서체를 디자인했다.

당시 비텐베르크를 지배하던 여러 사상에 심취한 그는 더욱더 비판적인 태도를 견지해갔다. 특별한 업적을 쌓지 않는다 해도 참된 신앙만 있으면 충분히 영원한 구원을 얻을 수 있다는 루터의 논지가 지닌 단순 명쾌함이 처음에는 매력적으로 보였지만, 이내 루터의 사상이 편협하다는 사실을 깨닫게 되었다. 사실 루터파들은 행위와 행동의 가치를 거부하면서, 베른트가 판단하기에는 썩 기독교적이지 않은 수동성을 고수하고 있었다. 베른트는 그리스도가 루터와는 달리 자기 자신의 구원에 그토록 집착하지는 않았을 것이며, 그 어떤 경우에도 이 세상의 온갖 폐단과 부정 앞에서 수수방관하지 않았을 것이라는 생각을 해보았다. 먼저 이 세상 것을 믿지 못한다면, 어떻게 다른 세상 것을 믿을 수 있겠는가 자문해보았다. 물론 베른트는 그 개혁주의자들과 두 가지 중요한 교리를 공유하고 있었다. 즉 성서가 유일한 권위라는 견해와 가톨릭교회에 대한 깊은 증오였는데, 그의 경우 그 증오에는 개인적인 이유까지 덧붙여졌다. 그는 자신의 이중생활을 아주 교묘하게 유지해 나갔고, 공부가 끝나자 사제가 되어 뮌스터로 돌아왔는데, 그의 의도는 가톨릭적인 거짓말과 싸우는 것이었다.

베른트가 주교좌성당 설교대에서 설교를 한 뒤 프레더릭 주교는 경위를 보내 그를 체포하는 것은 스스로 소멸해버릴 수도 있는 불을 괜히 되살려놓는 행위가 될 거라 생각한다. 주교는 그냥 물러서기로 마음먹는다. 단지 베른트가 설교를 하지 못하도록 조치해놓고는 베른트의 엉터리 행위가 큰 문제로 번지지는 않을 것이라 믿는다. 그러나 주교는 자신의 옛 아들이 지닌 증오심을 제대로 파악하지 못한 것이다. 베른트 로트만은 주교의 지시를 어긴 채 길드 연맹의 보호를 받으며 계속 길거리 설교를 하고, 공공연하게 주교를 모욕한다. 프레더릭은 결국 정신이 딴 데로, 과거로 가버리기라도 한 것처럼 자폐증에 가까운 증세에 빠져버린다. 멍한 시선을 허공에 둔 채 오랫동안 침묵 속에 침잠해버리기 일쑤이다. 신중하게 생각을 하는 것이 아니라 갑자기 만사가 귀찮아졌기 때문이다. 일종의 도피인 셈이다. 베른트는 주교의 그런 수동성을 헛되이 날려버리지 않고, 그곳에 도착한 지 일 년 만인 1532년 1월 신앙에 관한 자신의 이론을 2절판 4쪽짜리 책자로 출간한다.

"나는 그 책자를 지금까지 간직하고 있어요. 내가 처음으로 발간한 책이니까요."

주교궁은 뮌스터 외곽에 자리하고 있다. 주교궁 정면에 거대한 현관문 두 개가 있고, 그 문들 위로 중앙 홀의 발코니가 달려 있다. 처마를 받치고 있는 아치형 갤러리 하나가 건물 전면에 배치된 주교궁의 수수한 외관은 내부의 장엄한 분위기와 대조를 이룬다. 건물 중앙에 있는 거대한 주 계단은 중이층(中二層)과 연결되어 나무 판자를 깐 아치형 복도로 이어지는데, 그 복도를 통해 어느 방으로나 들어가게 되어 있다. 그 방은 소박한 격자천장(格子天障), 여러 색깔을 칠한 나무 도리들, 그리고 꽃의 여신들과 동물 형상들이 그려진 작은 아치형 천장으로 장식되어 있다.

주빈석에 앉아 고위 성직자 회의를 주관하고 있는 관대한 표정의 남자는 막 뮌스터의 주교로 임명된 프란츠 폰 발덱[12]이다. 주교좌성당에서 일어난 사건에 관한 소문은 화약이 터지듯 폭발적으로 퍼져나간다. 겁에 질리고, 불만에 젖고, 영적인 지도에 목말라하던 주변 마을 사람들이 로트만에 관한 소식을 듣고 뮌스터로 모여든다. 최근 몇 주 동안 순례자 수백 명이 뮌스터로 들어와 황홀한 듯 그의 말을 경청했다. 많은 사람이 공공연하게 가톨릭교회를 거부하고 두 번째 세례를 받았다. 뮌스터의 상황을 전해들은 황제는 아주 강한 어조로 자신의 생각을 피력했다. 지금 독일에서 유일하게 필요 없는 것 한 가지를 말하자면, 선동가 하나를 공부시키느라 우리 돈을 쓰는 바보뿐이오. 프레더릭은 즉시 자리에서 쫓겨나고, 황제는 그 대신 말수가 많기로 유명하나 차분하고 관후한 외모 속에 자신이 과격한 정통파라는 사실을 감추고 있는 발덱 주교를 앉혔다.

프란츠 폰 발덱 주교는 대략 이런 말을 하고 있다. 우리가 원시 기독교주의의 근원적인 순수성으로 회귀해야 한다고 신경질적으로 소리치는 자들이 원하는 게 도대체 뭡니까? 과거의 기독교주의는 맑고, 순진무구하고, 진정한 것이었다는 생각은 터무니없는 상상에 불과해요. 하지만, 그래요, 복음주의자들은 사람들을 선동해서 가톨릭교회가 부패와 쇠퇴의 온상이라 믿게 하려고 그런 거짓말이 필요한 거라고요. 그 로트만이라는 자가 염원하는 그런 순순한 기독교주의는 결코 존재하지도 않았어요. 존재할 수가 없지요. 그 사람이 영적인 목표를 추구한다고 하는데, 그런 영적인 목표가 의미를 가지려면 가톨릭교회가 세상에서 현실적인 모습을 지녀야 해요. 그리고 지상의

---

12) 프란츠 폰 발덱(1491~1553년)은 뮌스터의 봉건영주이자 주교로, 재세례파의 반란을 진압했다.

다른 모든 제도와 마찬가지로 가톨릭교회는 일상사에 필요한 일들과 의무를 수행해야 되지요. 그런 것들을 수행하기 위해서는 공국의 왕이나 상인들과 썩 다르지 않은 방식으로 처신해야 하는 겁니다. 가톨릭교회는 왕실의 결정에 영향을 미쳐야 하고, 과학과 문예에 영향을 미쳐야 하고, 부유해져야 하고, 그래요, 부유해져야 하지요. 영혼이 황금 때문에 비굴해지지 않을 수 있는 단 한 가지 방법은 황금을 소유하는 것이니까요. 특이하게도 정치 · 경제적인 상황이 어느 정도 안정 단계에 도달하면 사람들이 어떤 정신적 모험을 거리낌 없이 감행하게 되는데요, 그때 그런 위선자들이 우리가 그리스도로부터 멀어져 있다고 소리를 치며 나타나는 거라고요. 마치 우리가 나사렛 예수 시대에 있기라도 한 것 같다니까요! 도대체 그들이 원하는 게 뭡니까? 우리가 사제복을 벗어던지고 맨발로 진흙 위를 걸어 다니는 거랍니까? 도대체 그들이 추구하는 게 뭐냐고요? 그들이 진정 가톨릭교회의 부를 추구하는 겁니까, 아니면 기독교계의 파괴를 추구하는 겁니까? 그런 태도는 그리스도의 이름이 이 땅에서 사라지게 하는 가장 효과적인 방법입니다. 만약 가톨릭교회가 지상의 부에 의존하지 않는다면, 이 세상에서 영향력을 유지할 수 있을까요? 만약 교황께서 공국의 왕처럼 처신하시지 않는다면 누가 우릴 진지하게 대하겠어요? 우리 순진하게 굴지 맙시다. 그리스도의 왕국은 이 세상에 속해 있지 않지만 가톨릭교회는 속해 있어요. 그리고 세상에는 우리를 파괴하려는 적들이 가득해요.

그런 반역을 종식시키기 위해서는 상당한 유연성을 발휘하고, 대단히 교묘하게 처신해야 한다고 프란츠 폰 발덱은 믿고 있다. 도시를 확 쓸어버리고 싶은 생각이 간절하지만, 전쟁만은 피하는 게 옳다고 판단한다. 가장 현실적인 조치는 여전히 자신의 영향력 아래에 있는 본당들을 그대로 보존하고, 자신들이 반역자들로부터 주교좌 성당을 강탈하는 일이 생기지 않도록 유화적인 조치를 취하는 것이다. 가톨릭의 보루를 지키고, 동시에 복음주의적 운동이 과격해지지 않도록 애를 써야 한다. 그러기 위해 그는 루터를 추종하는 단체와 학교를 하나씩 허용해줄 준비가 되어 있다. 아울러 그들이 가톨릭의 제도들을 존중해준다면, 그들에게 재정적인 특권을 허용해줄 준비도 되어 있다. 이것이 바로 시청에, 그리고 로트만을 전폭적으로 지지하는 길드 연맹에 전해야 할 메시지이다. 주교는 협상안에 서명하기 위해 양측의 회합을 요청한다. 회합 날짜와 중립적인 장소 한 곳을 정하나, 회합이 성사되기 24시간 전에 시 측에서 뮌스터 교구 내 각 지역 본당의 주임 신부를 모두 파면시키고 그 자리에 베른트 로트만의 동조자들을 임명한다. 베른트 자신은 그 도시의 상징인 성 람베르트 성당의 설교사로 임명된다. 협상안에 서명하기 위한 회합은 즉시 취소된다.

발덱 주교의 보좌신부들은 주교더러 불쾌한 일이기는 하지만 속내를 드러내지 말라고 설득한다. 2주 뒤 주교는 다시 회합을 주선할 밀사를 보낸다. 다시 회합 장소와 날짜가 정해진다. 그리고 회합이 성사되기 24시간 전에 베른트 로트만 측 사람들이 그 도시 인근에 있는 텔그테 수도원을 습격한다.

"매일 밤 텔그테 수도원에 주교좌성당의 참사회원들이 모인다는 것은 우리가 어린 시절부터 알던 사실이오. 악마적인 모임이라고들 했소. 하지만 실제로 악마적인 것은 전혀 없었소. 그 모임에서는 몬시뇰[13]들이 부도덕하게 어린 견습 수녀들을 데리고 열심히 놀아났을 뿐이오. 그날 밤 그 견습 수녀들의 아버지들이 무리를 지어 몬시뇰들을 찾아갔소. 사건은 그렇게 일어난 거요. 아버지들은 몬시뇰들을 하나씩 밖으로 데리고 나와 주교좌성당 광장에 알몸으로 묶어놓았소. 날씨가 아주 추웠지요."

이번에 주교는 이성적으로 행동하지 않는다. 관구 병사들을 집집마다 보내 군대 갈 나이가 된 젊은이들을 데려오게 한다. 강제 징집이다. 징집을 거부하는 자는 죽인다.

"그 순간 우리는 예기치 않게도 사태가 긴박하게 돌아가고 있는 것을 깨달았소. 그 당시까지 우리는 반역자가 되는 연습을 하고 있었거든요. 하지만 그 순간부터 우리는 진지하게 행동할 것인지, 장난을 그만둘 것인지, 계속 갈 데까지 가볼 것인지, 협상을 할 것인지 결정해야 했소. 물론 우리가 아버지들과 후견인들과 선생님들께 반항하는 것은 어느 정도 자연스러운 일이었소. 우리 같은 젊은이들은 그들을 개자식이라 부르고, 그들을 아무 쓸모없는 늙은이들로 대하고, 그들의 생각을 조롱하잖아요. 우리 같은 젊은이들은 우리가 아무리 타격을 가하고 경멸을 해도 그들이 견뎌낼 수 있을 만큼 충분한 힘을 지닌 굳건한 나무들이라고 믿지요. 게다가 아직 어리기 때문에 그렇게 믿어야 하기도 하구요. 하지만 사실은 그렇지 않아요. 그들 역시 나약한 잔뿌리 몇 개로 어렵사리 스스로를 지탱해야 할 나약한 관목에 불과해요. 물론 그들은 약간의 활기는 지니고 있으나, 공격이 드세면 스스로 방어를 하고 나서기 마련이오. 이게 바로 사건의 경위라오. 그러니까 우리는 젊고 과감하기 때문에 지상에서 기독교주의를 혁신하도록 부름 받은 몸이라고 스스로 믿고 있었소. 그리고 우리는

---

13) 가톨릭교회의 고위 성직자에 대한 경칭(敬稱)이다. '나의 주인'이란 뜻을 지닌 이탈리아어(monsignor)에서 유래한 이 칭호는 아비뇽유수 시대에 프랑스에서 사용되기 시작했다. 오늘날은 자치권을 행사할 교구를 갖지 않은 교황청의 고위 성직자와 주교 서품을 받지 않은 덕망 높은 성직자가 교황으로부터 이 칭호를 받는다.

뻔뻔스런 자들이 누리는 호사를 우리 스스로 누렸을 뿐만 아니라, 우리 분노의 희생물들이 자신들에게 굴욕을 주던 사람들, 그러니까 우리를 오히려 칭찬해야 한다고 생각했소. 하지만 사실은 그렇지 않았소. 그렇게 될 수도 없었고요. 텔그테 수도원 사건이 발생한 이후 프란츠 폰 발덱 주교가 우리를 뭉개버리기로 작정했거든요."

뮌스터에는 매일 순례자들이 찾아온다. 일부는 혼자서 일부는 집단으로 오는데, 각자의 믿음을 갖고 온다. 그들은 실제 상황을 살펴보고 나서 그리스도 교회가 되돌아올 수 없는 지점에 이르렀다고 판단한다. 그들은 의학에 관심을 갖고 있기도 하다. 즉 의학을 성서에 맞춰 개혁해야 한다는 것이다. 하지만 개혁을 어느 정도나 할 것인지에 관해서는 각자의 생각이나 선호하는 방법이 다르다. 매주 열리는 각종 회합에는 그들 모두가 참석한다. 물론 그중에는 온건한 가톨릭 교도들도 포함되어 있다.

"나는 그들 각자가 자유롭게 의사를 표현하고, 그 누구도 자신들에게 불편한 사상을 받아들여야 한다는 의무감 같은 것을 느끼지 않도록 그들에게 용기를 주었소."

"그건 잘못된 겁니다. 모든 사람이 흥분해 있는 그런 상황에서 그런 식으로 권고하는 것은 무책임하거든요."

"내 생각에는 그리 무책임한 권고는 아니었소. 무엇보다도 나는 가톨릭교회의 오류를 반복하고 싶지 않았거든요. 교황이 되고자 한 것도 아니고요. 나는 결정이 조직원들의 합의에 의해 이루어지기를, 또 원하는 사람은 누구든 시청에서 열리는 각종 회합에 참석할 수 있기를, 또 누구든 두려움 없이 각자의 의견을 개진할 수 있기를 간절히 원하고 있었소."

"감동적이군요."

"아니오. 그보다는 진실하고 순수한 거지요."

"그건 그렇습니다. 하지만 그처럼 진실하고 순수한 것은 통제를 할 수가 없습니다. 그 같은 문제로부터 품위 있게 벗어나려면, 명령을 해야 하고, 폭군으로 변해야 합니다."

"하지만 나는 명령하는 걸 좋아하지 않았소. 폭군이 되는 건 더욱더 싫었고요."

"그건 이미 알고 있습니다. 당신은 순수하고 착한 사람이었고, 당신은 변함없이 일찍 일어나 독서를 하고, 메모를 하고, 묵상을 했지요. 과거에 당신은 현실에 눈을 뜨고 싶어 하지 않았어요. 사실 복음주의자들 가운데는 광신자들도 있지요."

"그건 아주 잘 알고 있소. 그곳에 슈트라파데, 그러니까 헤르만 슈트라파데 같은 인간이 있었는데, 그는 살아가면서 그 어떤 상황에서도 이단을 보면 참지 못했소. 그는 그 어떤 것에도 동의하지 않는 사람이었소. 그가 나서는 건 늘 뮌스터로 들어오는 사람들을 통제할 수단을 제시하기 위해서였소. 자신이 복음주의자라고 공개적으로 밝히지 않는 사람은 뮌스터에서 추방당할 수밖에 없었소. 그는 복음주의자가 아닌 사람들을 가려내기 위해 성인들은 의무적으로 세례를 받아야 한다고 천명했소. 두 번째 세례를 받기 싫은 사람들은 모두 뮌스터에서 추방당할 처지에 놓였소. 즉시 두 집단이 형성되었소. 세례는 무의미하다고, 세례가 금과옥조가 될 만큼 본질적인 것은 아니라고 생각하는 사람들이 있었소. 한편, 만약 누군가가 스스로 복음주의자라고 천명하고 성서가 유일한 권위라고 인정한다면, 그는, 자기들이 첫 번째 세례를 주관했다고 스스로 천명함으로써 세례의 권한을 자기들 것으로 만들었던 교황주의자들로부터 그 권한을 빼앗아야 한다고 생각하는 사람들도 있었고요. 성서는 그에 관해 아무 말도 하지 않아요. 나는 우리 모두가 양보해야 한다고 제안하고, 어린이들에게 세례를 주는 것이 어리석은 일이라는 사실을 깨우쳐주자고 제안했소. 그리고 세례를 원치 않는 사람에게는 세례를 강요하지 말자고 제안했고요. 나는 군대를 소유하고 있던 가톨릭교도들과 그 문제에 관해 사전에 합의를 해놓았거든요. 합의를 위해 열린 회의에서 과격파들은 내가 온전한 복음주의자가 아니라고 주장했는데, 그들 가운데에는 내 친구도 많았소. 한편 온건주의자들은 내가 타협을 모르는 극단주의자로 변했다고 떠들기 시작했소. 하지만 나는 처음에 하던 일을 계속하고 있었어요. 길거리에서 빵과 포도주로 모든 사람을 위해 미사를 집전하고 설교를 했소. 언젠가 이런저런 사람들이 분노를 터뜨리며 나를 질책하려 했는데, 그들은 과거에 나를 옹호해주던 바로 그 마을 사람들이었소."

뮌스터에 도착한 얀 복켈손[14]은 뮌스터가 열정과 즐거움이 넘치는 도시라는 것을 알게 된다. 오히려 그런 점이 마음에 걸린다. 그는 늘 세상의 종말을 도덕적, 사회적 퇴락에 대한 막연한 불안감과 연결시켜왔기 때문이다. 게다가 그는 걸핏하면 분노를 표출하는 사람이다. 원래 음울한 성격을 지녔기 때문이 아니라 단지 모호한 환경에서 처신을 더 잘하기 위해서이다. 그것이 전부이다. 주민들이 거리로 몰려나와 여기저기 돌아다니다가 멈춰 서서 서로 인사를 나누고 함께 모여 대화를 하는 바람에 행인들의 보행을 방해하기 일쑤이다. 그는 뮌스터가 참 특이한 도시라고 생각한다. 특이한 냄새가 난다고 생각한다. 길거리에는 악사들, 음유시인들, 행상인들이 보인다. 시끌벅적

---

14) 얀 복켈손(1509~1536년)은 독일 뮌스터의 재세례파 지도자이다.

혼란스러운 거리 모습에 놀라워하면서 그곳이 냉랭한 독일이라기보다는 이탈리아 남부나 스페인을 더 많이 닮았다고 생각한다. 하지만 북유럽의 어떤 나라라도 기온이 충분히 올라가기만 한다면 그렇듯 지중해적인 나라로 바뀔 수 있는 법이다. 뮌스터라는 도시는 별로 진지하지 않고 오히려 경박해 보이기까지 한다. 모든 게 그가 싫어하는 이단적인 분위기를 풍기지만, 그곳이 세상의 종말에 중요한 역할을 할 것 같은 징후는 전혀 보이지 않는다. 이런 기후에 이런 거리를 지나다니는 예쁜 아가씨들 때문에 묵시록에 씌어 있는 논리라는 게 영 허술하게 느껴진다.

복켈손은 시청사로 향한다. 시장과 길드 연맹 대표들이 그를 기다리고 있다. 그는 이미 자신을 예언자 얀 마티스[15]의 사절로 소개해두었다. 그렇게 하면 자신이 어느 정도의 정치적인 중량감을 갖게 되리라 생각했기 때문이다. 그러나 실제로는 시장도, 시의회의원들도, 장인들도 마티스라는 이름을 결코 들어본 적이 없다. 그들은 모든 사람을 단순하게 받아들인다. 그들은 시민들의 민사 문제를 처리할 때에도 복음서를 간결하고 직설적으로 적용하기로 했다. 시청에는 문서도 없고, 탄원도 없으며, 서류에 서명을 할 필요도 없다. 그저 대화를 나누고, 의견을 교환하고, 덕담만 할 뿐이다. 사람들 사이에 신뢰를 복구하려는 의도만 보인다.

그들은 타원형 탁자에 둘러앉아 있다. 차가운 분위기를 깨기 위해 복켈손은 도시의 건축물과 기후를 칭찬하고, 그런 상황에도 사람들이 만족한다는 사실이 놀랍다고 말한다.

---

15) 얀 마티스(1500~1534년)는 독일 뮌스터의 재세례파 지도자이다. 1533년 그가 얀 복켈손과 함께 뮌스터에 '시온 왕국'이라는 재세례파의 천년왕국을 건설하려다가 실패한 이후, 네덜란드의 수많은 재세례파 신도가 죽임을 당했다.

"가톨릭교도들은 반석 하나로 사람들을 덮어버리면 그들의 강한 충동을 잠재울 수 있다고 믿지요. 하지만 우리가 들판에서 무거운 돌 하나를 들어올리면 어떤 일이 일어납니까? 그 돌 밑에는 더 강한 충동과 독성을 지닌 생명체가 존재하고 있잖아요."

참, 시장은 설상가상으로 시인이 되어 있다.

"베른트가 뮌스터에 즐거움을 주었죠." 시장이 계속해서 말한다. "가톨릭교도들은 신앙심 깊은 사람들을 순종적으로 만들기 위해 그들의 어깨에 무거운 짐을 올려놓았는데, 베른트가 그 짐을 떨쳐버리는 법을 가르쳐주었어요. 비유하자면, 베른트는 방을 어둡게 하는 커튼을 젖혀버린 거지요. 한마디로 우리 도시의 창문을 모두 열어버렸다니까요."

그 자리에 참석한 장인들은 시장의 말에 동의한다. 특히 크니퍼돌링[16]이라는 뚱뚱한 남자가 시장의 말을 주의 깊게 듣고 있다. 그는 참석자들이 시장의 말에 그런 식으로 동의하는 것에 고마움을 느낀다. 반면에 복켈손은 그런 화기애애한 분위기에 구역질을 느끼고 있다. 그는 참석자들의 눈이 휘둥그레지도록 스승이 자신에게 가르쳐준 수학적 연산을 해보이고, 뮌스터가 세상에 목자적 환술을 행하기 위해서가 아니라 '대전쟁'을 유발하기 위해 부름 받은 곳이라는 사실을 가르쳐줄까 하는 생각을 잠시 해본다. 그들이 자기 생각에 찬성할 것인지 반대할 것인지 가늠해본다. 그는 감탄스럽다는 듯 시장을 바라보고 있는 뚱보 장인을 쳐다본다. 시장은 행복한 미소를 머금은 채 복켈손을 바라보고 있다. 복켈손은 입을 다물기로 작정한다. 아주 불편한 침묵이 흐른다. 시장과 장인들은 이 젊은 친구가 무엇을 원하는

16) 크니퍼돌링(1495~1536년)은 뮌스터의 재세례파 지도자이다.

지 묻고 있는 것 같다.

"로트만을 만나보고 싶습니다." 이내 복켈손이 말한다.

시장과 길드 연맹 회원들은 남자의 거만한 태도에 놀란다.

"지금은 가능하지 않아요." 뚱보 크니퍼돌링이 갑자기 신중한 태도로 대답한다. "지금 베른트는 어딘가에 틀어 박혀 글을 쓰고 있는데, 그 누구도 방해할 수 없어요. 베른트는 적당한 순간이 되었다고 판단될 때 비로소 밖으로 나오거든요."

뚱보는 지금 자신이 할 수 있는 일은 바로 복켈손에게 로트만에 관한 찬사를 늘어놓는 것이라고 생각한다. 뚱보는 이론가이자 연설가인 베른트가 책을 읽고, 읽은 것에 관해 생각하고, 성서의 의미에 관해 사람들에게 설명하는 것을 좋아한다고 복켈손에게 말한다. 베른트가 지닌 인식의 줄은 항상 팽팽해서 결코 느슨해지지 않으며, 다시 팽팽하게 만들기 위해 일부러 느슨하게 만들지도 않는다고 말한다. 게다가 그들은 베른트에게 단체 하나를 조직해서 일상에서 일어나는 자잘한 일에 얽매여 살라고 부탁할 처지도 아니라고 말한다.

복켈손은 뚱보의 말을 건성으로 들으면서 베른트가 방구석에 틀어박혀 외간 여자와 섹스를 하고 있을지도 모른다는 상상을 해본다.

그 순간 문이 열린다. 키가 썩 크지는 않으나 삐쩍 마른 몸에 수염을 가슴까지 늘어뜨리고, 발등까지 덮는 암갈색 사제복을 입은 남자가 나타난다. 새삼스레 소개하고 말 것도 없다. 베른트 로트만이다. 계급적인 조직 문화에 아주 익숙한 복켈손이 자리에서 일어난다.

"베른트, 저는 라이덴의 얀 복켈손입니다. 마티스 선지자가 당신과 당신의 업적에 관해 이야기하는 것을 들었습니다. 선지자는 당신에게 축하 인사를 드리라고 저를 암스테르담에서 이곳으로 보냈습니다."

기독교주의를 원상복구하려다 보니 온갖 미치광이들이 끼어든다. 이건, 다른 말로 표현하면, 바로 베른트 로트만이 생각하고 있는 바와 같다. 그는 씩 웃고 있다. 그리고 그는 암스테르담의 선지자 마티스를 본 기억이 없다. 베른트는 그를 모른다고 말한다.

"선지자 마티스와 저는 호프만[17] 선생님의 직계 제자입니다." 복켈손이 분명하게 밝힌다.

"호프만의 제자들이라고요?" 베른트가 묻는다. "세상이 멸망하는 시점을 잘못 예측하는 바람에 스트라스부르 감옥에 수감된 바로 그 호프만 말인가요?"

킥킥 웃는 소리가 들린다. 뚱보 크니퍼돌링은 얼굴이 벌겋게 상기되어 있다. 빈정거리는 질문이 아니었기 때문에 복켈손은 화를 삼키고, 베른트 로트만의 말이 사실임을 인정하는 수밖에 없다. 호프만 선생은 묵시를 잘못 예언함으로써 투옥되어 있다. 그럼에도 불구하고 복켈손은 호프만이 날짜를 잘못 맞춘 것이 아니라, 성서에 암시되어 있는 수학적 연산을 해석할 때 한 가지 오류를 범한 것뿐이라고 설명해준다. 구약은 당시의 계산법을 따랐기 때문이라는 등.

"얀, 우리는 세상의 종말이 가깝다고는 생각하지 않아요." 베른트가 복켈손의 말을 자른다.

"아, 그렇습니까?"

"그래요. 우리는 좀 더 온건하고 소박한 논리를 따릅니다. 기독교주의의 시원적인 순수성을 복원하고 기괴한 가면을 벗겨버리려는 거지요. 우리는 아무것도 파괴하지 않아요. 그저 온건한 개혁을 통해

---

17) 멜히오르 호프만(1495~1543년)은 1533년 스트라스부르에 나타나서 그 도시에 6개월 이내에 예수재림이 이루어지고 천년왕국이 건설된다고 주장하다가 투옥되어 10년 뒤 사망했다.

현재의 상황을 개선하려 할 뿐이지요."

복켈손은 시청사를 나서면서 실망감을 느낀다. 알고 보니 로트만이라는 자는 우둔할 뿐 아니라 온건주의자이며, 신의 영광보다는 평화를 추구하는 개혁주의자로 결국에는 가톨릭교도보다 더 해로운 존재가 될 거라 생각한다. 한마디로 무른 사람이다. 복켈손이 실의에 젖어 뮌스터 거리를 걷고 있는데, 어느 설교사가 즉흥적으로 내뱉는 말이 그를 붙잡는다.

"가톨릭교도들은 우리가 혁신적이라며 우리를 깎아내리려 합니다만, 정작 혁신적인 사람들은 바로 그들입니다. 새로운 우상과 미신을 만들어낸 자들이 바로 그들입니다. 우리는 대사와 순례와 고백과 서원(誓願)과 미사에 동의하지 않습니다. 우리는 그런 것들이 악의 원천이기 때문에 이 지구상에서 쓸어버리려는 겁니다."

복켈손은 그가 마음에 든다. 열정적인 사람이다. 복켈손 또래로 보이는 그는 설득력 있게 열심히 설교를 한다.

이제 설교사는 목소리를 높여 묻는다. 젖가슴이 잘린 성녀 아게다, 쇠갈고리에 얼굴이 부서져버린 성녀 마르티나, 혀가 잘려 개들에게 던져진 성 테렌시오, 살가죽이 벗겨진 성 바르톨로메, 산 채로 매장된 성 비탈리스, 내장이 밖으로 나와버린 성 에라스무스 같은 사람들이 숭배하는 종교가 도대체 무슨 종교냐고. 신께 이르는 길은 다르다고, 성서를 통해 똑바로 가야 한다고, 그는 주장한다. 신부도, 교황도, 교회도, 성화도, 성상도 필요하지 않다고 말한다. 모든 성모와 성인을 파괴해야 한다고. 하지만 그는 은유적인 의미로 파괴해야 한다고 말하는 게 아니다. 은유의 시대는 이미 끝났으니까. 그는 직설적인 의미로 파괴해야 한다고 말한다. 그리스도의 정통성을 한시 바삐 파괴해야 한다고. 그리고 우선은 성당의 장사치들을 즉시 추방해야 한다고 말한다. 필요하다면 떠밀어내야 한다고.

설교가 끝나자 복켈손은 그에게 다가가 자신을 소개한다. 재세례파교도 복켈손, 라이덴 출신의 얀 복켈손인데, 선지자 얀 마티스의 사절로, 뮌스터가 새로운 예루살렘인지 아닌지 알아보기 위해 이곳에 파견되었다고.

하인리히 크레히팅[18]이라는 젊은 설교사는 상냥한 태도로 복켈손에게 인사하고, 그에게 관심을 표하며, 식사에 초대한다. 하인리히는 뮌스터의 현재 상황을 복켈손에게 알려주고, 가톨릭교도들이 베른트에게 걸고 있는 희망에 대해, 베른트가 5년 전 군중의 환호를 받으며 도착한 것에 대해, 주교좌성당에서 행한 멋진 설교에 대해, 프레더릭 주교의 불행한 몰락에 대해, 사람들의 열성에 대해, 모든 시민이 베른트 로트만에게 보여준 무조건적인 지원에 대해 이야기해준다.

복켈손은 뮌스터가 시대의 흐름에 비해 지나치게 들떠 있는 것처럼 보인다는 둥, 로트만은 대치 중인 적을 상대하기에는 지나치게 온건하다는 둥, 아주 교묘하게 이런저런 얘기를 흘린다. 복켈손은 하인리히라는 사람이, 뭐랄까, 대화를 지나치게 좋아하는 사람이라는 사실을 알아차린다.

"가톨릭교도들은 종교에 관심을 기울인 적이 없어요." 복켈손이 말한다. "영적인 것은 그들과는 멀리 있어요. 그들은 권력에만 관심이 있다고요. 양해각서니, 평화협정이니 하는 것들은 그들이 지배권, 즉 잃어버리기를 거부하는 그 지배권을 얻기 위한 사전조치에 불과해요. 제 말에 동의하나요, 하인리히?"

---

18) 하인리히 크레히팅(1501~1580년)은 뮌스터의 재세례파 지도자이다.

"나는 그런 얘기를 당신처럼 대놓고 과감하게 한 적이 없습니다. 하지만 나도 물론 그 점에는 동의합니다. 베른트의 개혁 의지를 의심하지 않습니다만, 가끔은 종교 의식을 개혁하는 것으로는 충분하지 않고, 좀 더 과격해져야 한다는 생각을 해봅니다. 개혁해야 할 것은 삶이고, 세상이죠. 하지만 베른트는 하나의 신화예요. 그와 겨룰 수는 없어요. 솔직하게 얘기하면, 내 꿈은 돈이 필요 없고, 모든 것이 모두의 것이고, 모든 부패의 근원이 되는 사유재산이 없는 진정한 기독교적 단체를 하나 설립하는 거예요. 뮌스터의 토양은 비옥하죠. 남녀불문하고, 주민들은 근면하고 관대해요. 우리는 우리의 노력으로 살 수 있게 되고, 즐거운 마음으로 신을 섬김으로써 우리의 삶을 성스럽게 만들 수 있어요. 여기 있는 우리는 첫인상과는 달리 그리 경박한 사람들이 아니에요."

두 사람은 대화를 나누며 도시를 산책한다. 여러 곳을 방문하고, 사람들과 얘기를 나누고, 각각의 본당을 책임지는 개혁주의자 설교사들의 설교를 듣는다. 복켈손은 뮌스터에 대한 자신의 첫인상을 수정하고, 뮌스터 주민들은 자신을 이끄는 사람들보다 더 과격하다는 사실을 깨닫기 시작한다. 하인리히는 복켈손더러 그곳에 머무르라고 선동한다. 그는 자신들처럼 생각하는 사람을 많이 알고 있다며 복켈손더러 자기 집에서 함께 살자고 한다. 하지만 복켈손은 선지자 마티스가 초조하게 기다리고 있는 암스테르담으로 돌아가야 한다. 마티스가 임박한 세상의 종말 이후 신께서 자신의 도시를 세울 만한 곳으로 뮌스터를 선택하셨는지 알고 싶어 하기 때문이다.

"선지자에게 뭐라 말할 겁니까?"

"전에는 아니라고 말하려 했는데, 이제 보니 그렇다고 말해야겠다는 확신이 드네요."

그날 밤 복켈손은 두어 시간 눈을 붙인 뒤 암스테르담을 향해 떠난다. 반드시 필요할 때만 잠깐씩 쉬면서 여행한다. 3일 뒤 마티스는 지친 모습으로, 하지만 고무된 모습으로 도착하는 복켈손을 보게 된다. 선지자는 흐뭇한 마음으로 그의 뮌스터 방문담을 듣는다. 복켈손은 이야기에 적당히 양념을 칠 줄 아는 사람이다. 하지만 선지자 마티스는 즉시 뮌스터로 떠날 테니 채비를 하라는 명령은 내리지 않는다. 그는 이런 결정을 내리기 전에 스트라스부르 감옥에 갇혀 있는 멜히오르 호프만과 얘기를 나누고 싶어 한다. 그곳까지의 여행은 길고 힘들다. 마티스는 그다음 날 동행도 없이 길을 나서서는, 10일이 더 걸려서야 스트라스부르 시로 들어서는 문에 도착한다. 스트라스부르에 도착한 마티스는 숙소를 찾지 않고 곧장 감옥으로 가서 멜히오르 호프만과의 면회를 신청한다. 면회를 허락받은 그는 호프만 앞에 무릎을 꿇고 앉아 새로운 소식을 전하고 조언을 청한다. 스승의 말은 그를 당황스럽게 만든다. 그대가 어떻게 하든지 상관하지 않겠네, 난 감옥에 있잖은가. 그가 결론을 내린다. 내 생각에는 자네가 괜히 헛고생을 할 것 같네.

1543년 1월 2일 진눈깨비가 흩날리는 가운데 마티스와 복켈손이 길을 떠난다. 선지자의 부인인 디아라도 함께 가는데, 하필이면 바로 그날 생리를 시작한다. 맹렬한 추위가 기승을 부리는 바람에 일행은 객줏집에 든다. 상인처럼 용의주도하게 처신함으로써 선지자치고는 꽤 넉넉한 마티스는 이런 상황을 예견해 돈을 지참하고 있다. 하지만 복켈손은 계속 뭔가를 골똘히 생각하고 있다. 선지자가 부인과 친한 친구 하나만 달랑 거느리고 뮌스터에 들어갈 수는 없는 일이다. 선지자라면 모름지기 군중을 거느려야 한다. 그렇지 않다면, 그 누구도 그를 선지자로 대하지 않을 것이다. 복켈손이 마티스에게 그렇게 얘기하자, 마티스는 이해한다는 듯이 침울하고 심각한 표정으로 고개를 끄덕인다.

"말도 버리고, 객줏집에도 들지 말아야 해." 마티스가 결심한다. "걸어가면서 마을마다 들러 설교하고, 사람들에게 세례를 주고, 뮌스터는 유일한 구원이니 우리를 따르라고 설득해야 해. 그리고 우리 스스로 모범을 보여야 해."

그날 이후 그들은 뮌스터로 가는 길에 위치한 마을들을 빠짐없이 찾아간다. 3일이 걸려야 할 여정이 훨씬 더 지체된다. 자신들이 마을에서 성인들에게 세례를 받으라고 설교하면 마을 사람들이 바로 그 자리에서 성사를 청하리라는 확신을 품고 설교를 한다. 많은 사람들, 무엇보다도 파산하거나 자식에 치여 사는 농부들이, '천년왕국'[19]이 도래할 것과 그리스도가 정의와 평등의 왕국을 건설하기 위해 뮌스터에 입성할 거라는 이 선지자의 약속에 솔깃해 모든 것을 버린다. 군에서 불구가 되는 바람에 재입대가 불허된 병사들, 매독에 감염되어 얼굴이 상해버린 창녀들, 성적인 죄를 지어 추방당한 성직자들, 파산한 중년의 귀족들, 부랑자들, 그리고 도둑들은 갑자기 미신의 힘에 압도되고, 그런 절망자 부대의 숫자는 차츰차츰 늘어갔다.

마티스는 아무 말도 하지 않는다. 하지만 내심으로는 다른 부류의 사람들이 모여주길 바랄 것이다. 복켈손은 자주 허공을 바라보며 쓴웃음을 짓는 마티스를 보고는 결국 그의 고뇌를 알아차린다.

"가장 비천한 사람들이 예수 그리스도를 따랐다는 사실을 생각해봐요." 복켈손이 마티스의 옆을 지나가며 말한다.

---

19) 예수가 재림하여 지상을 통치한다는 신성한 천년(Millenium)을 의미한다.

계속 눈이 내린다. 게다가 길이 꽁꽁 얼어서 걷기도 어렵고, 밤을 보낼 장소를 찾는 것도 어려워졌다. 하지만 총무 역할을 맡은 복켈손은 항상 숲에 의지하거나 동굴로 들어가는 등 자연 속에서 도피처를 찾아낸다. 영혼을 인도하는 우리의 인도자들과 추종자들의 여정은 이루 말할 수 없이 힘들다. 풀뿌리와 양배추만 먹고 지낸다. 가끔은 그들을 동정해 밀기울이나 귀리 같은 것을 조금 나눠주는 사람도 있다. 어떤 날은 하느님이 그들이 가는 길에 구더기가 우글거리는 죽은 말 한 마리를 놓아두기도 한다. 그러면 그들은 좋은 부분을 차지하려고 서로 다투기까지 한다. 계속 나무껍질과 잡초로 연명하던 복켈손은 일행이 그런 썩은 고기를 먹지 못하게 하려고 애를 쓴다. 행진에 관한 신성한 규칙과 계획이 마련된다. 하지만 아무 소용이 없다. 그 누구도, 심지어는 마티스조차도 복켈손의 경고를 듣지 않는다.

썩은 고기를 먹은 선지자 마티스는 급기야 탈이 나서 며칠 동안 고생을 한다. 설사병에 걸린 것이다. 육신을 가진 것을 항상 부끄럽게 느껴왔던 그도 그 힘든 여정에서는 계속 육신의 포로가 되어 있다. 선지자가 녹초가 되어 설사를 줄줄 한다는 게 가당하기나 한 건가? 수도 없이 설사를 하던 중 한번은 심한 복통을 겪으며 자신의 믿음이 위기에 처해 있다는 느낌을 갖는다. 몇 년 전 '실체변화(實體變化)'[20] 사건 때도 이와 유사한 믿음의 위기를 겪었다. 신속하게 바지를 내려 뱃속에 들어 있는 내용물을 배설한 뒤에 만약 뮌스터에도 세상의 종말이 도래하지 않는다면 어떻게 될 것인지 자문해본다. 답이 없다. 그의 우윳빛 엉덩이로 눈송이들이 떨어진다. 눈송이가 미지근한 엉

20) 미사 때 빵과 포도주가 사제의 축성을 통해 '실재적으로 그리고 실체적으로' 예수의 몸과 피로 바뀌는 것을 말한다.

덩이 살에 닿는 순간 녹아버리는 것을 느낀다.

여행은, 앞서 언급했다시피, 디아라처럼 생리를 하고 있는 여자들에게는 훨씬 더 불편하다. 휴식 시간이면 생리 뒤처리를 하러 가는 디아라는 역시 헝겊 하나와 눈이 가득 든 용기를 든 채 덤불숲으로 들어가는 수녀와 마주치기도 한다. 사람들로부터 떨어져 나와 위생 문제를 처리하는 과정에서 디아라는 우르술라라는 여성을 알게 된다. 우르술라는 수많은 식물들 속에서 숨겨진 보물을 곧잘 찾아낼 줄 알았다. 여행을 하는 몇 주 동안 우르술라는 디아라에게 쐐기풀을 조리하는 법과 영양가 높은 씨앗들을 가려내는 법을 가르쳐준다. 그런 식물은 몸을 지탱하는 데 필요한 양분만 주는 게 아니다. 영혼의 양식으로도, 성령을 불러일으키는 소재로도, 또 그밖에 무엇으로도, 쓰임이 있다. 게다가 돈도 필요 없다. 그것들을 구분할 능력만 있으면 된다. 우르술라가 채취하는 각종 나뭇가지와 버섯은 길가에서 아무렇게나 자라고, 주인도 없다. 그 시기에 다른 데서 구하기 어려운 식물의 경우 작은 단지나 꾸러미 안에 넣어 다닌다. 살을 에는 추위 때문에 잠을 잘 수 없는 밤이면 디아라와 우르술라는 벨라도나, 싸리풀, 바곳, 양귀비, 그리고 해시시 등으로 만든 포마드를 몸에 바른다. 그러면 몸이 죽은 것 같다. 그런 환각성 포마드에 기대어 정신을 다른 데 팔면 몸이 추위를 더욱 잘 견디게 된다.

"만약 어떤 남자가, 자신이 새나 맹수로 변했다거나, 눈에 보이지 않게 되었다거나, 죽지 않게 되었다고 믿게 하려면, 싸리, 연꽃, 산사나무 열매, 그리고 벨라도나를 달인 물을 먹이세요." 뮌스터에 도착하기 조금 전에 우르술라가 디아라에게 말한다. "그리고 그에게 말하세요. 그가 새로 변했다고 말이에요. 그러면 당신은 그 사람이 정말 나는 것을 보게 될 거예요."

여행이 막바지에 이르렀을 때 선지자 마티스는 돈과 아주 세세한 지침이 들어 있는 봉투 하나를 부인에게 건넬 생각을 한다. 세상의 종말에 대한 자신의 수학적 계산이 또다시 들어맞지 않아 자신들이 도망쳐야 할 경우에 대비해 그 봉투를 도시 밖 안전한 장소에 묻어두게 하려는 것이다. 잠시 후 일행은 뮌스터로 들어간다. 뮌스터 주민들은 세상의 종말과 인간이 하느님의 마음에 들어야 할 이유를 외쳐대는 깡마른 인간들의 기괴한 행렬을 고개를 뺀 채 바라보고 있다. 진흙투성이의 남녀와 어린이 100여 명으로 이루어진 그들은 얼마나 굶주렸는지 얼굴은 뼈만 앙상하고, 발은 동상에 걸려 있다. 많은 이들이 지팡이에 의존한 채 빵을 구걸한다. 위엄이 있어 보이는 남자 하나가 그들을 인도하고 있다. 말처럼 키가 크고 머리가 붉은 남자이다. 그는 뮌스터가 새로운 예루살렘으로 선택받은 도시라고 외친다. 곧 세상이 붕괴하겠지만 뮌스터에 사는 사람들은 살아남을 것이라고 장담한다.

"하지만 그 전에 여러분은 하느님과 새로 약속을 해야 합니다. 어린이에게 세례를 주는 행위는 그만두고 여러분, 어른들이 세례를 받아야 합니다! 어린이에게 세례를 주는 것은 악마적인 행위입니다. 성서를 읽으세요! 성서에는 어린이에게 세례를 주라는 말이 없습니다! 그에 관한 계명도 없습니다. 여러분, 영원히 죽고자 하지 않는다면 세례를 받으세요!"

행렬이 지나가는 모습을 보려고 고개를 빼고 있는 사람들 가운데에는 하인리히 크레히팅이 있다. 크레히팅은 붉은 머리의 남자를 뒤따라가는 친구 복켈손을 알아본다. 복켈손은 크레히팅더러 자신들을 따라 주교좌성당 광장까지 가자는 신호를 보낸다. 행렬이 광장에 이르자 크레히팅은 그들을 도와 야영 준비를 한다. 필요에 따라 순례자들을 분류하고, 병자를 간호하고, 변소 지을 땅을 파고, 밤을 보내기 위해 성당 안을 정리하고, 후원 물품을 받아 사람들에게 나눠주어야 한다. 복켈손이 높은 곳으로 올라가 명령을 내린다. 음식과 옷은 받되 돈은 받지 마세요. 그 누구도 돈을 받지 말아야 합니다. 돈 속에 사탄이 숨어 있습니다. 그런 말이 많은 사람의 마음을 사로잡는다. 사람들은 그날 밤 당장 세례를 받게 해달라고 부탁한다.

조금 뒤, 선지자와 그의 부인, 그리고 복켈손이 인심 넉넉한 주민들 덕분에 극심한 허기를 달래며 배를 채우는 사이 젊은 크레히팅은 뮌스터 주민들의 쾌활함과 열정에 관해 이야기한다. 쾌활함과 열정은 뮌스터의 경제 상황이 나빠져도 결코 식은 적이 없다고 덧붙인다. 그는 가톨릭교회의, 세리 같은 탐욕과 주교의 정치적 특권에 관해서도 비판한다. 머릿속으로 모든 정보를 기억해둔 복켈손은 선지자에게 성인들의 세례에 관해 설교할 때 어른에 대한 세례가 사회적으로 어떤 의미인지를 이야기하라고 설득한다.

"거둬들이는 세금의 8할이 곧바로 가톨릭교회로 갑니다." 그다음 날 마티스가 설교한다. "그리스도께서 우리에게 가르쳐주시는 것이 고작 그런 겁니까? 세금은 우리가 매년 얻는 소득에 대해 매겨져야 합니다. 우리가 거둬들인 수확량이 줄어들고, 우리의 사업이 크게 실패했을 때에는 우리에게 고정된 세금을 내라고 강요할 수 없는 법입니다. 그리스도께서 우리에게 가르쳐주시는 것이 고작 그런 겁니까? 그리스도께서 여러분의 자식을 그런 엉터리 전쟁에서 죽으라고 하십니까? 빌어먹을 성당 하나를 짓는 데 바치라고 하십니까? 그렇다면, 무엇 때문에 여러분은 그따위 것들을 받아들이십니까? 평화란 정의를 희생시켜가며 유지될 수는 없는 것입니다. 우리는 압제를 견딜 수 없습니다! 우리는 평등한 조건에서 살고 싶습니다!"

그날 선지자 마티스가 혼자 감당하지 못할 만큼 많은 사람이 세례를 해달라고 몰려든다. 복켈손과 크레히팅이 함께 사람들에게 세례를 준다. 하느님과 새로 약속을 하고자 하는 뮌스터 주민의 숫자가 수천에 이른다. 이후 몇 주 동안 마티스는 돈과 사유재산을 공동체에 넘기는 기독교적 의무를 철폐하자고 주장함으로써 사람들의 감정을 폭발시킨다.

"내가 과연 어떤 상황에 처해 있었는지 당신은 궁금할 거요."

"아마도 그럴 테지요."

"난 당신이 무엇을 생각하는지는 모르겠소만, 가정은 할 수 있소. 내게 세례를 받으라는 압력이 갈수록 강해졌소. 이단자들이 세례를 받게 되면, 그들은 정통성을 지키는 사람들만큼이나 음흉해질 수 있는 법이오. 교활한 슈트라파데는 나를 설득하는 것을 포기하는 대신 내 친구들, 특히 하인리히 롤이라는 절친한 친구를 설득하는 게 낫겠다고 생각했소. 나를 설득하려 애쓰던 사람은 '내 사람', 즉 나와 가장 가까운 사람이었소. 그들에게는 두 번째로 세례를 받는 것이 원시 기독교를 완벽하게 재현하는 것처럼 보였으니까요. 강을 사이에 두고 두 사람이 서 있는 형국이었소. 결론은 아주 단순해요. 도저히 합치될 수 없어요. 하지만 그들은 두 번째 세례를 받아야만 현재의 상황을 뒤집을 수 있다고 생각했소. 즉 하느님과 인간 사이에 개입하는 가톨릭교회의 권한을 부정하기 위해 두 번째 세례보다 좋은 건 없었던 거요. 그들이 세례에 어찌나 집착했는지 마치 수도사 같았소. 매일 수백 명이 세례를 받았는데, 특히 네덜란드 사람들이 도착한 이후로는 세례자 숫자가 더욱 늘었소. 많은 사람이 세례를 받을수록 나는 나 자신이 오류를 범하지 않는 극소수 가운데 하나라는 생각에 더 큰 기쁨을 느꼈소. 이는 인간의 자만심이 어느 정도까지 이를 수 있는지를 여실히 보여주는 사례라오. 나는 힘든 줄도 모른 채 설교를 하고 미사를 집전했소. 그런데 미사에 참석하는 사람의 숫자는 갈수록 줄어들었소. 전투 같은 노력이 실패로 끝나고 말았는데, 그 사실을 인정하기는 정말 힘들었소. 그리고 재미없고 무의미한 어느 미사에서 사건이 터지고 말았소. 내 눈이 어느 여자의 눈과 마주쳤던 거요. 한번도 본 적이 없는 여자였소. 그녀와 눈이 마주치는 순간 나는 뭔가에 물려 상처를 입은 것 같았소. 처음에는 전혀 드러나지도 않고 그리 심각해 보이지도 않지만, 나중에 보면 아주 치명적인 상처 말이오. 나는 이미 수백 명의 사람들과 눈이 마주친 적이 있었소. 하지만 온몸을 후끈 달아오르게 하는 그런 불꽃을 느낀 적은 단 한번도 없었소. 당신은 그런 걸 느낀 적이 있소?"

"언젠가 느껴보았죠. 하지만 저는 즉시 자위를 해버렸답니다."

"그런데 특이한 건 화창한 그날 오전, 성 람베르트 성당 광장에서 불꽃이 이는 경험을 하고도 자위를 하고 싶다는 욕구가 들지 않았다는 거요. 오히려 그 반대였소. 나 혼자 사정을 하는 건 그녀의 이미지를 더럽히는 것이라는 생각이 들면서 그녀가 화덕에서 부풀어 오르는 빵처럼 내 생각 속에서 부풀어 오르기 시작했던 거요. 그녀가 아름답지 않았다는 게 아니오. 사랑스런 여자였소. 또한 솔직하고 순수했소. 그래요, 신비롭고 성스럽다고 해야겠지요. 그녀를 생각하면서 내 몸을 만진다는 생각도 참을 수가 없었소. 그다음 날 나는 다시 그녀를 보러 갔고, 그다음 날도 또 갔소. 당시 내가 그녀를 두 눈으로 직접 보았는지, 상상의 눈으로 보았는지는 확실히 말할 수 없소. 지금 알 수 있는 건 당시 내게는 '예수의 최후의 만찬'에 담긴 의미도 썩 중요하게 여겨지지 않았다는 것뿐이오. 그때 나는 나를 보러 오던 사람들 틈에 그녀가 끼여 있는지 확인하는 데만 온통 신경을 쏟고 있었으니까요. 그리고 나는 늘 그녀를 볼 수 있었소. 그녀는 내게 보호 본능을 일으키는 섬세한 여자는 아니었소. 오히려 그 반대였소. 남자를 끌어당기는 육감적인 여자였소. 그래서 내가 '뭔가에 물려 상처를 입은 것 같다'고 방금 전에 말했잖아요. 아무 일도 없었다는 듯 살아가려고 애를 썼소. 하지만 자연은 섭리대로 움직이는 법이오. 나는 갑자기 만사에 흥미를 잃어버렸소. 책을 읽고 글을 쓰는 것도 재미가 없어졌소. 흥미를 되찾으려고 노력하고, 잡념을 떨쳐버리고 토론회에 몰두하려 애를 써보았지만, 아무 소용이 없었소. 시도 때도 없이 그 여자 생각이 났소. 계속해서 일찍 잠자리에 들었건만 쉽게 잠을 이루지 못했소. 그녀와 상관없는 것은 죄다 의미가 없어져버리고, 지루한 독백이 되어버리고, 재미가 없어져버렸소. 결국 어느 날 밤, 더 이상 참을 수 없게 된 나는 그곳을 도망쳐버렸소. 내 말을 잘 새겨들어요. 정말 도망을 쳐버렸다니까요. 마치 그녀에게 사로잡힌 듯이 말이오. 당시 내 느낌이 어땠는지 당신이라면 알 수 있을 거요. 나는 솔직해질 수도 없었고, 알지도 못하는 여자를 찾아 떠날 거라는 얘기를 친구들에게 할 수도 없었소. 나는 그 누구에게도 알리지 않고 사제복 대신 바지와 조끼를 입고는 그녀를 만날 수 있으리라는 희망을 지닌 채 슬그머니 빠져나와버렸던 거요."

도시는 축제 분위기에 휩싸여 있다. 선지자 마티스는 인쇄된 글뿐만 아니라 손으로 쓴 글의 전횡에도 종말을 선언한다. 그는 책, 책, 책이라고 말한다. 책이 우리에게 도대체 무슨 소용이 있습니까? 교황주의자들은 우리를 속이기 위해 늘 책을 이용해왔습니다. 읽을 만한 책이라고는 단 한 권밖에 없습니다. 바로 성서입니다. 성서에 모든 것이 들어 있습니다. 그 외에는 모두 제거해버려야 할 쓰레기, 똥입니다. 예수님께서 어떤 책을 읽으셨습니까? 우리 모두 집에 가서 책을 불태워버립시다. 인쇄된 글자는 모두 불태워버리자고요. 인쇄된 글자가 우리를 다른 사람의 종으로 만듭니다. 하느님께서는 우리가 자유롭기를 바라십니다. 책이며, 계약서며, 문서며, 등기부며, 출생증명서 같은 것을 모두 불태워버립시다. 구시대를 상징하는 모든 것을 불태워버립시다. 그렇게 해서 길모퉁이마다 화톳불이 피워지고 책이 불태워지게 된다.

주민들이 도시의 광장들을 점거한 채 각자의 집을 들락거리고 있다. 그들은 먹고 마시며 노래한다. 각지에서 몰려든 순례자들은 높은 곳으로 올라가 장사꾼처럼 자신들의 신앙심을 큰소리로 외친다. 베른트는 스스로도 이해할 수 없는 묘한 흥분과 열기에 휩싸인 채 뮌스터 거리를 싸돌아다닌다.

"그녀를 발견했소. 내 당신에게 정말 믿기지 않는 것을 하나 더 말해주겠소. 항상 그녀의 얼굴을 보았는데도 그녀의 목덜미를 보고 그녀를 알아보았소. 그녀는 사람들이 가득한 주교좌성당 광장에 있었소. 나는 군중 속으로 들어가다가 갑자기 그녀의 목덜미를 보게 되었소. 그게 그녀의 목덜미라는 것을 알았소. 그녀는 머리를 하나로 묶어 쪽을 지어놓았는데, 머리카락 몇 가닥이 목을 타고 어지럽게 흘러내려와 있었소."

베른트는 자신이 도망친 사실을 그녀가 알고 있고, 자기가 그녀를 쳐다보고 있다는 사실도 이제는 알고 있으리라 생각해본다. 그처럼 그릇된 예측을 하면서부터 베른트는 여자의 모든 몸짓이 자기에게 보내는 신호라고 해석해버린다.

그녀가 아무렇게나 흩어진 머리카락들을 한데 모아 머리핀 속에 집어넣는 동작이나 목덜미의 땀을 손바닥으로 훔치는 행위는 이제 전혀 의심할 바 없는, 하나의 의미를 지니고 있다. '나 좀 봐요.' 베른트는 파도처럼 밀려가는 빽빽한 군중 사이에서 차츰차츰 그녀에게 다가가고 있다.

"생각해봐요. 가슴이 쿵쾅거리더군요. 당시 나는 그녀가 나를 그곳까지 이끌었다고, 내가 그녀 등 뒤에 있는 걸 그녀가 알고 있다고, 그 때문에 그녀는 내가 무엇을 하기를, 첫 번째 시도를 하기를 기다리고 있다고 과신해버렸소. 하지만 그때까지 나는 그런 시도를 해본 적이 단 한번도 없었소! 사실 나는 당시까지 숫총각이나 다름없었으니까요. 물론, 바로 그해인지, 그 전해인지 어느 여자와 처음이자 마지막으로 육체적인 경험을 한 적은 있소. 스트라스부르에서였소. 당시 스트라스부르는 아주 자유로운 도시, 재세례파교도들에게는 천국이나 다름없는 도시였소. 매일 무슨 시합이 열렸소. 누군가 어느 단체의 건물 앞에 시합을 받아들이라는 쪽지를 꽂아놓고는 대답을 기다려요. 시끌벅적하고 자극적인 분위기였소. 그곳으로 온갖 개혁주의자들이 모여들었는데, 헤브라이즘 추종자들, 헬레니즘 추종자들, 그리고 일반 학자들도 있었소. 당시 나는 부처[21], 카피토[22], 슈벵크펠트[23]를 만났고, 크리스티안 엔트펠더[24], 한스 뎅크[25], 후트[26], 세르베투스,

---

21) 부처(1491~1551년)는 프로테스탄트 종교개혁자, 중재자, 전례학자로, 서로 대립하고 있던 종교개혁 집단들 사이의 화해를 위해 끊임없이 노력한 것으로 유명하다.

22) 카피토(1478~1541년)는 인문주의자로, 가톨릭 사제이다. 가톨릭 신앙을 버리고 스트라스부르에서 초기 종교개혁자가 된 카피토는 부처와는 달리 스트라스부르의 종교개혁을 방해한 급진좌파인 재세례파 및 다른 반대파들과 우호적인 관계를 유지했으나, 1534년에는 그들과 인연을 끊었다.

23) 슈벵크펠트(1489~1561년)는 영혼 속에 나타나는 내적 계시를 존중하는 특이한 기독교와 신비주의 사상을 주창하고 루터 등이 이끄는 종교개혁을 반대했다.

24) 크리스티안 엔트펠더(미상~1544년 이후)는 한스 뎅크의 추종자요, 후프마이어의 친구였다.

25) 한스 뎅크(1500~1527년)는 재세례파의 대표적인 신학자 가운데 하나로, 에라스무스의 자유의지론을 수용했으며, 사랑의 실천, 평화의 수호, 종교적 관용을 주장했다. 1525년 뮌스터의 신령주의적인 견해에 동조하면서 광신적인 신령파가 되었다.

요하네스 캄파누스[27], 그리고 후프마이어[28]와 친구가 되었소. 그들은 모두 아주 젊었고, 당신도 상상할 수 있겠지만, 지적 승부에 몰두했을 뿐 아니라 술집도 가고, 여자도 찾곤 했소. 나는 언젠가 그들을 따라갔다가, 첫 번째 시도를 해야겠다고 느꼈소. 바로 그날 밤 겪은 육체적인 경험이 전부였다오. 어쨌든 그녀는 내가 한 뼘 정도 떨어진 곳까지 다가갔을 때 자기를 껴안으라는 신호를 보냈소. 그녀가 나를 보았을 거로는 생각하지 않는다고 그녀에게 속삭였소. 실제로 그녀는 나를 본 적이 없었소. 그저 내 냄새를 맡았던 거요. 그녀가 말했소. 당신 냄새가 좋다고, 그리고 보지 않고도 당신이 가까이 있는 걸 느낀다고."

"잠깐만요. 당신이 첫눈에 그녀에게 반할 수도 있고, 밤에 그녀를 찾으러 나갔을 수도 있겠지요. 거기까지는 어느 정도 정상적인 과정이니까요. 군중 속에서 그녀를 찾아냈다는 건 좀 믿기 어렵지만, 그냥 넘어가지요. 당신 말대로 목덜미를 보고 그녀를 알아볼 수 있었다는 말은 믿을 수 없지만, 당신의 이야기에 토를 달고 싶지는 않군요. 그런데 당신이 얼굴도 대면한 적이 없는 여자와 그런 대화를 했다니, 이치에 닿지 않습니다."

"받아요. 포도주를 한 잔 더 하고 나면 모든 게 진짜처럼 보일 거

---

26) 후트(1490~1527년)는 역동적인 재세례파로, 후프마이어가 정당방위를 주장한 것과는 달리, 어떠한 경우에도 무력의 사용을 반대한 평화주의자였다. 1527년 체포되어 아우구스부르크에 투옥되었다가 감옥의 화재로 사망했다.

27) 요하네스 캄파누스(1500~1575년?)는 이탈리아의 천문학자이자 종교사상가로, 성찬전례와 삼위일체에 대한 루터의 해석을 비판했다. 최초로 유클리드의 원론을 라틴어로 번역해 출판했다.

28) 후프마이어(1485~1528년)는 재세례파로, 성서가 교회의 유일한 법이라고 천명하고, 교인은 성서의 영적인 표준에 따라 자라야 하는데, 말씀을 듣고, 회개하고, 믿음을 가지고, 세례를 받음으로써 진정한 그리스도인이 된다고 주장했다. 1528년 비엔에서 화형당했다.

요."[29]

"그건 그렇죠."

"그게 이치에 닿지 않는다는 건 부정하지 않겠소. 하지만 그 순간만은 아주 특이했소. 전에도 의미 없는 사건들이 그런 식으로 펼쳐진 적이 있었기 때문에 그런 대화조차도 내게는 자연스럽게 느껴졌다오. 그녀가 나를 기다리고 있었던 것 같은 느낌을 받았다고 말하지 않았소. 하지만 이렇게 설명해도, 이런 말들이 도저히 믿기지 않을 거요. 하지만 그녀는 분명 그렇게 말했소. 그리고 그 이후 발생한 일들로 미루어보건대, 왜 그렇게 되었는지 쉽게 알아차릴 수 있어요. 그녀는 다른 사람을 기다리고 있었던 거요. 내가 말했다시피 그날 밤 일어난 모든 일은 논리적이었소. 한마디로, '엉터리 논리'라고나 할까요. 하지만 그것도 논리는 논리라오. 시간이 흐르고, 그 당시 일어난 일을 회고해보면서 나는 당시 내가 알아차리지 못했던 것들을 깨달아갔소. 물론 내 기억이 정확하다고 확신하는지를 물을 수도 있겠죠. 그 순간을 이해할 수 있도록, 진짜처럼 보이도록, 지금 새로이 그 순간을 만들어내고, 재조립해내고 있는 건 아닌지 내게 물어볼 수도 있을 거요. 하지만 그건 알 수 없다오. 내가 주교좌성당 광장에서 이루어진 그 만남을 여러 번 기억에 떠올려본 건 사실이고, 또 그녀가 내 말을 듣고는 뒤에서 자기를 껴안은 게 누구인지 고개를 돌려 확인하고는 소스라치게 놀랐다는 것만 말해줄 수 있을 뿐이오. 그런 경험이 많지 않았던 나는 그녀가 소스라치게 놀라는 걸 보고도, 애정의 표현이라 착각하고는 그녀를 잡아당겨 몸에서 나는 빵 냄새, 신선한

---

29) '포도주'는 이 대화가 소설 후반부에 이루어지는 피스터(베른트 로트만)와 롤랑의 대화 중 일부라는 사실을 암시하는 장치이다.

이스트 냄새를 들이마시고는 헛소리를 해댔소.

'그리스도께서는 왜 우리 내부에 깃든 뱀의 충동을 잠재우지 않으셨을까요?'

'베른트, 뱀은 충동을 지니고 있지 않아요.' 그녀가 말했소.

'내 말은, 왜 하느님은 우리에게 사랑의 습격에 맞설 충분한 무기를 주시지 않았느냐 하는 거라고요.'

'하느님께서는 무기를 주셨지만, 우리는 약해요.'

'그래요, 우리는 약해요. 왜냐하면 우리의 나약함이 있어야 하느님의 권능과 자비가 더 두드러져 보이니까요.'

'그리고 죄가 없다면, 용서도 있을 수 없을 테니까요.'

'당신이 전에도 그런 말을 한 적이 있어요.'

'그렇다면 당신은 왜 세례를 받으려 하지 않나요?'

'세례는 예수 그리스도와 그분을 따르는 우리 사이의 결혼식 같은 거지요. 세례는 예수 그리스도께서 자유롭게 인간의 몸에 들어가는 것이라고요. 그건 성찬전례고, 영적인 교접이에요. 세례와 영성체와 교접은 동일한 것이죠. 모두 하나의 육체에 합쳐지는 거니까요. 어느 결혼식에 '남편', 즉 예수 그리스도께서 오셔서 당신의 손을 통해, 다시 말해, 그분의 복음전도자들인 우리를 통해, 결혼반지, 즉 빵을 집어 당신의 부인에게 주셔서, 그것이 음경처럼 부인의 몸속으로 들어가게 하시죠. 예수 그리스도는 계속해서 포도주가 든 성배를 손에 드시고, 그 성배와 더불어 당신 부인에게 진짜 육신의 피, 즉 자신의 씨앗을 주시는데, 그렇게 해서 예수 그리스도인 남편과 그분이 흘리신 피와 부인은 하나가 되는 거랍니다. 그렇게 해서 예수 그리스도인 남편은 당신의 부인 안에 있게 되시고, 그렇게 두 사람은 하나의 육체, 하나의 살, 하나의 영혼이 되죠. 두 사람은 서로에게 융제(融劑)가 되어 서로 뒤섞이고, 격정에 휩싸이죠. 우리를 흥분시키는 그 격정 말이오. 도대체 내가 무슨 말을 하고 있는지 모르겠군요.'"

격한 감정에 사로잡혀 평정심을 잃으려는 바로 그 순간 베른트는, 그 군중이 설교를 듣기 위해 모인 무리라는 걸 알아차린다. 복켈손이 손짓을 하자 주교좌성당 광장에 세워진 연단 위에 앉아 있던, 아주 근사하게 차려입은 마티스가 자리에서 일어선다. 성당이 작아 보인다. 수많은 순례자가 그때까지 그 선지자를 본 적이 없다. 마티스가 세상의 종말이 가까워졌다고 소리를 지르는 동안 불빛에 비친 그의 머리카락이 그 어느 때보다 더 활활 타오른다. 베른트는 붉은 머리 선지자 바로 곁에 있는 크니퍼돌링을 알아본다. 그리고 잠시 후에는 자기 친구인 하인리히 롤을 알아본다.

"저 사람이 누군가요?" 베른트가 묻는다.

"내 남편 얀 마티스예요." 여자가 대답한다.

네덜란드 하를렘 출신인 얀 마티스는 맛있는 도넛과 성체(聖體)를 만들어내, 네덜란드에서 유명해지더니 얼마 후에는 유럽 다른 지역에서도 유명해졌다. 아버지로부터 지방의 초라한 빵가게를 물려받은 그는 불과 몇 년 만에 빵가게를 번창하는 제빵공장으로 변신시켰고, 주교 관구 전체에 성체를 공급하게 되었다. 새벽에 일어난 얀은 화덕이 달궈지는 사이에 전날 밤 미리 준비해둔 반죽으로 커다란 빵과 달콤한 과자를 빚었다. 낮에는 빵을 굽고, 오후에는 마을을 돌아다니며 빵을 팔았다. 너무 바빴기 때문에 결혼도 잊었다. 마침내 결혼해야겠다는 생각을 하게 되었을 때 그는 이미 젊은 남자가 아니었다. 하지만 그를 도와 빵공장을 운영하고 자식들을 낳아줄 아가씨를 찾는 건 힘든 일이 아니었다. 어떤 여자라도 그 제빵업자와 결혼하는 것을 명예롭게 여겼을 것이기 때문이다. 그래서 그는 부유한 농사꾼의 딸로 들판에서 힘든 일을 하거나 가축을 다루는 데 익숙한 디아라와 결혼했다. 디아라는 빵 공장 일을 열심히 했으나 자식을 낳을 수는 없었다.

처음에는 자식 문제로 부부 싸움도 했으나 곧 종교적 열정으로 갈등을 극복했다. 두 사람은 하를렘 지역에 있는 가톨릭 본당의 열성적인 신자들이었다. 두 사람은 조용히 종교 행사에 참여했으며, 자신들의 교회에 정기적으로 넉넉하게 헌금을 했다. 그럼에도 불구하고, 얀 마티스는 밤마다 적막감 속에서 도넛을 빚고, 새콤달콤한 성체를 자르면서 그처럼 열심히 일하는 것이 무슨 소용이 있으며, 누구를 위해 그토록 성공을 꿈꾸는지, 또 자신들이 벌어들인 돈이 나중에 누구에게 돌아갈 것인지 자문해보았다. 그때 사건이 벌어졌다. 어느 일요일, 본당 신부가 성체, 즉 콩가루에 꿀을 넣고 딸기 향을 가미한 성체를 집어 들고는 '그리스도의 몸'이라고 말했을 때, 영성체를 할 때마다 늘 자신의 영혼을 사로잡던, 경외감과 빨려드는 듯한 느낌이 들지 않았던 것이다. 그는 차갑게 식어 있었다. 그것만이 아니었다. 그는 그 모든 것이 거짓임을 깨달았다. 이상하게도 그 전에는 거짓이라는 느낌이 전혀 들지 않았었다. 사실 그는 몇 년 전부터 성체를 만들어왔다. 그렇기 때문에 성체를 만드는 재료가 무엇인지, 어떻게 반죽을 하는지, 소금은 어느 정도 넣어야 하는지, 어느 정도 구워야 하는지 알고 있었다. 어떻게 해야 성체의 맛이 좋아지는지도, 성체에 지저분한 것이 어느 정도 들어가는지도 알고 있었다. 어떤 때는 별 생각 없이 지저분한 것을 반죽에 뿌리기조차 했었다. 성체 안에 하느님이 임해 계시는 것은 불가능한 일이었다.

하지만 문제는 거기서 끝나지 않았다. 그런 생각은 죄악이었고, 죄악이라는 사실을 인식했으면 성체를 통해 주님을 받아들이지 말았어야 했는데도 그는 예전처럼 영성체를 했다. 성체를 입에 문 채 잃어버린 신심을 되찾으려 했지만, 성체에 소금을 지나치게 많이 넣었다거나, 꿀과 딸기를 지나치게 적게 넣었다는 사실만 뇌리에 떠오를 뿐이었다. 성체에서는 빵 맛만 느껴질 뿐이었다. 이제 성체는 하느님의 살이 아니고, 하느님의 살이 될 수도 없었다. 미사가 끝나고 성당을 나서면서 부인에게는 아무 얘기도 하지 않았다. 자신의 심경을 고백하지도 않았다. 그런데 가장 놀라운 일은 그런 사태가 진정으로 고민이 되지 않는다는 것이었다. 아무 일도 없었다는 듯 그냥 지나가기를 바랐다. 하지만 그렇지 않았다. 정반대였다. 아니 더 심했다. 도움을 받을 만한 성구를 성서에서 찾아보았으나 밀가루 조각이 하느님의 진정한 살로 변한다는, 신비로운 생각을 뒷받침해줄 단어는 단 하나도 찾을 수 없었다. 그리고 설령 성서에 그런 사실이 씌어 있다 할지라도 그는 믿지 않았을 것이다. 그의 경험은 그에게 정반대의 믿음을 들려주었기 때문이다. 이상하게 여겨진 것은 자신이 그토록 오랜 시간이 지난 뒤에야 비로소 성체의 의미에 관심을 갖게 되었다는 점이었다. 그건 그렇다 치고, 그는 여전히 모범적인 가톨릭 신자처럼 매일 주민들에게 빵과 성체를 공급하는 책임감 있는 제빵업자로 행동했다.

마티스가 '성체'에 대한 믿음을 잃었던 바로 그 무렵 우연히 순회 설교사 하나가 하를렘에 들렀다. 그곳에 흔히 들르던 수많은 설교사들 가운데 하나였다. 멜히오르 호프만이라는 이름의 그 설교사는 가죽을 사고파는 일을 했는데, 그 도시의 가죽업자들과 거래를 끝낸 후 하느님을 두려워하는 사람들을 모아놓고 세상의 종말이 임박했음을 알렸다.

"성서에는 성 바오로가 악마인 용을 잡아 1000년 동안 붙들어놓았다고 씌어 있습니다." 호프만이 소리쳤다. "그 1000년은 이제 끝났습니다. 그 사실은 타락한 기독교계를 통해 확인할 수 있습니다. 예를 들어, 고백성사 같은 게 바로 그런 겁니다. 저는 여기 계신 여러분 가운데 누군가는 고백성사를 할 거라고 확신합니다. 그렇다면, 하느님께서 그런 사람을 없애려는 게 이상한 일일 수 있습니까? 단 한순간이라도 그걸 의심하는 게 가능하겠습니까? 고백성사는 악마적인 미신입니다. 고백성사를 하라는 얘기가 성서 어디에 씌어 있습니까? 어디에 있냐고요? 그 어느 곳에도 없습니다. 그 어느 곳에도 그런 얘기가 씌어 있지 않습니다. 그런 특권을 정당화시키는 단어는 성서에는 없습니다. 그 특권의 실체가 무엇이라는 건 여러분도 알고 계시지 않습니까? 그리스도, 성처녀, 또는 성인이라 불리는 그런 인형들 앞에서 고백을 하고, 무릎을 꿇고, 영성체를 할 때 예수 그리스도의 살을 삼킨다고 믿는 것, 그 모든 것은 허섭스레기이고, 요술이고, 미신입니다. 그대가 바로 그 맛있는 성체를 만들고 있죠?" 호프만이 마티스에게 말했다. 호기심에 이끌려 설교를 들으러 왔던 마티스는 그 지역에서는 유명 인사였다. "그대는 성체를 반죽하고, 굽고, 자르고, 몇 번인가는 별 생각 없이 지저분한 것을 반죽에 뿌리기조차 했을 겁니다. 그렇다면, 사제가 그것이 그리스도의 몸이라고 말할 때 그대는 어떻게 입을 다물고 가만히 있을 수가 있습니까? 그대는 자리에서 일어나 그것은 오류라고, 그 밀가루 조각에는 그 어떤 하느님도 들어 있지 않다고 소리를 질러야죠. 그런 걸 믿는 사람들은 나중에 똑같은 이야기를 하는 사람들을 마녀로 몰아 불태우지요. 여러분, 이건 생전 듣도 보도 못할 웃기는 얘기 아닌가요?" 호프만이 다시 마티스를 가리켰다. "만약 그대가 성체를 믿는 것은 사탄을 믿는 것이라고 온힘을 다해 소리친 적이 없다면, 그대는 그들의 공범입니다. 성체가 무엇인지는 여러분도 잘 아시지 않습니까? 세상은 펼쳐져 있는 책과 같습니다. 하느님은 쉬지 않고 우리와 소통하십니다. 하느님의 말씀을 배우기만 하면 됩니다. 그렇다면, 어떻게 배울 수 있느냐고 여러분은 물으실 겁니다. 제가 대답해드리겠습니다. 여러분 안에서 찾아보세요. 여러분 안에 그 대답이 있습니다."

호프만이 그 문제를 공개적으로 거론한 것에 깊이 감동받은 얀 마티스는 설교를 끝낸 호프만을 자기 집으로 데려갔다. 저녁 식사에 초대한 것이다. 라이덴 출신의 얀 복켈손이라는 금발의 젊은이가 호프만과 함께였다. 그 젊은이는 호프만이 가죽업자들과 거래를 할 때 도움을 준 사람이었다. 복켈손은 암스테르담에서 호프만을 처음 만났다. 복켈손은 그곳에 잘나가는 양복점이 하나 있었지만 선지자 호프만을 따르기 위해 모든 것을 버렸다.

처음 마티스의 집에 들어선 호프만이 이상하게 생각했던 것은 집 안에 아이들이 없다는 것이었다.

"제겐 자식이 없습니다."

마티스가 너무나 애석하다는 듯이 말했기 때문에 호프만은 더 이상 묻지 않았다. 그가 가슴 아파하는 문제가 무엇인지는 그 말만으로도 알 수 있었다.

"호프만 선생님, 결혼은 하셨나요? 자식들은 있나요?"

"그래요. 아내와 15남매를 두었어요. 하지만 예수께서 우리에게 가르쳐주신 대로 그들을 친척들과 친구들에게 나눠주었지요. 신앙심만으로는 충분하지 않고, 실제로 성스런 삶을 살아야 하니까요. 소유는 우리를 진리의 길로부터 떼어놓습니다. 모든 걸 나누어야 하오. 아내와 자식까지도. 그대의 삶을 돌이켜봐요, 얀. 그대는 아침에 일어나 하루 종일 일하고 나서 밖으로 나가 사람들에게 빵을 팔잖아요.

뭐, 돈은 많이 벌겠죠. 하지만 그게 다 무슨 소용이 있는 거죠? 그대는 자식이 없어요. 하느님께서 그대와 만나고 싶어 하신다는 걸 모르겠소? 하느님은 그대에게 말하시기를 원해요. 그대는 왜 하느님의 말씀을 듣지 않는 거요?"

"노력은 하고 있지만 하느님의 말씀을 이해할 수가 없습니다."

"자신의 내면을 들여다봐요, 얀. 그대의 내면을 말이오."

"이미 들여다보고 있습니다."

"뭘 보는데요?"

"그런데, 아무것도 보이지 않습니다. 저는 제가 만드는 성체가 그리스도의 몸으로 변한다는 말은 전혀 믿지 않습니다."

"그게 그대를 괴롭히나요? 방금 전에 내 설교를 듣지 않았어요? 하느님은 실제로 성체 안에 계시지 않다고요!"

"성체는 은유일 뿐 진정한 실재가 아니에요. 교황주의자들은 교묘하게 상징적인 의미들을 지워왔고, 성서를 직설적으로, 또는 자신들의 이익에 맞게 해석해왔어요."

이렇게 대화에 끼어든 여자는 세 남자 가운데 어느 누구도 염두에 두지 않았던 인물이었다. 얀 마티스는 몇 년 전부터 자기 아내에 대해 별 생각 없이 지내온 터라 그녀의 말에 깜짝 놀랐다. 아내 디아라가 자신의 고민과 의심을 공유할 수 있으리라는 생각은 그때까지 해본 적이 없었다. 한편 호프만은 그녀가 단순한 문장 하나로 그 모임의 주도권을 빼앗아버릴까 두려웠다. 그는 도저히 부정할 수 없을 정도로, 질투심을 일으킬 정도로 아름다운 그 여자가 극적으로 나타나서 그가 지닌 권능과 위험성을 알려주는 것을 보고 그의 충성스런 동료인 복켈손이 어떻게 나오는지 지켜보고 있었다. 그러고 나서 호프만은 서둘러 다음과 같은 말로 그녀의 입을 막아버렸다.

"교황주의자들의 종교는 완전한 우상숭배예요. 성인들이 우상이 아니고 무엇이겠습니까? 제단을 치장하는 것이며, 시체 주위에 켜놓는 촛불이며……. 그런 건 모두 미신이오. 나는 어느 성인이나 성녀에게 서원(誓願)을 한 적도, 그들 앞에 모자를 벗고 머리를 조아려본 적도, 무릎을 꿇어본 적도, 그들의 발에 헌신적으로 입을 맞춰본 적도 없어요. 로마교황의 교서에 관해서는 차라리 아무 말도 하지 않는 게 낫겠소. 부패하지도 않은 사람이 스스로 면죄부를 사겠다고 하겠어요? 악마들이 벌이는 연회와 지옥의 영혼들을 자유롭게 하기 위한 미사가 무슨 차이가 있겠어요? 서원이란 게 뭐겠소? 서원은 어릿광대짓이에요. 그저 어릿광대짓이라고요. 그 많은 율법을 따르고 수없이 맹세를 하면서 삶을 복잡하게 만드는 사람이 어떻게 완전해질 수 있겠어요? 그리스도는 맹세를 금지하셨어요. 완성이란 그런 굴욕적인 가면에도, 사슬에도, 굴레에도 있지 않아요. 자유에 있다고요."

"저는 그 어느 곳에서도 하느님을 볼 수 없습니다."

"아니오, 그대는 하느님을 보고 있소." 호프만이 말했다. "하지만 하느님을 인정하는 게 두려운 거요. 하느님께서는 그대에게 자식을 주시지 않았어요. 그런데도 그대는 증표가 적다고 생각하나요? 그대가 지금까지 쌓아온 그 모든 것이 과연 누구를 위한 것이겠소? 하느님께서, 모든 것을 놓아두고 하느님 당신의 이름으로 설교하라고 그대를 초대하시고 있는 게 분명하오. 나랑 함께 가보지 않겠소?"

"선생님과 함께요? 어디로요?"

"스트라스부르요."

"스트라스부르요? 그곳에 저를 데려가서 뭘 하시려고요?"

호프만은 성서를 가져다달라더니 「요한묵시록」을 펼쳐 놓고 읽기 시작했다.

"그리고 나는 어린 양이 시온산 위에 서 있는 것을 보았습니다. 그 어린 양과 함께 14만 4000명이 서 있었는데 그들의 이마에는 어린 양과 그 아버지의 이름이 적혀 있었습니다."[30)]

마티스는 혼란스러운 듯 입을 다물고 있었다. 보아하니 호프만은 자신이 성서 구절을 해석해주어야 한다고 생각하는 것 같았다.

"스트라스부르는 새로운 예루살렘이오. 선택받은 도시지요. 그곳에서는 불과 얼마 전에 미사가 폐지되었어요. 우리가 바로 성서에 나오는 그 14만 4000명에 달하는 하느님의 사자들이오. 우리는 그곳에 모일 것이고, 피비린내 나는 포위 공격을 받을 것이오."

그러나 그의 말 역시 의심 많은 얀 마티스의 영혼에는 아무런 힘도 발휘하지 못한다. 그는 성체에 대한 믿음이 흔들린 이후 확실히 믿을 수 있는 명백한 증거가 없으면 그 무엇도 믿지 않았다.

"그대가 원한다면, 정확한 증거를 제시하겠소." 호프만이 말했다. "세상이 창조되고 율법이 세워진 후 세상은 2000년이나 지속되었소. 그 후 법이 지배하는 시대가 2000년 동안 지속되었소. 그다음에는 메시아의 시대가 2000년 동안 지속될 거요. 지금은 1531년이니 아직 469년이 남은 셈인데, 거기서 「다니엘서」에 나와 있는 환난의 7년을 빼야 하니 세상의 종말이 시작되려면 462년이 남은 거지요. 즉, 1993년에 세상의 종말이 시작될 거요. 여기까지는 의심할 바가 없어요. 그렇다면 주님의 두 증인, 즉 복켈손과 내가 1260일 동안 예언을 할 거라고 「요한묵시록」에 나와 있는 이유가 무엇이겠소?[31)] 1989년이면

---

30) 「요한묵시록」 14장 1절.

31) 호프만은 「요한묵시록」 12장 6절, 즉 "그 여자가 광야로 도망하매 거기서 1260일 동안 저를 양육하기 위하여 하느님이 예비하신 곳이 있더라"라는 구절을 자의적으로 해석하고 있다.

복켈손과 나는 이미 죽었겠죠. 만약 복켈손과 내가 지금까지 일 년 반 동안 세상의 종말을 예언해왔다면, 이는 세상의 종말까지 462년이 아니라, 2년 정도밖에 남지 않았다는 뜻이지요.[32] 내 계산법에 따르면, 세상의 종말은 1532년에 시작되지요. 세상의 종말이 온다는 1993년에서 '짐승의 숫자' 666을 빼면, 1327이 되는데, 1327년은 이미 지났고, 이 네 숫자를 합쳐보면 13이 되오. 그런 식으로 네 숫자를 합쳤을 때 13이 되는 해는 앞으로 언제일까요? 1534년이오. 그래서 우리는 1532년을 인류의 마지막 해로 정해놓고 있어요. 1532년 다음에 오는 2년은 새로운 세상을 맞이하기 위한 준비 기간이 될 거요. 그대는 우리와 힘을 합쳐야 해요. 세상의 종말이 다가오고 있어요."

"하지만 저는 지식도, 교양도 없는 제빵업자일 뿐인데, 도대체 어디로 가자는 말입니까?"

"내가 공부를 많이 한 것처럼 보이시오? 성령께서는 나의 부족한 교육을 보충해주고 계시오. 게다가 교양이라는 건 방해물이에요. 설교하는 데는 교양이나 지식보다는 기억력과 상상력이 더 중요해요."

마티스는 고민해보겠다고 호프만에게 약속하고, 감사의 표시로 도넛 40개를 선물했다. 호프만은 마티스와 헤어지면서 세상의 종말에 대비하여 성서를 읽고, 주위를 잘 살펴보라고, 눈앞에서 현기증 나게 펼쳐지고 있는 징후들을 눈여겨보라고 했다. 호프만은 디아라에게는 눈길 한번 주지 않았다.

호프만은 얀 마티스에게 깊은 인상을 남겼고, 그날 밤 이후 마티스는 세상에 대한 관심을 줄이고 내적인 문제에 깊이 천착하기 시작했다. 하지만 그해 밀농사를 망치지 않았더라면, 밀 가격이 천정부지로

---

32) 1260일은 약 3년 반 정도에 해당하므로, 이런 계산이 나온다.

오르지만 않았더라면, 마티스는 호프만을 따라가기 위해 모든 것을 버리지는 않았을 것이다. 그해 마티스는 극소량의 곡물밖에 살 수 없었다. 수량도 적은 데다 밀가루 값도 비싸서 빵을 엄청나게 비싸게 팔아야 했다. 새벽녘이면 부잣집에서 사람들이 찾아와 소량의 빵을 싹쓸이해갔기 때문에 제빵공장의 문을 열 필요조차 없었다. 어느 날 주민들이 그의 집으로 몰려들어 문을 거칠게 두드려댔다. 그들은 화덕을 약탈하고 불을 질러버렸다. 마티스는 소리를 질렀다. 날씨가 나빠 그런 거지, 내가 무슨 잘못을 했나요. 흉년으로 나도 피해가 많다고요. 이건 주님께서 세상의 종말이 다가왔음을 미리 알려주시는 거라고요. 그는 자신의 말에 스스로 놀라며 귀를 기울였다. 하지만 사람들은 추상적인 것이 아니라 실제적인 것을 원하고 있었다. 그들은 실제적인 사람들이었다. 그들은 소리치고 있었다. 제빵업자들이 우리를 굶겨 죽이려고 해요. 엄청난 폭리를 취하는 날강도 같은 욕심쟁이들이라니까요.

결국 얀 마티스와 그의 부인은 제빵공장을 잃었고, 점점 늘어만 가던 군중이 두 사람을 구워 먹겠다고 협박하는 바람에 하는 수 없이 하를렘에서 도망쳐 나와야 했다. 두 사람은 땅 속에 묻어놓은 돈을 꺼낸 뒤 챙길 수 있는 것은 모두 챙겨 멜히오르 호프만을 찾아 스트라스부르로 도망쳤다. 호프만은 두 사람을 열렬히 환대한 후 엄숙하게 세례를 주었다. 1531년의 마지막 며칠이 흘러가고 있었다. 두 사람은 세상의 종말이 임박했음을 알리면서 다음 해를 보냈다. 그러나 1532년은 별다른 사건 없이 단조롭게 넘어가버렸다. 그들이 스트라스부르 주민들을 너무 들쑤셔놓는 바람에 1533년 초 스트라스부르 시당국은 호프만이 단순한 허풍쟁이일 뿐이라고 선언했고, 호프만은 소동을 일으킨 죄로 수감되고 말았다.

1533년은 마티스, 복켈손, 디아라에게 아주 힘든 해였다. 그들은 무엇이 잘못되었는지, 세상의 종말을 너무 일찍 잡은 것은 아닌지 알아내기 위해 선지자의 수학적 계산을 수도 없이 점검해보았다. 그러나 매번 똑같은 결과가 나왔다. 1532. 그들이 세상을 헛산 건가? 미친 사람을 추종한 건가? 마티스는 그런 생각을 결코 용납할 수 없었고, 누군가 호프만을 욕하면 거칠게 반응했다. 묵시가 2년 정도 늦추어졌을 가능성이 있었지만, 그런 계산법은 더 억지스럽게 느껴졌고, 납득할 수도 없는 것이었다. 그래서 마티스는 독일 베스트팔렌의 후미진 작은 시골 마을에서 재세례파 공동체가 하느님의 은총을 받아 설립한 교단을 베른트 로트만이라는 설교사가 오직 말로만 파괴해버렸다는 소문을 듣고는 강렬한 쾌감을 느꼈다.

우선 복켈손과 마티스는 자신들 가운데 누가 호프만의 후계자인지 결정해야 했다. 복켈손은 즉시 하느님의 증인 자격을 마티스에게 양보했고, 마티스는 바로 그 순간부터 호프만 대신 무리를 지휘하기 시작했다. 그는 복켈손에게 뮌스터로 가서 그곳 상황을 정확하게 알아오라고 시켰다.

"슈트라파데는 물론이고 어느 누구도 하지 못했던 일을 디아라는 손 하나 까딱하지 않고 해냈소. 그다음 날 오전에 나는 재세례를 받아버렸소. 세상 사람들뿐만 아니라 나 자신마저도 깜짝 놀랄 만한 일이었소."

"난생 처음 여자와 함께 있게 되면 그런 안 좋은 일이 생기지요. 우리는 여자와 함께 즐거움을 교류하는데요, 우리는, 세상에 그와 똑같은 즐거움을 줄 수 있는 건 없다고 생각하지요. 그런 생각을 갖는 순간부터 우리가 하는 모든 일, 우리가 말하는 모든 것은, 우리도 모르는 사이에, 단 한 가지 목표만을 갖게 됩니다. 그래서 우리는 막 발견한 쾌락의 중심에서 밀려나지 않으려 애를 쓰게 됩니다. 그리고 쾌락을 얻기 위해서라면, 그 어떤 비열한 짓도 서슴지 않게 됩니다. 다행히 당신은 재세례를 요청받았을 뿐이지요. 재세례는 아주 무해해서 아무에게도 해를 주지 않습니다. 하지만 저는 섹스를 통해 대단히 무도한 짓을 저지르는 재세례파 남자들을 알고 있습니다."

"나와 그녀의 관계에는 정신적인 면이 있었다는 걸 당신이 왜 부인하려 드는지 모르겠소. 확실히 말하건대, 나와 그녀의 관계에는 정신적인 면이 있었소. 나는 사랑에 빠졌던 거요."

"저도 남녀관계에서 정신적인 면을 부인하지는 않습니다. 사랑도 결코 거부하지 않고요. 사랑은, 갈증, 배고픔, 우울함 같은 신체적인 반응인데 제가 어떻게 거부하겠습니까. 오래전 저는 영혼이라는 것이 사실은 아주 실제적인 존재라는 걸 깨달았습니다. 영혼은 우리 몸의 일부라는 겁니다."

"물론 나도 그런 논리를 찾아냈소. 그녀가 내게 오라고 말하고 있었소. 나는 옷을 벗고 있었소. 그녀는 부드러운 액체가 들어 있는 단지를 집어 들더니 내 온몸에 섬세하게 바르기 시작했소. 무엇이냐고 묻자 그녀는 우리의 주님께서 창조하신 풀이라고 했소. 시공간을 초월해 붕 떠 있는 느낌이 들면서 엄청난 쾌락이 몰려왔을 때 나는 질문을 멈추었소. 더 이상 물어볼 필요가 없었으니까요. 우리는 조화로운 옛 주교궁을 차지하고 있었소. 우리가 그곳에서 지낸 시간은 불과 며칠이었을 텐데, 마치 몇 개월을 틀어박혀 지낸 것 같은 느낌이 들었소. 그래요, 기억해보면 우리는 대부분의 시간을 교접을 하면서 보냈소. 교접이 끝나면 무엇인가를 먹었고, 나는 그녀를 위해 아름다운 장신구들을 그려보았소. 내가 프레데릭 주교를 만났을 때 인위적으로 중단되었던 내 삶이 그 혼란을 틈타, 그 동안 결코 포기하지 않았던 자신의 방향성을 복구하려는 것 같았소. 내 젊은 시절에 억눌렀던 모든 것들이 갑자기 급류처럼 분출되었소. 내가 아버지로부터 배운 귀금속세공기술까지도 되살아났는데, 만약 재료만 있었다면 디아라를 위해 열심히 장신구들을 만들었을 거요. 하지만 그곳, 그 주교궁에는 종이와 연필밖에 없었기 때문에, 길고 짧은 목걸이, 리본, 버클, 귀고리, 팔찌 같은 것을 종이에 그려보는 수밖에 없었고, 우리는 종이에 그려진 장신구들을 오려내서 벌거벗은 몸에 걸치곤 했소. 해질 무렵 그런 상태로, 그러니까, 종이 목걸이만을 걸친 채 주교궁 옥상에 올라가 사과 하나를 먹으면서 뮌스터 시를 바라보던 기억이 나는군요. 당시의 감흥은 내가 그 동안 겪은 신비주의적이거나 종교적인 경험을 능가했소. 나는 절대적인 행복감과 충만감을 느꼈소. 그 어떤 성체성사도, 그 어떤 희열도 당시 내가 느낀 감정에 필적할 수 없었소. 나는 신을 느꼈소. 하지만 동시에 뮌스터, 디아라, 사과, 그리고 물론, 신으로 변한 나 자신이, 종말을 맞이했다는 절대적이기까지 한 확신을 갖게 되었소."

마티스는 뮌스터에서 매일 순례자 수천 명에게 재세례를 주고 있다. 그리고 밤에는 설교를 한다. 그의 영향력은 베른트가 아무런 이유도 없이 갑자기 사라져버린 뒤에 점점 더 커지는 것 같았다. 사람들은, 베른트가 예수 그리스도처럼 기도를 하기 위해 뮌스터를 떠났다고 떠들었다. 선지자의 부인 역시 사라져버렸으나 선지자는 너무 바빠서 그 사실도 모르고 있다. 그 사실을 알려준 사람은 복켈손이다. 복켈손에 관해서는 나중에 이야기하도록 하자. 1월 말 뮌스터에 있던 마티스는 1개월이 지난 뒤, 세례를 받지 않는 사람은 처형하겠다고 공포해도 될 만큼 자신이 권위를 갖게 되었다고 느낀다. 이는 슈트라파데가 결코 꿈도 꾸지 못했던 것이다. 이 최후통첩은 별다른 토의도 거치지 않은 채 롤과 다른 사람들에 의해 옹호된다. 시장으로 임명되었던 뚱보 크니퍼돌링까지도 3월 2일까지로 날짜를 정하자고 제안한다. 베른트처럼 자신의 마음에 들지 않는 것에 관해 토론하고, 생각하고, 의견을 털어놓는 데 익숙해진 후베르투스 뤼셔는 시청에서 열린 모임에서 사람들에게 다시 세례를 받으라고 강요하는 것은 생산적이지 않은 것 같다고 주장한다. 마티스는 자신이 세례 기한을 정하지도, 세례를 받으라고 강요하지도 않았노라고 뤼셔에게 대답한다. 마티스 자신은 늘 신의 이름으로 말한다는 것이다. 뤼셔는 마티스더러 거짓말쟁이라고 한다. 그때 누군가 마티스에게 칼을 건넨다. 마티스는 자신에게 반기를 든 뤼셔의 목을 단칼에 잘라버린다.

"당신은 사람들이 뭘 하긴 했다고 믿는 거요? 하지만 한 게 전혀 없소."

"그럼 당신은 사람들이 뭘 하기를 바랐던 겁니까? 사람들은 가끔 누군가의 목이 잘리는 걸 좋아합니다. 누군가의 목이 잘리는 걸 구경하는 것은 우리의 목이 잘리지 않았음을 의미하고, 그건 항상 즐거움을 주니까요. 게다가 우리 모두는 알아들을 수 있는 말을 좋아해요. 세례는 하느님과 인간의 맹약(盟約)이라는 말만 가지고는 살아갈 수 없죠. 세례든 재세례든, 우리는 의식(儀式)을 좋아한다고요. 누군가 사람의 머리에 두 손을 올려놓고 '우리 하느님 아버지의 은총과 평화가 선의를 지닌 모든 사람들과 함께 하기를 기원합니다'라고 말하는 모습을 보는 게 좋다고요. 더욱이 이런 말을 할 수 있는 게 우리라면 더 좋지요. 당신의 말을 들어보니 그 마티스라는 사람은 이 모든 걸 알았을 뿐만 아니라, 자신의 설교에다 세상의 이치까지 가미할 줄 알았던 것 같아요. 그건 좋은 생각이지요. 설교가 아무리 정신적이라 해도, 돈에 관해 말할 틈은 남겨두어야 하는 법이니까요."

최후통첩이 내려지자 뮌스터에 있던 일부 온건한 가톨릭교도들과 다시 세례를 받을 준비가 되어 있지 않던 복음주의자들은 함박눈이 펄펄 내리는 가운데 도시를 나간다. 그 모습을 본 주교 프란츠 폰 발덱은 협상은 이제 글렀다고 생각한다. 그는 로트만을 붙잡아다 살가죽을 벗겨버리고 싶었다. 그러나 로트만이 시청과 길드들의 철통같은 보호를 받고 있어서 그를 만나는 것은 불가능하다는 보고가 들어온다. 가톨릭교도들이 뮌스터에 잠입시켜놓은 첩자들 가운데 그 누구도 로트만의 소재를 파악하지 못하고 있다. 주교는 시장이나 길드 연맹 회장을 체포하라고 명령한다. 하지만 누군가 주교에게 최근 몇 주 동안 상황이 많이 바뀌었다고 알려준다. 이제는 시장도, 길드 연맹 회장도 어쩔 수 없는 상황이다. 로트만조차도 사람들을 진정시킬 수 없다. 로트만이 아무리 그러고 싶어도 말이다. 그에게 동조하는 사람들이 최근 몇 주 동안 유럽 각지에서 뮌스터로 몰려 들어온 수천 명의 재세례파 순례자들과 뒤섞인다. 이제 그곳에서 가장 영향력이 센 사람은 하를렘에서 온 얀 마티스이다.

"빵을 만드는 그 마티스 말이오?" 주교가 흠칫 놀라며 묻는다. "달콤하고 맛있는 성체와 아주 맛있는 도넛을 만들던 그 사람 말이냐고요?"

"그렇습니다, 주교님."

"그런 사람을 화형에 처하다니 안타깝군요. 그가 죽기 전에 성체 만드는 비법을 밝혀보세요."

훌륭한 전술가란 적과 싸우지 않고도 적을 굴복시키는 사람, 즉 자기 군대를 희생시키지 않고, 온전히 도시 하나를 수중에 넣는 사람이다. 그렇기 때문에 첫 번째 과정은 그들의 보급로를 차단하는 것이고, 두 번째 과정은 그들의 외교적, 군사적 동맹체를 파괴하거나, 그 미치광이들이 실의에 빠져 있는 전 유럽인들에게 불러일으키는 연민의 감정이 동맹관계로 발전하지 않게 막는 것이다. 뮐렌 장군은, 뮌스터 사태에 동조하는 시위는 무조건 차단하고 순례자들이 뮌스터로 들어가는 것도 막아달라고 헤센 주와 쾰른, 클레베 같은 독일의 모든 도시에 요청한다. 그들은 한동안 그 열기를 억눌렀으나, 정치색을 띤 일부 과격파가 차단벽을 무너뜨린다. 그들 과격파는 아주 대담하거나 아주 우둔한지라, 도시 안으로 들어가겠다며 도시의 여러 문으로 접근한다. 그 과격파와 뮐렌의 부하들은 여러 가지 특별 명령을 받았다. 이 전투에서 주교는 포로가 잡히는 걸 원하지 않는다. 따라서 병사들은 순례자들의 몸을 조각조각 잘라서는, 도시 안으로 던진다. 사람들의 도덕심을 흔들어놓기 위해서이다.

그렇게 몇 주가 지나지만 뮌스터는 함락되지 않는다.

뮐렌은 처음으로 직접 공격할 생각을 해본다. 어느 도시를 직접 공격하는 것은 언제나 최후의 수단이다. 그는 무력을 통하지 않고 굶겨서 적을 굴복시키는 방식을 선호한다. 그렇지만 적을 굶겨서 굴복시키는 데에는 시간이 필요하고, 게다가 아군 병사들의 기다림과 초조함은 상대 군대보다 더욱 가공할 만한 적으로 변할 수도 있다.

공성장비를 수송하는 데 적어도 2주가 걸리고, 장비를 설치하고 사다리를 준비하는 데 또다시 2주가 필요하다. 장군은 상황을 가늠해보고, 참모들의 의견을 들은 후 최종 결론을 내린다.

준비를 하는 데 장장 한 달이 걸린다. 장군은 병사들이 초조함을 이겨낼 수 있도록 운동을 시킨다. 첩자들을 색출하기 위해 불시에 점호를 실시한다. 규율을 지키기 위해 두 배의 노력을 기울이고, 병사들의 희망과 보상을 두 배로 늘린다. 뮌스터에는 엄청난 부자들이 살고, 아주 예쁜 아가씨들도 많다는 것이다. 주교는 뮌스터를 압박한다. 뮌스터가 철저하게 파괴되도록 가장 적절한 전략을 찾으라는 명령을 이미 내려놓았다. 주교는 전투가 그토록 길어지는 이유를 이해하지 못한다. 이봐요, 뮐렌 장군. 당신은 지금 정규군과 싸우는 것이 아니라 누더기를 걸친 사내 넷과 싸우고 있단 말이오. 준비가 잘된 군대는 열등한 적에게 당연히 승리해야 하지만, 실제로는 항상 그런 건 아니다. 아무리 아군이 강력하더라도, 적을 무시하거나 폄하하면 오히려 패배할 가능성이 높다. 그런 논리로, 뮐렌 장군은 주교에게 저항한다. 주교가 시키는 대로만 해서는 안 된다는 사실을 그는 잘 알고 있다. 즉시 공격하는 것이야말로 뮐렌 장군에게는 가장 쉬운 선택이다. 하지만 그 때문에 자신의 병력을 3분의 1이나 잃을 수도 있고, 게다가 승리마저 장담할 수 없는 상황이다. 장군은 전투가 반드시 필요하지 않거나 전략이 충분히 세워지지 않은 경우라면 공격을 명령하지 않는다.

"그동안 우리는 물속에 살고 있는 것 같았소. 모든 것, 육신의 무게마저도 반박에 나가지 않는 곳 말이오."

"그리고 어느 날 디아라가 물 위로 나가고 싶다고, 공기가 필요하다고, 뮌스터가 기독교주의를 복원하는 동안 계속 잠수만 하고 있을 수는 없다고 했겠죠."

"나는 '하지만 기독교주의는 당신과 내가 이미 복원했잖아요!'라고 말했소."

"그녀가 뭐라던가요?"

"그 농담이, 몇 주 전에 그녀를 웃게 했던 그 농담이 그녀에게 참을 수 없는 혐오감을 주는 것 같았소."

"우리 남자들이 여자와 함께 있을 때, 그리고 그 순간까지 먹을 것과 마실 것, 그리고 성교만을 필요로 하던 그녀가 갑자기 그리스도의 부름을 받았다고 느끼고, 그러니까 자신도 뭔가 쓸모 있는 사람이 되어야겠다는 조급증에 시달리고, 어떤 대의를 위해 헌신해야겠다고 느끼고, 무슨 일인가 해야 한다고 조바심을 내고, 실제로는 계속 움직이고 있는데도 자신이 가만히 있다는 생각에 참을 수 없어 한다면, 실제로 그렇게 된다면, 실은 우리가 그녀에게 보여주었던 매력을 모두 잃어버린 겁니다. 게다가 우리의 재담이 그녀에게 더 이상 재미있게 느껴지지 않는다면, 우리는 그녀에게 혐오감을 주고 있는 거지요."

"디아라가 혐오감을 느꼈는지는 잘 모르겠소. 지금 당신은 그녀가 내게 어떤 영향을 미쳤는지만 따져서 그녀의 행위를 판단하고 있어요. 우리가 어떤 사건의 영향을 받을 때, 가끔 우리가 그 사건의 원인이라고 생각하는 경향이 있잖아요. 그렇게 되면 우리는 그 사건 자체가 되어버릴 수 있다고요."

"당신 말도 일리가 있습니다. 하지만 그녀는 주교궁을 떠나버렸잖아요. 그렇지 않습니까?"

"떠났다가 돌아오곤 했소. 나는 사건이 어떻게 흘러가는지 잘 알고 있었소. 우리가 뮌스터에 축제가 한창일 때 사라졌다가 도시가 전쟁 준비로 분주할 때 나타났다는 사실을 당신은 알아야 해요."

뮌스터의 방비는 대단히 견고했지만, 주민들은 자신들을 방어하기 위해 애를 쓰고 있다. 경험이 많은 사람들은 여자들과 아이들에게 무기 다루는 법을 가르쳐준다. 온 주민이 나서서 외부에 전령을 보내기 위해 적의 포위망을 뚫고, 양식을 비축하기 위한 지하 터널을 만든다. 모든 물자가 공출된다. 돈을 사용하는 것이 금지된다. 양식은 공동 소유가 된다. 모든 사람이 공동 작업을 한다. 계약서는 물론이고 모든 문서가 폐기된다.

"당신은 누군가 나를 그리워했을 거라 생각하는 거요? 그런 사람은 아무도 없어요. 그렇다고 섭섭한 건 아니었소. 마티스가 지도자의 위치에 오른 것이 진정한 해방이었다고 생각하오. 디아라는 나더러 계속 글을 쓰라고, 모든 사람이 나의 정신적 지도를 필요로 한다고 했소. 하지만 여러 사건 때문에 나는 내 할 일을 제대로 할 수 없게 되었소. 나는 이미 군인과 다를 바가 없었거든요."

"당신이 무슨 짓을 하든 사람들은 결국 당신을 잊어갈 겁니다. 당신이 천사든 망나니든 말입니다."

"처음에는 옛 주교궁에 머물렀소. 글을 읽지도 쓰지도 않고, 생각도 하지 않으려 애를 썼소. 내가 하는 일이라고는 디아라가 만든 포마드를 바르고 하늘을 나는 것이었소. 지금 생각해보면 그녀와 함께 다시 잠수하려는 꿈을 꿨던 것 같은데, 그런 일은 일어나지 않았소. 우리는 점점 더 만나지 못했소. 뮌스터를 정비하고, 전투 준비를 하느라 그녀는 아주 바빴거든요. 디아라가 마티스에게 돌아가버렸다는 사실을 깨닫고 나는 다시 일상으로 돌아왔소. 아침 일찍 일어나 책을 읽고, 사색을 하고, 글을 쓰고, 팸플릿을 인쇄해 사람들이 예전에 파놓은 터널을 통해 밖으로 빼낸 다음 배포했소."

가끔 사람들의 잘린 사지가 머리 위로 비 오듯 쏟아진다. 지금 아르놀트 크루크가 남문에서 보초를 서면서 상념에 잠겨 있는데, 갑자기 공중에서 몸통 하나가 떨어진다. 그렇다, 달랑 몸통뿐이다. 머리도, 팔도, 다리도 없다. 가끔은 다리 하나가, 반으로 쪼개진 머리 하나가, 임신한 여자의 배가, 새끼손가락들이 쏟아진다. 그가 보초를 서는 동안 사람 몸통이 통째로 떨어진 적은 없었다. 항상 쪼가리들이었다. 아르놀트 크루크가 그 사실을 선지자 마티스에게 알렸으나 마티스는 별거 아니라고 생각한다. 그것이 묵시의 첫 번째 징후들이니 걱정하지 말라고, 자신들은 안전하다고 아르놀트에게 말한다. 그래서 아르놀트는 걱정하지 않는다. 그저 쏟아지는 쪼가리들을 주워 성벽 밖으로 되던져버린다. 그곳에는 프란츠 폰 발덱 주교의 군대가 진을 치고 있다. 약 2주 전부터 도시의 출입이 금지되었으나 주교의 군대가 도시를 공격할 것 같은 징후는 보이지 않는다. 적어도 한동안은. 아르놀트는 공격이 시작될 경우 자기 자리에서 주교좌성당의 종을 칠 수 있도록 도르래 장치를 이미 설치해놓았다. 하지만 황제의 근위병으로 오랫동안 근무했던 아르놀트는 전초전이 없었기 때문에 공격도 없을 거라는 사실을 알고 있다. 전초전이 없으면 전투도 없는 법이다. 전초전은 적을 파악하기 위해 필수적이다. 아주 무능한 장군조차도 정체가 파악되지 않은 부대와는 싸우지 말아야 한다는 사실을 안다. 상대가 아무리 약해 보일지라도 말이다.

공격 준비를 마무리하고 있는 뮐렌 장군은 첫 번째 공격을 개시하기 전에 포위당한 사람들의 동태를 살피고 있다. 그는 뮌스터의 주민들이 가끔 주교좌성당에서 미사를 거행하면서, 알코올중독과 황홀경을 혼동할 정도로 포도주를 마셔댄다는 사실을 첩자에게 들어 알고 있었다. 뮐렌은 이런 방심을 이용할 생각이었다. 어느 날 땅거미가 깔릴 무렵, 뮌스터의 모든 주민이 술에 취해 있을 거라 생각한 뮐렌은 일부 병사들에게 성벽을 공격하라는 명령을 내린다. 병사들은 아무런 저항도 받지 않고 요새의 첫 번째 관문에 들어선다. 병사들은 적의 방어망을 뚫었다는 생각에 경계를 늦춘다. 그 순간 각 진영에서 대포와 화승총이 발사된다. 병사들은 생석회, 화살, 역청을 발라 불을 붙인 헝겊이 비 오듯 쏟아지자 혼비백산한다. 뮐렌은 퇴각을 명령한다. 포위된 사람들의 반격이 대단하다. 그들이 전술에 대해 제대로 알고 있는 게 분명하다. 완전히 무방비 상태에만 있지는 않은 것이다. 누군가 공격을 예상하고서 준비를 한 것이다.

선지자 마티스는 마치 전쟁에 이긴 것처럼 작은 승리를 축하한다. 아르놀트 크루크만은 그것이 단순히 작은 충돌, 한 번의 접촉, 각자를 소개하는 일에 불과했음을 안다. 하지만 마티스는 승리의 쾌감에 도취되어 제정신이 아니다. 그는 자신이 선지자이고, 신과 직접 대화하는 사람이고, 한 마리의 새, 그리고 한 마리의 맹수이고, 투명하게 변할 수도 있는 불가사의한 사람이라고 말한다. 또한 자신은 하늘을 날 수도 있다고 말한다. 혼자 칼을 들고 나가서 주교의 부대를 섬멸할 것이라고도 한다. 신기하게도 그를 둘러싸고 있는 사람들 중 그 누구도, 그러니까 디아라도, 복켈손도, 뚱보 크니퍼돌링조차도 그를 만류하지 않는다.

뮐렌 장군이 여전히 상황을 파악하지 못하고 있음을 보여주는 놀랄 만한 사건이 터졌다. 그 사건은 전초전을 치르고 한 시간 후에 벌어진다. 그의 보초병들이 보고한다. 뮌스터의 중앙 문이 활짝 열렸다는 것이다. 뮐렌 장군은 순간 가슴이 오므라든다. 뮌스터의 군사력을 제대로 계산하지 못한 것 같다. 그는 생각한다. 그런데, 지금 중무장한 군대가 성 밖으로 나와 우리 주둔지를 습격한다면? 전투를 알리는 종소리가 울린다. 뮐렌의 부하들은 겨우 전열을 가다듬을 시간밖에 없다. 그런데, 문들은 열려 있으나 아무도 성 밖으로 나오지 않는다. 한순간 깊은 정적이 흐른다. 만물이 숨을 죽인 채 사태를 주시하는 것 같다. 뮐렌 장군과 그의 부하들은 총성이 울려 퍼지기만을 기다리고 있으나 중앙문으로 나온 것은 말을 탄 남자 하나뿐이다. 남자가 소리를 지른다. 붉은 머리이다. 그는 오른손으로 칼을 치켜들고 있다. 뮐렌은 근처 언덕에서 지켜본다. 그가 망원경으로 보고 있는 대로라면, 그 남자는 뮐렌의 부대 첫 번째 대열을 공격하고 있는데, 첫 번째 대열의 병사들은 차마 믿기지 않는다는 듯이 그를 쳐다보고만 있다. 의심할 바 없이 단기 필마이다. 뮌스터의 중앙문이 닫혀버린다.

복켈손은 오래 지체하지 않고 마티스의 합법적인 후계자로 자처한다. 그는 롤과 슈트라파데를 포함해 믿을 만한 사람 열둘을 지명한다. 복켈손은 그들을 '이스라엘 열두 부족의 원로 판사들'이라 부른다. 복켈손은 공공질서가 깨지지 않도록 뮌스터의 조직을 더욱 계급화시킨다. 크니퍼돌링은 계속 시장 자리를 유지한다. 일부 주민은 항거하며 개인의 자유를 침해하는 적으로 시장을 기소한다. 시장은 공동체가 그 구성원인 개인보다 훨씬 중요하다고 대답한다. 주민 여러분이 각자의 이익을 포기한다면 하느님께 다가가는 것이 훨씬 쉽습니다. 이기심을 버리고 관대하게 행동하십시오. 하느님의 명령에 복종하는 것이 그리 어렵지 않을 것입니다. 일부 주민은 복종이 왜 그리 중요하냐고 시장에게 묻는다. 그러자 그는 그 주민들더러 가톨릭교도 같다고 말한다. 단체에는 복종이 기본입니다. 모든 사람이 자기하고 싶은 것을 해버리느니, 차라리 우리가 고통을 당하더라도 주교에게 성문을 여는 것이 더 나을 것입니다. 그게 여러분이 원하는 겁니까? 주민들은 그런 상황을 원치 않기 때문에 아주 엄격한 법을 받아들이고, 개인의 권리가 침해당하더라도 공동의 이익을 찾는다. 중요한 것은 새로운 예루살렘을 지키는 것이다. 불경스럽거나 선동적인 말을 하거나, 복종하지 않거나, 쑥덕거리거나, 불만을 표시하는 자는 처벌을 받는다. 비판을 하거나, 분열을 조장하는 등 공공질서를 문란하게 하는 자는 처형될 것이다. 하인리히 크레히팅은 새로운 선지자의 총애를 받는 사도로 변한다. 그리고 복켈손이 결혼식을 올릴 것이라는 소식이 알려진다. 모든 주민이 디아라 마티스와 라이덴 출신 얀 복켈손의 결혼식에 초대된다.

"나는 당신이 무슨 생각을 하고 있는지 알아요. 디아라가 남자가 아닌, 권력에 매력을 느끼는, 경박한 여자였다고 생각하잖소."

"디아라가 자기 남편을 미치게 했다고 암시한 건 바로 당신입니다. 저는 아무 말도 하지 않았습니다."

"그래요, 이야기를 하다 보니 그렇게 될 수밖에 없었소. 디아라와 복켈손은 오래전부터 사랑하는 사이였을 거요. 복켈손은 항상 마티스를 존경했기 때문에 디아라가 선지자의 부인일 때에는 결코 넘보지 않았을 거요. 나는 그녀의 삶 언저리에 아주 잠깐 머문, 갑자기 나타났다가 쓱 사라져버린 망아지 같은 존재였을 뿐이오. 그리고 지금 돌이켜보니 그날 밤 주교좌성당 광장에서 내가 디아라에게 다가갔을 때 그녀가 기다리던 사람은 바로 복켈손이었을 거라는 생각이 드는군요. 그녀가 새로운 선지자와 결혼하던 날 기뻐서 어쩔 줄 몰라하던 모습을 보고 그런 결론에 도달했던 거요."

"그 결혼식에 갔습니까?"

"물론 갔소. 실연으로 앙심을 품은 남자가 어떤 짓이든 해서 자신의 상처를 후빈다는 걸 당신은 모르는 거요? 그것도 달콤한 복수의 일부요. 그리고 실제로 결혼식은 아주 성대해서, 내 기분을 더욱 비참하게 했는데, 사실 그게 내가 바라던 바였소. 언젠가 당신이 우울한 기분을 느끼며, 자신의 비참한 처지에 더 깊이 함몰되고 싶다는 생각이 들 때면, 흥겨운 잔치에 가보시오. 당신의 우울함과 타인의 즐거움이 대비되면서 당신은 더욱더 무너져 내릴 테니까. 그건 어쩔 수 없는 사실이오. 결혼식 잔치를 위해 어린 양 쉰 마리를 잡고, 와인 통을 여럿 열었소. 기다란 벤치가 광장에 줄줄이 놓였소. 우리 주민들은 앉아 있었고, 복켈손, 디아라, 크니퍼돌링, 롤, 크레히팅이 우리를 대접했소. 그러니 실제로 권력을 쥐고 있는 건 바로 뮌스터 주민인 우리 같았소. 이런 엉터리 연극은 크레히팅이 연출한 것이었소. 그는 아주 교활한 사람이었으니까요. 그는 자신의 연극이 어떤 효과를 가져왔는지 즉각 알아차렸소. 그래서 결혼식이 있고 채 일주일도 지나지 않아 지도자들이 하인으로 변하는, 소위 계급 전도 의식이 치러졌소."

그 외에도 크레히팅은 전광석화 같은 공격을 구상한다. 한 무리의 남자가 기습적으로 성 밖으로 나가 가톨릭 군대의 병사 하나를 죽이거나 막사 하나를 약탈한다. 이런 공격의 목적은 적에게 치명타를 가하는 것이 아니라 전리품을 얻기 위한 것이다. 사람들은 가톨릭교도들의 잘린 머리를 보고 광분한다. 잘린 머리는 주교좌성당에 내걸리고, 곧 축제가 열린다. 중요한 것은 음악과 춤과 시낭송 등을 통해 사람들을 즐겁게 하는 것이다. 그것이 사람들의 도덕심을 고양시키고 모든 사람을 단결시킨다.

"뮌스터 주민들이 맘껏 즐기는 것 외에 다른 할 일이 없게 되자, 복켈손과 디아라는 뮌스터의 왕으로 선포되었소. 말 그대로요. 즉위식 때 벌어진 축제는, 카를이 황제와 다름없는 교황에 의해 왕으로 앉혀졌을 때 볼로냐에서 열린 축제에도 뒤지지 않을 정도였소. 일부 분개

한 사람들이 나를 찾아와서는 비밀 터널로 들어오는 보급품을 그렇게 헛되이 쓰지 못하게 해달라고 했소. 하지만 내가 아무리 말한들 무슨 소용이 있었겠소. 주민 대부분이 복켈손 편이었는데."

뮐렌 장군은 식량이 벌써 떨어졌을 텐데도 포위당한 도시가 여전히 버티는 것을 보고 의아해한다. 그 도시는 뮐렌의 생각보다 많은 식량을 저장해놓았거나 특정 시기에 포위망을 뚫었을 가능성도 있었다. 뮐렌은 뮌스터에 대한 포위망을 더욱 강화하라고 명령한다. 그 외로운 남자가 유령처럼 모습을 감춘 지 4주가 흘렀다. 창에 꿰인 그의 머리는 군대의 야영지에 여전히 매달려 있다. 햇빛을 받고, 까마귀에게 쪼여 훼손되기는 했지만 첩자들은 그를 알아본다. 그는 선지자 마티스이다. 맨 처음 죽은 사람이 적군의 대장이라니. 뮐렌 장군은 병법적으로 전혀 이해되지 않았다. 전쟁에는 전략이 있다. 그리고 그 전략에 있어서 모든 이론가들이 일치하는 부분이 있다. 열등한 군대가 우세한 군대와 대치할 때는 반드시 퇴로 하나 정도는 확보해두어야 한다. 하지만 뮌스터 사람들은 퇴로가 모두 차단되었을 뿐 아니라, 전쟁터에서 지켜야 하는 최소한의 '규범'까지 위반해가면서 한심한 짓을 하고 있다. 몇몇이 성을 나와 기습 공격을 함으로써 적군을 한두 명 죽이고는, 죽은 병사들의 소지품을 약탈해 도시로 돌아간다. 아무리 전투중이라도 그런 행위는 비신사적일 뿐만 아니라 자신들에게도 득 될 게 없다. 그런 전략으로는 어떤 부대도 패퇴시킬 수 없다. 고작 적의 증오심이나 부채질하고, 적도 최후의 결전에서 신사협정을 지키지 않게 된다.

이렇게 기습을 자주 함으로써 자신들의 도덕심이 차츰 무너지고, 항상 긴장상태에 놓이게 되며, 결국에는 내부의 갈등을 일으키게 된다. 내부의 다툼도 빈번해지는 것이다. 뮐렌 장군은, 분명 자신들의 전력이 우위이므로 도시를 공격하면 당연히 적이 투항, 무조건적인 항복을 해야겠지만, 뮌스터의 경우에는 오히려 대량 학살이 벌어지리라는 사실을 예감한다. 뮐렌 같은 직업 군인은, 그저 사람을 죽이기 위한, 그런 야간 기습을 이해하지도, 용납하지도 못한다. 그런 공격은 인간의 야수성을 일깨우기 때문이다. 정찰대가 도시로 이어지는 보급용 터널을 발견했다고 보고하자 뮐렌은 자신의 우둔함을 탓하고는, 진즉에 그런 사실을 알아차리지 못한 것에 수치심을 느낀다. 이제 보급로가 차단되면서 모든 일에 속도가 붙기 시작한다. 오래지 않아 도시를 탈출하는 사람들이 나타난다. 에크와 그레스베크라는 청년이 도시에서 빠져나오려고 성벽 위에서 뛰어내리다가 다리가 부러진다. 보고를 받은 뮐렌은 서둘러 포로 막사로 들어간다. 그는 막사에서 다시 보고를 받은 뒤 포로들을 만나서 일상적인 심문을 하고, 즉시 심문의 강도를 높인다. 포로들의 이야기를 들어보니 도시를 지배하는 광증이 끝날 때가 된 것 같았다. 탈주자들은 도시의 상황이 좋지 않다고 말한다. 아직까지는 주민들이 굶주릴 정도는 아니지만 갈수록 식량이 넉넉지 않아 제한 배급을 하는데, 그 때문에 처음으로 주민들이 불만을 터뜨렸다고 한다. 뮐렌 장군에게는 아주 좋은 소식이다. 장군은 공격에 맞설 준비를 한 자의 이름을 알고 싶어 한다. 크니퍼돌링이다. 기습 공격을 명령한 자가 누구냐? 크레히팅입니다. 총지휘자는 누구냐? 그들은 복켈손, 얀 복켈손이라고 대답한다. 복켈손? 낯선 이름이다. 탈주자들은 복켈손이 재단사 도제였다고 설명해준다. 그러니까, 재단사 도제가 그런 짓을 한다, 으흠. 그렇습니다. 손님도 없던 장사치가 뮌스터의 왕이 되었답니다. 그런 자가 뮌스터의 왕이군! 뮐렌이 씩 웃는다. 복켈손은 왕관을 쓰고, 놋쇠 지팡이를 들고, 담비 망토를 두른 채 거리를 활보하고 있답니다. 선지자 마티스의 아내와 결혼하고는 일부다처제가 의무라고 천명했답니다.

뮌스터의 상황은 갑자기 나빠진다. 식량이 바닥나면서 굶는 사람이 나타난다. 가톨릭교도들이 이미 강의 물길도 바꿔버렸다. 우물이 있기는 하지만 그것으로는 부족하여 물도 배급해야 할 판이다. 첫 번째 미치광이들이 등장한다. 그들은 스스로를 구약성서에 등장하는 영웅이라 믿고, 마티스처럼 적을 파괴하겠다고 나선다. 소규모 전투가 갈수록 잦아진다. 재세례파의 사망자 숫자가 눈에 띄게 늘어나고, 탈주자 숫자 또한 눈에 띄게 늘어난다. 크레히팅은 남자들의 사기를 높이기 위해 일부다처제를 합법화하자고 한다. 그렇게만 하면 별 무리 없이 겨울을 날 수 있을 거라 믿은 것이다. 복켈손이 그 제안을 받아들인다. 새로운 법에 의해 모든 젊은이는 결혼을 해야 할 것이다. 여자들은 처음 청혼한 사람과 결혼해야 할 것이고, 남자들은 원하는 만큼 청혼을 할 수 있을 것이다.

"복켈손을 옹호할 생각은 없지만, 그 법에는 사기를 높이려는 의도만 있었던 게 아니오. 내심으로는 여자는 물론 모든 것을 공유했던 원시 기독교도들을 모방하려는 의도도 들어 있었던 거요."

하지만 일부다처제를 합법화함으로써 종말이 시작되었다. 가장 과격한 재세례파들조차도 그런 결정은 받아들일 수 없다고 느꼈다. 그리고 여자들은 더욱 그랬다. 수많은 여자가 아르놀트 크루크가 방심한 틈을 타서 자식들과 함께 뮌스터를 빠져나간다. 하지만 주교의 군대는 에크와 그레스베크를 받아들일 때처럼 양팔을 벌려 탈주자들을 받아들이지 않는다. 뮐렌 장군은, 아이들이 어머니 앞에서 몸이 토막 나고, 어머니들이 앙심을 품은 병사들의 성적 노리개가 되는 것을 막을 수도 없었지만, 그렇다고 해서 그런 사태를 원한 것도 아니었다. 그녀들은 광분한 남자 수십 명에게 강간을 당한 뒤, 야만적으로 수족을 잘리거나 얼굴을 흉하게 손상당한 채, 그녀들의 일부다처주의자 남편들이 있는 뮌스터로 돌려보내졌다. 자신들이 뮌스터 주민 대다수의 지지를 받고 있다고 생각한, 한 무리의 남자들이 복켈손을 체포한다.

"복켈손을 체포하는 건 어렵지 않았소. 복켈손과 디아라는 사람들 사이를 굽실거리고 돌아다니며, 노예라도 되는 것처럼 겸손하게 행동했소. 그리하여 두 사람은 대단히 위대한 인간으로 사람들의 뇌리에 박힌 거지요."

그 남자들은 원로 판사들이 일부다처제를 철회하기를 바란다. 그들의 예상과는 달리, 하지만 당연히 크레히팅의 사주를 받아, 뮌스터의 모든 주민은 시청 앞에 모여 새로운 예루살렘의 선지자를 석방하라고 떠들어댄다. 복켈손을 체포했던 뮌스터의 반도들은 복켈손을 풀어줄 수밖에 없었다.

"그 후 그 반도들은 어떻게 되었는데요?"

"결국 하느님께서 그들의 몸을 거두어가셨소. 그다음 날 그들은 고개를 떨어뜨리고 내장은 까마귀들에게 파먹힌 채, 떡갈나무에 매달려 있었소."

그해 내내 사람들은 말 그대로 굶어 죽어간다. 그들은 어렵사리 봄을 맞이한다. 크레히팅은 복켈손의 동의를 받아 엄격한 규율을 세워 놓았다. 이미 삶은 참기 어려운 지경에 이르렀다. 이제는 파티를 하지도, 춤을 추지도 않고, 식량이 부족하다는 사실을 감추고 또, 영양실조로 인해 처음으로 발생한 질병들을 감추려는 축전 같은 것도 없다.

"그러니까 1535년 6월 25일, 내 스무 번째 생일날, 주교의 군대가 뮌스터를 기습했소. 누군가 성문을 열어놓은 게 틀림없었소. 그들은 무자비하게 이 거리 저 거리로 난입했소. 그들은 주모자들이 아니면 체포하려 하지도 않았소. 일부 주민은 침략군들이 주모자들의 신원을 확인할 수 있도록 그들을 도와주었소. 도시는 열두 시간 동안 약탈당했소. 대부분의 주민을 죽이되 모두 죽이지는 말라는 명령이 이미 떨어졌소. 주교는 자기 병사들의 무자비한 잔인성, 즉 병사들이 어느 남자의 팔다리를 말 네 마리에 나눠 묶은 다음 말들을 달리게 하여 사지를 찢어버렸다는 사실을 사방에 퍼뜨려줄 증인들이 필요했던 거요. 그 병사들은 복켈손과 크니퍼돌링, 그리고 크레히팅을 체포해 성 람베르트 성당의 종루 위에 설치한 철창에 가두었소. 소문으로는 복켈손이 가톨릭교도들에게 목숨만 살려주면 자신의 신앙을 버리겠다고 했다더군요. 하지만 그들은 복켈손의 말에 자신들의 마음이 흔들리지 않도록 그의 혀를 잘라버렸다더군요. 그게 사실인지는 모르겠지만 말이오."

주교는 처소에 앉아 연기 기둥을 바라본다. 그게 바로 뮌스터의 현실이다. 주교 각하는 기운이 빠진 그 사람들, 즉 하느님을 반역해 결국은 자신들이 썩은 고기로 변해버린 그 사람의 영양가 있는 두 눈을 까마귀들이 쪼아대는 모습을 많은 사람들이 볼 수 있게 한다. 병사 하나가 두 눈이 파먹힌 사람들 중 누군가에게 발길질을 하자 그가 쓰러지면서 텅 비어 있는 그의 안강(眼腔)이 훤히 드러난다. 그 병사는 새들이 내장 냄새에 취해 달려들도록 그의 배를 갈라버린다. 성 람베르트 성당 종루를 향해 고개를 쳐든 사람이라면 누구든 그 사람의 죽음의 고통을 볼 수 있을 정도이다. 그런 식으로, 주교의 병사들은 사람이 죽으면 그 시체를 몇 개월씩 햇볕에 내다 말린다. 양

피처럼 마른 몸은 결국 건조대에서 내려져 독일의 이 마을 저 마을에 전시된다.

"당신이 원한다면, 내가 어떻게 그곳을 도망쳐 나왔는지 언젠가 말해주리다."

"도망쳤다고요? 당신은 도망치지 못했습니다. 당신은 거기서 죽었으니까요."

활자

마티외 오리[33]는 리옹을 나오자마자 자신이 뭔가에 찔렸음을 알아차린다. 짧지만 강력한 통증 때문에 그는 비명을 지른다. 마차가 끽 소리를 내며 멈추어 섰지만 그는 계속 달리라고 말한다. 좀 쉬고, 좋은 음식을 먹고, 운동을 좀 해야겠다고 생각한다. 적당한 운동은 자연스럽게 체온을 높여 모든 질병을 몰아낸다. 열이 몸에 불필요한 것을 소진시킨다는 사실을 오리는 잘 알고 있다. 물론 팔미에[34]를 만나야 한다는 생각만으로도, 팔미에에게는 의무적으로라도 존경심을 가져야 한다는 생각만으로도 몸이 안 좋아질 수 있다. 현명한 자연은 누군가 자신의 뜻을 거스르면 스스로 모습을 드러내는 법이다. 하지만 다행히도 팔미에를 자주 보지 않아도 된다. 이미 여러 번 팔미에

---

33) 마티외 오리(1492~1557년)는 투르농에게서 훈련을 받고, 프랑스 종교재판소장과 교황청의 교도소장을 겸했다.

34) 팔미에는 1528년부터 1554년까지 비엔의 대주교를 역임했다. 세르베투스를 4년여 동안 주치의로 채용했다.

를 겪은 터이다. 팔미에가 타락한 인간이라는 사실은 이미 잘 알고 있다. 팔미에가 그의 자리를 빼앗았을 거라거나, 비엔의 대주교 자리를 차지하기 위해 그의 험담을 했으리라는 사실 때문만이 아니라, 팔미에의 사고방식 자체가 그를 짜증나게 한다. 팔미에는 도둑놈들은 꼬챙이에 꿰고, 근친살해자들은 산(酸)으로 태우고, 살인자들은 목을 잘라야 하지만, 이단자들은 용서해야 한다고 믿는다. 이단자는 단죄해야 할 죄인이 아니라 치료해야 할 병자라는 논리이다. 더 나쁜 것은, 완고하던 투르농[35] 추기경이 팔미에를 만난 뒤로는 아주 부드러워지고 있다는 사실이다. 물론, 투르농 또한 비엔에 있는 팔미에의 궁에 머물면서 살로몽 산이나 피페 산을 오랫동안 산책하고, 론 강을 바라보며 예전에는 항상 거부하던 와인과 단 한 번도 먹어본 적이 없는 산해진미를 먹고 마시며 똑같은 이야기를 했을 것이다. 그런데 마티외 오리가 비엔에서는 먹지도 마시지도 않겠다는 이유가 무엇일까? 마티외 오리는 원칙주의자로, 원칙주의자들은 팔미에처럼 모든 면에서 냉소를 자아내는 얼간이 같은 인간들과는 함께 식사를 하지 않기 때문인데, 그런 인간들은 자신들이 이단자들에게 우호적이라고 공공연하게 떠들고 다니면서도, 실제로 이단자와 부딪치면 온갖 핍박을 가한다.

이단이 가장 금수 같은 죄, 즉 모친살해보다 훨씬 더 극악무도한 죄라는 사실을 깨달으려면 마티외 오리처럼 매일 지하 감옥으로 내려가 보아야 한다. 이단은 일반 범죄와 마찬가지로 사회의 유대를 깨뜨릴 뿐만 아니라, 영혼까지 파괴하기 때문이다. 영혼을 영원히 파괴하

35) 추기경 투르농(1489~1562년)은 프랑스 남부 지역의 치안 책임자로, 개혁자, 혁신자, 이단자들을 사정없이 핍박했다. 그는 수년 동안 수천 명의 발도파교도와 알비파교도를 죽였다.

는 것이다. 그래서 마티외 오리는 인간의 육체를 죽이는 단순한 살인자들의 흉포함보다 훨씬 더 잔인하고 흉포한 짓을 저지를 수 있는, 그 금수 같은 루터파 인간들을, 팔미에가 말했다시피, 용서하거나 치료해야 하는 이유가 무엇인지 도저히 이해하지 못한다. 복음서에는 이렇게 씌어 있다. "그대는 억지로라도 사람들을 들어오게 하여라."[36] 그래서 오리는 더도 말고 덜도 말고 복음서에 씌어 있는 대로 한다. 팔미에가 미술, 음악, 그리고 문학에 관해 이 사람 저 사람과 떠들어대면서 여기저기 싸돌아다니는 동안, 오리는 이단자들이 규칙을 따르게, 스스로 명예를 더럽히게 한다.

마티외 오리에게 가톨릭교회는 사회의 주변부에 머물 수 없는 존재이다. 가톨릭교회가 사회 속으로 들어가 위정자들을 감화시켜 사회를 변화시키고 개선시켜야 한다는 것이다. 그가 세상의 진흙탕 속에서 설교를 한다는 이유로 사람들이 그를 폄훼해도 그는 개의치 않는다. 팔미에 같은 진부한 신학자들이 그에게서 구린내를 맡은 것처럼 코를 찡그릴 때에도, 그가 자기 몸에 똥을 묻혔다고, 예수 그리스도로부터 멀어져버렸다고 비난할 때에도 개의치 않는다. 자신이 집에서 기도를 하며 하느님의 위대함을 찬미하고 있어도 사람들은 자신을 비난하리라는 사실을 알고 있다. 그들은 마티외 오리더러 기생충 같은 인간이라고, 그리스도의 적을 경모하는 이단적인 물신숭배자라고 말할 것이다. 교황의 교서, 대사(大赦), 성인 숭배 등을 팔미에와 그의 대단한 친구들은 위선적이거나 무용한 짓이라고 비난하지만 마티외 오리에게는 사회의 질서와 평화를 지키기 위해 어쩔 수

36) 「누가복음」 14장 23절에는 "주인이 종에게 이르되 길과 산울가로 나가서 사람을 강권하여 데려다가 내 집을 채우라"로 되어 있다.

없는 것들이다. 위선자들은 바로 팔미에 같은 사람들이다. 그들은 이 질서와 평화의 혜택을 듬뿍 받으면서도 오히려 질서와 평화를 유지하기 위한 수단들을 비판한다. 오리는 팔미에가 순진하고 나약한 사제라고, 다시 말해 바보라고 생각한다. 바보 같은 사제는 자신이 믿는 신앙 속에서 쉽게 오염되거나 속을 수 있기 때문에 극히 위험하다.

리옹에서 비엔까지 하룻길이었지만 마티외 오리에게는 가도 가도 끝나지 않을 것처럼 길게만 느껴진다. 마차가 몹시 흔들리는 바람에 통증이 더욱 심해져서 그는 마차 안에서 무릎을 꿇고 있다. 아주 불편한 자세였기 때문에 도중에 자주 마차를 멈춰 세우고 내려서는 다리를 편다. 마침내 해질 무렵 그는 대주교궁에 도착한다.

투르농 추기경과 팔미에 대주교는 론 강이 내려다보이는 전망대에서 시에 관해 이야기를 나누면서 마티외 오리를 기다리고 있다. 추기경이 그를 진심으로 따스하게 맞이한다. 반면에 대주교는 거리감을 드러낸 채, 차갑게, 하지만 정중하게 인사한다. 그에게 의자를 권한다. 그는 거절한다. 그에게 와인을 권한다. 그는 거절한다. 그에게 튀김을 권한다. 그는 거절한다. 투르농이 마티외 오리에게 안색이 좋지 않다고 하자, 그는 몸이 편치는 않으나 아픈 건 아니라고 대답한다. 투르농이 팔미에에게 그의 주치의를 부를 수 없느냐며 그 의사를 장황하게 칭찬한다. 대주교님의 주치의는 이렇고 저렇고. 팔미에는 의사는 궁에 있을 테니, 곧 부를 수 있을 거라고 생각한다. 팔미에가 자리에서 일어나 의사를 부르려 하자 오리는 이제 나아졌다면서 추기경이 리옹으로 돌아오는 걸 기다릴 수 없을 만큼 다급한 사안이 무엇인지 한시바삐 알고 싶다고 말한다.

"책 때문이오." 투르농이 설명한다. "나는 그 책이 일반인들의 손에 들어가는 걸 원치 않아요. 당신이 그 책의 저자를 좀 데려오시오."

"처음 인쇄할 때 단속했으면 더 좋았을 텐데요. 인쇄기를 사고, 활자를 짜고, 원하는 내용을 출판하는 일은 아무나 할 수 있는 게 아닙니다."

팔미에는 오리의 말을 듣자마자 자기 자리로 돌아가 앉는다. 그는 이 광신자가 떠들어대는 생각과 자신감을 몹시 못마땅하게 여긴다. 마티외 오리는 광신자인 데다 못생기고 엉뚱하기까지 하다고 생각한다. 팔미에는 오리와 함께 있는 것도, 그를 만나는 것도, 그와 대화를 나누는 것도 피한다. 이번에는 상관하지 않기로, 그 과격주의자와 말 한마디 섞지 않기로 작정했다. 하지만 그럴 수만은 없다. 오리의 자신만만한 태도에 은근히 화가 나기 때문이다.

"당신은 인쇄술을 나쁘다고 생각하는 겁니까?" 팔미에가 묻는다.

"대주교님은 누군가 강물을 오염시키는 걸 나쁘다고 생각하시죠? 저는 단지, 루터의 사교(邪教)가 출판되어 유통되지 않았더라면, 우리가 이렇게 모여서 대책을 논의할 일도 없었을 거라는 말씀을 드리고 있는 겁니다."

"그렇다면 당신의 생각은 대체 뭡니까?"

"벌써 늦었습니다. 이제는 인쇄소마다 경위들을 배치할 수도 없게 되었습니다. 한 가지만 말씀드리겠습니다. 즉 책을 읽고, 자기 의견을 떠들어대고, 자기만의 결론을 내는 사람이 너무 많다는 겁니다. 옛 문서와 흔적을 찾는 사람이 너무 많다는 말이죠."

"나는 그리스도의 진정한 메시지를 듣기 위해 그런 옛 문서와 흔적을 찾아 깨끗하게 만들고, 현대적인 문헌학을 이용해 복원하는 게 비난받을 일이라고는 생각하지 않아요. 과학과 진보가 하느님께서 하신 말씀의 적이라고는 생각하지 않는다고요. 오히려 그 반대예요.

우리가 텍스트들을 얼렁뚱땅 왜곡시키겠다는 나쁜 생각을 갖지 않는 한, 문헌학은 진실의 위대한 동맹자가 될 수 있다고요."

"대주교님께서 말씀하시는 것과 같은 현대적 문헌학 지식을 갖추고 있는 사람이 도대체 누구죠? 매일 아침 제게 우유를 올려 보내는 양치기일까요? 제 머리를 깎아주는 이발사일까요? 제 방을 청소해주는 여자들일까요? 자, 자, 어서 말해보세요. 그 기독교인이 지금까지 발생한 것과 같은 분규를 즉각적으로 일으키지 않은 채 한가하게 놀고 있으니 걱정할 게 없다고 들판에 대고 소리를 지를 수는 없는 일이죠. 여러분 사제들께서는 뭘 기대하고 계셨나요? 목자들이 정교한 신학적 논리를 이해하고, 내적 자유와 외적 자유를 분별하기를 기대하셨던가요? 제발, 제발, 이해 좀 하세요. 만약 복음서를 해석할 자유가 있다면, 누군가 그리스도는 사기꾼이라고 말하고 나서는 게 논리적이죠. 내일은 또 다른 누군가가 성삼위를 거부하고 나설 테구요. 그리고 그다음 날은 또 다른 누군가가 성서는 부수적인 것일 뿐 진짜 중요한 건 내적 영감이고, 가톨릭교회는 광대놀음에 불과하며, 계몽된 재속(在俗) 사제들이 공동체를 조직하는 것이야말로 기독교적인 것이라고 확언하겠죠. 만약 자유가 있다면 누구나 가톨릭교회 주변에 자기만의 파당을 조직할지도 몰라요. 가톨릭의 의식을 혐오하는 사람이 아니라면 누구나 말입니다. 의식을 혐오하는 자들은 가톨릭교회라는 개념 자체를 받아들이지 않기 때문에 자신들이 맞닥뜨리는 조직을 모두 와해시켜버리죠. 누군가 수도사들의 탁발이 어리석은 짓이라고 소리친다면 어떤 일이 일어날까요? 누구든 타인의 죄를 용서해줄 수 있고, 또 원하기만 하면 사제가 될 수 있다면 과연 어떤 일이 일어날까요? 한 무리의 농부가, 인간의 구원은 사고팔 수 있는 게 아니라 하느님의 자비심에 달려 있는 것이라고 믿는다면, 어떤 일이 일어날까요? 여러분 사제들께서는 자유를 원하시지 않았던가요? 자유를 누리세요. 하지만, 이것만은 아셔야 합니다. 기독교인들의 자유를 외치던 제네바의 개들은 자신들의 개혁을 성공시키기 위해 우리보다 더 철통같은 경비를 세워야 했어요. 칼뱅은 제네바에 프로테스탄트를 위한 종교재판 제도를 만들었는데, 그게 우리의 종교재판 제도보다 훨씬 낫습니다."

"종교재판은 필요 없어요. 각 단체가 현자들을 가슴에 품고 지키면 충분하다고요."

"그 소수의 지도자들 말이군요."

"어떻게 부르든 상관없소."

"그래요, 그렇게 부르고 싶습니다. 소수의 지도자들. 저는 소수의 지도자들에게서 이단을 찾아야 한다고 말해왔습니다. 진짜 가라지[37]는 우리 사이에, 고위 계층에, 주교들과 대주교들 사이에서 생기지, 일반인들 사이에는 생기지 않습니다."

"마티외, 당신은 가라지 걱정을 많이 하는 것 같은데, 그런 걱정이 바로 당신의 건강을 해치는 거라고요. 추수할 때까지는 가라지를 그대로 두세요. 우리가 가라지를 불태우려고 서두를 필요가 없어요. 스스로 소멸될 수도 있으니까요. 그리스도는 결코 가라지를 불태우지 않으셨어요."

팔미에에게 중요한 것은 자유도, 개혁도 아니다. 문제는, 모든 사람이 큰소리로 요구하던, 반드시 필요한 변화들을 시도하기에 적절한 시기에 가톨릭교회가 과감하게 나서지 않았다는 것이다. 이제 모

---

37) 「마태복음」 13장 24~30절에 나오는 '알곡과 가라지'에 관한 비유이다. 예수는, 가라지를 심는 자는 마귀이고, 가라지는 악한 자의 아들들이며, 추수 때는 세상의 끝이고, 추수꾼은 천사들이라고 비유해서 설명했다.

든 것은 어찌할 수 없게 폭발해버렸다. 기독교계가 현재 분리되어 있는 이유는 새로운 시대에 적응하기를 원치 않았거나 적응할 줄 몰라서였다.

"만약 개혁의 고삐를 쥐고 있는 사람이 우리였더라면, 이 모든 일은 결코 일어나지 않았을 겁니다. 이미 200년 전에 존 위클리프[38]라는 사람이 정치가들은 가톨릭교회의 재산을 빼앗아 민중에게 나누어주어야 하고, 순결은 반자연적이며 하느님의 의사에 반하는 것이라고 떠들면서 이 마을 저 마을로 돌아다녔어요. 위클리프는 루터보다 먼저 대사를 공격하고, 교황은 오류가 없을 뿐만 아니라 반드시 있어야 하는 존재라는 걸 부인했어요. 그런데 우리는 뭘 했습니까? 그런 자는 화형시켜버렸죠. 지금도 그렇듯이 말이에요. 오늘날 일어나는 모든 일들이 200년 전에, 바로 그곳, 눈에 보이는 곳에서 벌어지고 있었는데도 우리는 몰랐거나 알고 싶어 하지 않았던 겁니다. 우리는 저 멀리서 오는 영적인 의구심을 해결할 줄 몰랐던 거라고요."

투르농은 모든 문제를 정치적으로 바라보는 걸 즐긴다. 그에게 가톨릭교회의 개혁은 사회적 안정에 반하는 것이다. 그는 그 개혁에 영적인 동기도 없고, 종교적인 우려도 없다고 생각한다.

"영성이니 뭐니, 그 바보 같은 이야기 좀 그만둬요." 투르농이 말한다. "문제는 사회와 군주제와 국가잖아요."

"하지만 추기경님, 국가와 개인 중에는 말이죠 ……."

"사회와 개인 중에서 사회가 더 중요해요. 사회가 개인의 자유를 보장하잖아요. 나는 예수 그리스도보다는 군주제와 국가를 더 믿어

38) 존 위클리프(1320~1384년)는 옥스퍼드 대학교의 교수로 재직하면서 성서와 다른 가톨릭 교리들을 정면으로 반박했는데, 특히 교황을 '그리스도의 적'이라고 부를 정도로 가톨릭을 혐오했다.

요. 그리고 오늘날 이 둘의 주요 적은 종교적인 불일치예요."

"팔다리 하나는 절단해야 몸을 구할 수 있습니다." 오리가 주장한다. "불이 가라지를 밀로 변화시킬 수 있습니다. 제발, 우리 테오도시우스, 유스티니아누스, 그리고 샤를마뉴의 경우를 잊지 마세요. 이런 기독교도 황제들이 하느님과 가톨릭교회를 위해 칼을 들면서 회의를 품었을까요? 이단자들을 없애기 위해 갑옷을 입고 무기를 들어야 할지 회의했을까요? 이제 프랑스를 지키는 유일한 방법은 군주제의 핵심인 그리스도에 대한 신앙으로 무장하는 것입니다. 하느님에 대한 불경은 가차 없이 처벌해야 합니다. 그렇지 않으면, 교리를 교묘하게 조작하는 자들이 받아야 할 벌을 언젠가 우리가 대신 받아야 할 겁니다. 그렇게 되면 전 세계적으로 결코 누그러뜨릴 수도, 무시할 수도 없는 공포가 휩쓸 겁니다. 그자들을 발본색원해야 한다고요."

"이봐요, 마티외. 이런 걸 묻는 게 엉뚱하다는 건 알고 있어요. 하지만 당신은 회의를 한 적이 단 한 번도 없었소? 어떤 남자의 생사를 결정할 때, 단지 그의 사상 때문에 그를 단죄할 때 그대 스스로를 돌아본 적이 결코 없었소?"

"없습니다, 대주교님. 사회는 적들로부터 스스로를 방어할 권리를 지니고 있습니다."

"나는 무기를 사용하는 적들이 아니라 사상을 사용하는 적들에 관해 말하는 거요."

"범죄자들이 종교로 자신들의 죄를 감춘다고 해도, 그들이 탈종자로 변하는 건 아닙니다. 그들은 일반 범죄자일 뿐입니다. 그들이 제아무리 하느님에 관해 떠든다 해도, 그들의 유일한 관심은 혼란을 야기하고, 합의를 파기하고, 기독교인들 사이의 평화적인 공존을 훼손하는 겁니다. 단결을 산산조각으로 만들어버리죠. 그런데도 대주교님은 저를 여기까지 오게 한, 그 원고의 저자를 추적하지 말아야 한다고 생각하시는 겁니까?"

"나는 단지 그를 죽여야 하느냐고 자문하는 거요. 다른 벌들도 있으니까요."

"대주교님은 사람에게 고통을 주고 몸을 말살시키는 것이 죄와 지옥보다 더 무서우신가 보군요. 그런 말씀은 가톨릭적으로 보이지 않네요."

"사람들의 삶은 우리 소관이 아니잖아요."

"우리의 삶 또한 그들 소관이 아니죠. 그럼에도 불구하고, 그들은 매일 우리의 삶을 위험하게 합니다. 어찌 되었든, 인간의 삶은 아주 잘 돌아가고 있어요. 하지만 그 삶을 과대평가할 필요가 없습니다. 저는 수십 명의 천박한 삶이 인류에게 위협이 되는 걸 매일 목격하고 있습니다. 근대적인 것들이 나타나면서 모든 것이 변했다는 걸 저도 알고 있습니다. 하지만 그런 게 제게는 아무 소용도 없습니다. 즉 한 개인이 그 개인이 속해 있는 사회의 조직보다 더 가치 있다고 믿는 것은, 영혼보다 육체에 더 많은 가치를 부여하는 것처럼 잘못된 겁니다. 중요한 것은 타인의 육신이나 나의 육신이 아니라 공동체를 지키는 것입니다. 그리고 공동체를 보존하기 위해 일부 육신들을 제거해야 한다면, 그렇게 해야겠지요. 우리 제발 '육신의 신학'을 추구하지 말자고요."

"나는 육신의 신학을 추구하지 않아요. 그리스도께서는 그 누구도 결코 불태우지 않았다는 이야기를 하고 있을 뿐이라고요."

"그리스도, 그리스도, 그리스도! 범죄자들에 대한 처벌, 그리고 사회는 신앙의 주변부에 머물러야 합니다. 그 반대가 되면 광신이 되니까요."

그 순간 마티외 오리의 몸에 뭔가 찌르는 듯한 통증이 다시 밀려온다. 투르농과 팔미에는 오리가 경련을 일으키는 모습을 지켜본다. 추기경은 오리에게 괜찮은지 다시 묻고, 팔미에는 다시 자신의 주치의를 불러주겠다고 한다. 하지만 마티외 오리는 자존심이 세기 때문에 적의 의사가 자기 몸을 검사하게 두지 않는다.

"추기경님, 그 원고를 제게 주세요." 마티외 오리는 통증이 가시자 이렇게 말한다. "한시 바삐 리옹으로 돌아가고 싶습니다."

투르농은 자리에서 일어나더니 묵직한 서류함을 들고 와 탁자 위에 쿵 하고 내려놓는다.

"프랑스에서 반출되려는 걸 가로채 왔어요. 다른 것들처럼 『기독교의 회복(La restitución del cristianismo)』이라는 제목이 붙어 있어요. 하지만 그 전의 것들과는 아주 달라요. MSV라고 서명된 저자는 새로운 이단자예요. 알려지지 않은 또 다른 변종이라고요."

"그게 무슨 말씀이죠?"

"우리가, 제네바의 그 개들과 결탁하기 위해 가톨릭의 도그마를 포기해버린 누군가를 가정해두고 있는 게 아니라는 거요. 가장 터무니없는 논리들을 방어하기 위해 최근 모습을 드러낸 수많은 이단적 복음주의자들 중 하나를 앞에 두고 있는 것도 아니고요. 우리는 만반의 준비를 갖춘 누군가와 직면해 있어요. 그 사람은 결코 무식하지 않아요. 그리고 그는 가톨릭교회와 아무 상관이 없는 것처럼 보이지도 않소. 그는, 어느 정신병자들의 단체를 대표하고, 진정한 사냥꾼이고, 가톨릭의 예산뿐만 아니라 프로테스탄트의 예산에 대해서도 아주 강력하게 공격하고, 교황과 칼뱅을 모두 모욕할 정도로 광적이고, 그 어떤 합의도 파기할 수 있는 사람이오. 내 생전에 이 책보다 더 위험하고 반역적인 책은 없었소. 이건 추잡한 짐승이자 분노에 찬 광적인 인간, 뻔뻔하고 건방진 광신자, 악마 같은 인간, 괴물 같은 인간의 작품이라고요. 마티외, 나는 지금 로마로부터 압력을 받고 있소. 이 책이 인쇄되는 걸 막아주시오. 프랑스의 그 어떤 인쇄소도 이 책이 유포되는 데 공헌했다는, 괴이한 명예를 누리지 않길 바라오."

투르농이 말하는 동안 오리는 원고를 여기저기 훑어보다가 마지막 문단을 주의 깊게 읽어본다.

「요한묵시록」에 씌어 있듯이 죽어야 할 영혼의 숫자는 이제 채워졌다. '짐승'의 통치, 즉 거대한 용인 교황의 통치 아래에서 이미 3년 반의 기한이 도래했다. 이제, 1260년이 지난 뒤 모든 것은 복원되어야 한다.

오리는 자신도 모르게 안락의자에 털썩 주저앉는다. 의자와 몸이 부딪치면서 전해지는 충격이 어찌나 강하던지 몸이 불길에 휩싸인 것처럼 화끈거린다. 원고가 오리의 손에서 떨어져나가고, 오리는 바닥에서 통증으로 몸을 비튼다. 팔미에가 시종들을 불러 자신의 주치의에게 오리를 데려가게 한다. 오리가 원하든 원치 않든 시종들이 오리를 데리고 나간다.

그곳, 장 프렐롱의 자리는 불편하기 짝이 없다. 침대도, 가구도 없다. 누군가 속이 불편해 토하고 싶을 때 게워낼 수 있도록 초라한 냄비 하나가 있을 뿐이다. 내장이 썩는 역겨운 냄새가 코를 자극한다. 처음에는 발이 땅에 붙은 듯 움직일 수조차 없을 정도로 구역질이 난다. 하지만 시간이 지나면서 냄새에도 적응이 되고, 추위에 몸이 얼고 빈대에 괴롭힘을 당하면서도 맨바닥에서 잠을 자는 데 익숙해진다.

개인 감방이지만 항상 여럿이 있다. 몇 사람이 나가면 몇 사람이 들어오고, 어떤 사람들은 나갔다가 다시 들어오고, 어떤 사람들은 다시는 돌아오지 않는다. 그럼에도 불구하고, 그들 사이에 오가는 대화는 항상 똑같다. 막 들어온 누군가는 앞으로 어떻게 될지를 큰 소리로 묻는다. 가끔은 아무도 대답하지 않는다. 가끔은 모른다고, 전혀 모른다고 대답들을 한다. 새로 들어온 사람에게 누군가 다가가 무슨 일로 들어오게 되었는지 묻는 일도 있다. 공범의 경우 심문관들은 각자 자백을 받아내기 위해 각기 다른 감방에 수감한다. 초범들은 항상 바로 그 자리에서 죄를 실토해버린다. 반면 베테랑들은 그 누구도 믿지 않고 굳게 입을 다물어버린다.

당연히 창문은 없다. 처음에는 채광창을 통해 하루하루가 지나가는 것을 센다. 하지만 이내 시간 감각을 잃어버린다. 주기적으로 고문실에 다녀오지 않는다면 모든 것이 정지되어 있는 것 같다. 고문을 받기 위해 그 돼지우리 같은 감방을 나서는 게 위안이 되는 것은 아니지만, 적어도 사건들이 계속 벌어지고 있다는 느낌은 회복하게 된다. 우선 고문관들은 죄수의 몸을 다치게 하고, 죄수는 통증을 느낀다. 가끔씩은 고문 기구를 사용하기도 한다. 먼저 죄수의 몸을 사다리에 묶어 머리가 발보다 아래에 오도록 사다리를 기울인다. 죄수가 입을 다물지 못하도록 재갈을 물린다. 죄수의 입을 리넨 조각으로 덮는다. 리넨 조각 없이도 죄수의 입을 덮을 수 있으나, 천을 사용할 때와는 다른 방식을 쓴다. 그러고 나서 몇 주전자의 물을 리넨 조각 위로 들이붓는다. 그런 물을 마시는 것보다는 차라리 갈증을 느끼는 편이 낫다. 어찌 되었든, 숨이 막히는 기분은 끔찍하다. 물 고문 말고도 가끔은 도르래 고문을 한다. 손목을 도르래에 묶고 다리에 추를 매단다. 죄수의 몸을 서서히 들어올려 뼈마디가 분리되는 것을 느끼게 한다. 고문관은 자기 직업에 열정을 갖고 있는 젊은 사내이다. 그의 전공은 묶기 고문이다. 그 젊은이는 죄수의 발목과 팔목에 줄을 여러 차례 빙빙 돌려 힘껏 묶는다. 어떤 때는 줄이 살을 파고 들어가 뼈에 닿기도 한다. 하지만 걱정할 필요가 없다. 의사 세비유가 만약에 대비하여 대기하고 있으니까. 그들은 사람의 목숨 따위에는 신경을 쓰지 않기 때문에, 죄수가 차라리 죽여달라고 사정하면서 절망적으로 소리를 질러대도 전혀 개의치 않는다.

"비둘기 집이 있으면 자연히 비둘기도 있죠." 장 프렐롱은 어느 여자가 하는 말을 듣는다. "그러니까 종교재판소에 고용되어 있는 사람들은 먹고살아야 하죠. 그래서 먹여 살려야 할 종교재판관들이 있는 한 종교재판소는 계속 온갖 죄수와 각종 이단자, 즉 달콤한 말로 남을 현혹하는 자, 교만한 자, 과격분자를 만들어낼 거예요. 그들은, 나를 마녀로 기소할 수 없게 되면, 당신을 호색가나 이 마을 저 마을 돌아다니며 사람들에게 세례를 주는 사람이라며 기소할 테죠. 더 이상 뭐가 있겠어요? 이단자들이 남아돈다는 게 문제잖아요."

"그러니까 당신이 마녀라는 말이오?"

"마녀가 아니라 할 수 없이 마녀가 되어야 한다고요. 봐요, 자식을 셋이나 둔 형편이라 매일 아이들을 먹이는 데 돈이 많이 들어요. 남편과 사별하고, 땅 한 뙈기 가지지 못한 데다 내게 호의를 베풀어줄 사람도 없어요. 그럼에도 불구하고, 내 집에서는 끼니때마다 화덕에 냄비 하나는 올리죠. 믿기지가 않잖아요? 어쩔 수 없이 마녀가 되어야 한다는 말밖에 할 말이 없네요."

감방 바닥에 엎어져 있던 장 프렐롱의 뇌리에 섬광 하나, 말하자면 지적인 섬광 하나가 스친다. 바닥을 덮고 있는, 끈적끈적하고 얇은 막에 자신의 뺨이 달라붙어 있는 걸 느낀다. 맨 처음 떠오르는 생각은 그 섬광이 성령의 계시라는 것이다. 그는 그것이 환각이 아니라 성령의 계시이길 바란다. 그는 이런 상황에서는 쉽사리 환각과 계시를 혼동하게 된다는 걸 안다. 그리고 종교재판관들의 유일한 관심사는 모든 죄수로부터 자백을 받아내는 것이라는 사실 역시 알고 있다. 일단 체포되었다 하면, 종교재판소는 거의 아무도 석방시켜주지 않는다. 고문 도구들은 한시도 멈추지 않는다. 게다가 시간이 흘러도 아무 혐의를 잡지 못하면 석방시켜주는 게 아니라 죄가 더 무거워진다. 종교재판관들은 범죄자가 자백을 하지 않아 정식으로 체포되지 않고 시간만 보내면 결국은 더 많은 죄를 저지르는 꼴이 된다는 그럴싸한 논리로 포장한다. 장 프렐롱은 공포가 이성을 녹이고, 사람을 겁에 질린 동물, 살아남기 위해서라면 가짜든 진짜든 그 무엇이든 발명해낼 수 있는 동물로 변한다는 사실 역시 알고 있다. 공포는 우리를 비굴하게 만든다. 공포에 휩싸여 있는 상황임에도 불현듯 깨닫는다. 자신에게 활자를 공급해주는 활자 조각가가 누구인지를 막 확인한 것이다.

"오리에게 말해야 해!" 그가 뭔가를 깨달았다는 듯 외치는 말이 감방 쪽문을 통해 들린다. "이봐요, 오리에게 할 말이 있다고 좀 전해줘요."

오리는 한편으로는 만족스럽고 한편으로는 불편했다. 투르농의 간청은 그가 오리의 능력을 믿는다는 뜻이었고, 이는 오리가 자신의 가치를 높일 수 있는 절호의 기회였기 때문에 만족스러웠다. 인생에는 온갖 난관과 질투가 가득한 법이다. 오래 버티는 사람이 승리한다. 그런 일, 즉 너무 난해해서 실패해도 평판이 떨어질 일이 없고, 성공한다면 그의 이력에 거대한 족적을 남길 임무를 맡았다고 돈을 줄 사람이 과연 몇이나 될까. 팔미에가 지저분한 책략을 부렸음에도 투르농이 오리에게 호의를 베풀려는 것은 분명했다. 그래서 오리는 만족스러웠다. 하지만 동시에 불쾌하기도 했다. 단순히 불쾌하다는 말이 아니다. 씁쓸하다. 팔미에의 궁에서 일어난 일 때문에 몹시 씁쓸하다. 적들 앞에서 유약한 모습을 보이는 걸 좋아할 사람은 없다. 그렇게 팔미에의 도움을 받고, 팔미에의 궁 안에 있는 어느 침대에 드러눕고, 팔미에가 지켜보는 가운데 팔미에의 주치의에게 검사를 받았다는 사실이 그에게 굴욕감을 안겨주었다. 육신을 가진다는 것은 정말 귀찮고 짜증나는 일이다. 누가 되었든, 그놈의 육신 때문에 다른 사람들 눈에 초라해 보이기도 하는 법이다. 그래서 만약 병이 들면 호들갑을 떨지 말아야 한다. 병에 걸렸다고 해도 통증이 그리 심하지 않을 수 있기 때문이다. 그런데도 사람이라면 누구나 육신을 갖게 되어 주기적으로 병이 들 때마다 자기 병이 꽤나 심각하다고 엄살을 피우게 된다. 하지만 팔미에의 주치의는 그의 심한 통증이 그저 치질 혈관에 염증이 생겨 유발된 것이라고 했다. 오리는 여전히 굴욕감에서 벗어나지 못하고 있다. 그 망나니 의사가 투르농과 팔미에가 지켜보는 가운데 그를 진찰했다. 그에게 발목까지 내려오는 사제복을 걷어 올리고, 테이블 위에 엎드린 채 엉덩이를 들어올려 뒤로 쑥 빼게 했다. 의사는 낮은 걸상에 앉아 엉덩이를 살짝 열어젖히고는 오리의 적 앞에서 항문을 헤집었다. 그러고 나서는 아주 얇은 리넨 천에 부드러운 올리브기름을 적셔 통증이 있는 부위에 정교하게 뿌렸다. 마티외 오리가 인정할 수밖에 없는 사실은, 효과가 즉각적으로 나타난 덕분에 돌아가는 여행이 견딜 만했다는 것이다. 이제 그는 매일 똑같은 치료를 받아야 한다. 팔미에의 주치의는 그더러 말을 타지 말고, 마차 여행은 절대로 하지 말라고 당부하면서 매 식사 후에 복용할 시럽을 처방해주었다. 시럽은 장미꽃잎 2온스와 지칫과 약초 2온스를 뜨거운 물 6리브라[39]에 넣고 우려낸 것이다. 약초 담근 물을 하루 밤낮 그대로 두었다가 끓인 뒤 짜서 걸러야 한다. 여름에는 달인 물 2, 3온스를 차가운 물과 함께 마셔야 하고, 겨울에는 뜨거운 물과 함께 마셔야 한다. 의사는 이 시럽이 피를 맑게 하고, 우울증을 해소시키며, 기분을 상쾌하게 만들고, 염증과 나쁜 생각을 줄여준다고 했다. 문제는, 그가 결국 시럽을 복용했고, 이제는 좋아졌다는 것이다. 오리에게 남은 볼일이라고는, 온갖 방법을 다 동원해 오리를 박해하던 그 망나니, 비엔의 대주교 자리를 차지하기 위해 온갖 음해와 방해를 일삼던 그 개자식, 팔미에에게 고마움을 표시하는 것뿐이었다. 그래서 오리는 가지 말라고 말리는 투르농의 말을 무시한 채 그날 밤 당장 그곳을 떠나왔다. 그는 그들과 저녁식사를 하고 싶지 않았고, 또 그들이 그에게서 빼앗았다고 생각할 수밖에 없는 궁에서 잠을 자는 것도 원치 않았기 때문이다.

오리는 투르농과 면담을 한 다음 날 자신이 거느리고 있던 우수한 신학자들을 부른다. 부름을 받은 알칼라, 바인톤, 윌리엄스, 츠바이크, 들라모가 모여들자, 그 원고에 관해 알아보게 한다. 48시간 뒤 신학자들의 분석 결과가 오리에게 통보된다. 그 원고는 재세례파의 특이한 변종이긴 하지만, 어찌 되었든 재세례파적이라는 것이다. 알칼라는 그 원고에 재세례파적인 것 이외에도, 반(反)삼위일체적인 것, 루터주의적인 것, 칼뱅주의적인 것, 그리고 가톨릭적인 교리까지 들어 있음을 밝혀낸다. 영지주의적이고, 신플라톤주의적인 전거(典據)들과 범신론적인 원리가 들어 있다는 사실도 밝혀낸다. 헬레니즘적

39) '1리브라'는 약 460그램이다.

인 전거들이 성서와 뒤섞이고, 가톨릭교회 사제들의 생각이 스페인 이단자들의 생각과 뒤섞이고, 스페인 이단자들의 생각이 히브리 텍스트들, 미드라시[40] 문학, 랍비 문학, 오르피즘[41], 은둔주의, 칼데아의 신탁[42], 시빌레의 신탁[43]과 뒤섞이고, 심지어는 피타고라스주의와 뒤섞여 있다는 사실도 밝혀낸다. 신학자들은 우선 프랑스 재세례파교도들의 핵심적인 인물들을 조사해보는 것이 좋겠다고 말한다. 바인톤은 신플라톤주의적인 흔적을 추적해보는 것이 좋겠다고 제안한다. 프랑스에 재세례파 집단이 존재한다는 증거는 없었지만, 오리는 신앙에 관한 아주 상세한 포고령을 선포하고는 매일 모든 미사에서 봉독하게 한다. 뮌스터가 무너진 뒤 재세례파는 독일에서 일소되었고, 물론 프랑스에서도 일소되었을 것이다. 프랑스에서는 재세례파가 해악을 끼친 적이 없었기 때문이다. 기질적인 이유 때문인지, 정치적인 이유 때문인지는 몰라도 재세례파적 가라지는 프랑스에 결코 뿌리를 내린 적이 없다. 그 당시부터 나타날 수 있었을 그 어떤 싹이라도 마티외 오리가 종교재판소를 동원해 전 왕국에 세밀하게 짜놓은 감시망을 통해 즉각적으로 발각되었을 것이다. 제아무리 작은 마을이라 해도, 오리의 믿을 만한 부하가 귀를 쫑긋하고 눈을 크게 뜬 채 감시를 하고 있다. 그들이 그처럼 놀라운 솜씨로 이단자들을 색출해낼 수 있었던 것은 비단 운 때문만이 아니라 그처럼 성실하고

40) '미드라시'는 성서에 대한 주석을 시도한 유대문학이다.

41) '오르피즘'은 윤회, 응보 등을 믿는 신비적 종교인 오르페우스교의 교리를 말한다.

42) '칼데아의 신탁'은 바빌로니아 남부의 옛 지방인 칼데아에서 유행한 신탁을 말한다.

43) '시빌레'는 '시빌(Sibyl)'이라고도 부른다. 원래는 트로이 부근 마르페소스에 살면서 아폴론에게서 예언 능력을 물려받은 여인의 이름이었으나 후대로 내려오면서 무녀의 총칭으로 사용되었다. 나폴리 서쪽에 있는 쿠마이의 시빌레가 가장 유명한데, 그녀가 살던 동굴이 아직도 남아 있다고 한다. 시빌레의 이름으로 현존하는 예언서 『시빌레의 신탁』은 유대교와 그리스도교의 편자(編者)들에 의해 만들어진 위서(僞書)라고 한다.

치밀하게 일을 처리한 결과이다. 사실, 누구든 일을 제대로 하고 나서야 행운에 대해 이야기할 수 있는 법이다. 운이라는 것은 희귀하고, 또 이리저리 잘도 빠져 나가는 작은 물고기와 같아서 그물질을 잘해야만 잡을 수 있는 법이다. 그리고 이제 그 운이라는 것이 도래할 시점이었다.

마티외 오리가 『기독교의 회복』에 관한 마지막 보고서를 막 읽었을 때 장 프렐롱이 오리에게 직접 죄를 자백하기 위해 며칠째 기다리고 있다는 소식이 전해진다. 장 프렐롱. 장 프렐롱이란 자가 도대체 누구지? 감옥에 수감되어 있는 죄수들의 이름을 죄다 기억할 수는 없는 법이잖아! 알려온 바에 따르면, 장 프렐롱은 비밀리에 인쇄소를 운영하면서 칼뱅주의의 팸플릿들을 인쇄한 혐의로 기소된 인쇄업자이다. 하지만 그에 대한 조사가 아직은 미흡하다. 죄수의 자백을 받아 그 인쇄소의 위치와 팸플릿의 소재를 파악해야 한다. 아하, 그렇군. 오리는 자신이 트레첼 형제에게 베풀어주어야 할 빌어먹을 호의가 바로 그 프렐롱을 처리하는 것이라는 사실을 기억해낸다. 오리는 "지금은 바쁘니 다른 사람에게 자백하라고 해야겠군"이라고 말한다. 하지만 프렐롱은 유독 오리에게만 자백하겠다고 한다. 프렐롱이 뭔가 큰 것을 가지고 있는 것 같다. 좋아, 그렇다면 좀 기다리라고 하지 뭐. 오리는 며칠을 더 지체한 후에야 지하 감옥으로 내려간다. 어느 날 오후, 프렐롱이 오리를 계속 기다리고 있다는 사실을 측근들이 너덧 차례 상기시키자, 오리는 욕을 내뱉고 화를 내면서 지하 감옥으로 내려간다. 어떤 사건에 깊이 몰두해 있는데 다른 일이 생겨 발을 빼야 할 때 오리는 유독 짜증을 낸다. 원하는 게 도대체 뭔데 그래?

침대에서 일어난 요아힘 피스터는 몸 구석구석이 활기를 되찾고 뇌가 명민해지도록 팔과 다리를 쭉 펴준다. 이어서 옷을 입은 뒤 병을 예방하기 위해 식초로 손을 씻고 미지근한 장미수로 얼굴을 씻는다. 눈은 수분이 빠져나가지 않도록 차가운 물로 문지른다. 잠을 자는 동안 갇혀 있던 뇌의 기포들이 빠져나올 수 있도록 빗질을 해서 모공을 열어준다. 계속해서 입과 이빨에 끼여 있는 이물질을 닦아내고 손톱을 자른다. 자연스럽게 체온을 높임으로써 위장이 움직이도록 아주 빠른 속도로 방 안을 거닌다. 운동을 끝내고 응접실을 정리하면서 지난밤에 먹은 저녁식사가 제대로 소화되었는지 확인한다. 식욕이 동하고 군침이 돈다. 지난밤에 몸에서 배출된 가스를 북쪽에서 불어오는 바람이 쓸어낼 수 있도록 가정부에게 창문을 열어두라고 당부하고 미사를 보러 간다.

한 시간 뒤에 돌아올 생각으로 집을 나선다. 하지만 오리가 서명한 '신앙에 관한 포고령'을 미사 중 빵과 포도주 봉헌 시간에 읽다 보니 미사가 보통 때보다 길어진다. 오리의 포고령은 길고, 장황하고, 아주 자세하다. 포고령에 제대로 따르지 못했을 수도 있다는 확신이 든다. 오늘 오전에 오리의 포고령을 들은 사람들은 1528년에 공포된 포고령을 기억해냈다. 그 포고령에 따르면, 이미 세례를 받은 사람은 다시 세례를 받을 수 없고, 누구든 다른 사람에게 세례를 줄 수 없다. 이를 어길 시에는 죽임을 당하게 되어 있다. 세례를 받은 사람, 다른 사람에게 다시 세례를 준 사람, 두 번째 세례에 대해 호의적으로 말한 사람, 아주 유해한 이 해악을 처벌하지 않은 사람이 있으면, 그 사람이 누구든 당국에 고발해야 한다는 의무조항을 피스터는 기억한다. 또한 그 포고령은, 사제들에게 죄를 고백할 필요가 없으며, 사제들은 죄를 사해줄 권능이 없으며, 축성을 받은 성체에는 그리스도의 몸이 없으며, 성상 앞에서 간구하는 것은 쓸모가 없으며, 성당에 상들을 안치해서는 안 되며, 연옥은 존재하지 않으며, 죽은 자들을 위해 기도하는 것은 바보들이나 할 짓이며, 선행은 자신의 구원을 위해 필요하지 않으며, 교황은 사면을 하거나 교서를 내릴 권한이 전혀 없으며, 수도사들과 수녀들은 성교를 할 수 있으며, 결혼은 성사가 아니며, 큰 소리로 기도할 필요가 없으며, 천국도, 지옥도 없으며, 성모 마리아는 처녀가 아니며, 간통은 죄가 아니며, 인간 예수는 자신의 합법적인 부인인 막달라 마리아와 성교를 했다[44]고 주장하는 사람이 있는지 잘 살필 것을 권고한다. 그리고 마지막으로는, 당시 그곳에 횡행하던 수많은 이단들의 주장이 전부 또는 일부 수록된 원고를 읽었거나, 그런 글들을 썼거나, 그런 내용을 교묘하고 분명하게 언급한 적이 있는 주민이 있으면, 그 사실을 즉각 종교재판소에 알려야 한다고 상기시킨다.

요아힘 피스터는 미사가 끝나자 숙소로 돌아와 신장 결석을 없애준다는 앵두씨를 섞은 우유와 계란 반숙 몇 개로 아침 식사를 한다. 그리고 나서 작업실로 내려가 활자 견본을 준비하고 작업실을 나온다. 잠시 후 풀라유리 거리에 도착한다. 거리 중간쯤에 라틴어로 '책 인쇄합니다'라는 글씨가 붙은 거대한 나무 대문이 보인다. 문 안으로 들어간 피스터는 리브 형[45]의 둥근 천장 위에 지어진 회랑을 가로질러 햇볕이 드는 옥내 정원으로 들어간다. 왼쪽과 오른쪽에 각각 가스파르 트레첼과 멜히오르 트레첼의 사저로 통하는 문이 있다. 3층짜리 집 두 채는 그 당시로서는 무척 높은 건물로, 트레첼 형제의 사업

44) 막달라 마리아는 예수와 결혼했고, 예수가 십자가에 못 박혀 숨지자 이집트로 도망쳐 예수의 딸인 사라를 낳은 뒤 다시 프랑스의 프로방스 지방으로 건너갔다는 주장도 있다.

45) '리브'는 둥근 천장에 있는 갈빗대 모양의 뼈대이다. 로마네스크식이나 고딕식 건축의 특징인데, 뒤에는 장식용으로도 쓰였다.

이 잘되고 있음을 보여주었다. 정원을 가로질러 곧장 앞으로 가면, 앞서 말한 인쇄소에 도달하게 된다. 인쇄소 안에는 신선한 잉크 냄새와 종이 냄새가 진동한다. 직원 예닐곱이 각자 맡은 일을 하고 있는데, 다들 아주 열심히 일하는 인상을 준다. 인쇄를 하는 사람, 교정을 하는 사람, 종이를 접는 사람, 접힌 종이를 빼내는 사람, 종이의 짝을 맞추는 사람, 활자를 조판하는 사람, 스탬프에 잉크를 바르는 사람 등 다들 맡은 바에 따라 일을 하고 있다. 트레첼 형제는 늘 인쇄소에서 작업을 감독하고, 의논을 하고, 각종 목록과 문서를 정리한다. 직원들은 작업을 하면서 서로 이야기를 나눈다. 대화는 암호 같은 약어들로 이루어지는데, 주로 작업에 관한 것이다. 그렇기 때문에, 예를 들어, 식자공이 질문을 하는 순간 들고 있던 활자 상자를 엎는다면, 그 질문에 대한 답변은 끊겨버릴 것이다. 그리고 모두 바닥에서 활자들을 주울 것이다. 가끔 답변이 늦어지기도 하여, 하루가 걸리기도 하고, 일주일이 걸리기도 한다. 답변이 이루어지는 때는 그 식자공이 다시 뭔가를 떨어뜨려 그의 뇌의 한 부분이 예전에 질문했던 것을 기억해내는 순간이다. 그날 아침 피스터가 트레첼 형제의 인쇄소에 들어섰을 때 직원들은 프렐롱에 관해 얘기를 나누고 있었다.

장 프렐롱은 일 년 전쯤 파리에서 리옹으로 온 유명 인쇄인으로, 풀라유리 거리에서 그리 멀지 않은 곳에 인쇄소를 열었다가 두 달 만에 종교재판소에 잡혀갔다. 트레첼 형제가 프렐롱의 체포 건에 깊이 관련되어 있다는 사실은 다들 알고 있다. 가스파르와 멜히오르가 자신들의 사업을 위협하던 저명한 인쇄인을 제거하기 위해 종교재판소와의 우호적인 관계를 이용한 것이 그때가 처음은 아니었다. 물론 트레첼 형제는 자신들의 진짜 의도를 드러내지 않는다. 그들은 파리에 잘나가는 인쇄소를 가지고 있던 프렐롱 같은 사람이 인쇄소 문을 닫고 리옹으로 내려온 것이 아주 의심스럽다고 말한다. 하지만 무엇이 의심스럽다는 말인가. 그래, 의심스럽다는 것은, 이런저런 이유로 결국 위협이 되거나 단순히 적대적인 사람은 모두가 의심스럽다는 말일 것이다. 가톨릭 국가에서 칼뱅의 대리인 노릇을 할지 모른다는 것이다. 트레첼 형제는 프렐롱에게 첩자를 붙여 그에 관해 주기적으로, 상세하게 보고하게 했다. 첩자는 프렐롱이 언제 도시를 들락거리는지, 누구를 만나는지, 어디에 있었는지, 언제 미사에 참석하는지를 보고하고, 그가 비싼 집을 구하고 있다는 사실도 보고한다. 거기까지는 이상할 게 전혀 없었다. 하지만 프렐롱이 파리에 있는 인쇄소를 리옹으로 옮기려 한다는 보고를 하자, 트레첼 형제는 더 이상 기다리지 않았다. 그들은 프렐롱이 프랑스 왕국 전역에 이단을 퍼뜨릴 비밀 인쇄소를 차리려 한다고 고발해버렸다. 트레첼 형제처럼 아주 모범적이고 영향력 있는 가톨릭교도들의 고발은 과거나 현재나 프랑스 종교재판소 재판관들에게 확실한 증거로서 가치를 지니고 있다. 그런 인쇄소가 실제로 존재한다는 사실을 증명해줄 사람은 아무도 없었지만, 그 어떤 증인도 당시 프랑스에 유포되고 있던 금서들을 프렐롱과 연계시킬 수 없었지만, 그리고 그 어떤 고문관도 프렐롱으로부터 이단적인 자백을 끌어낼 수 없었지만, 프렐롱은 투옥되고 말았다.

이날 아침 피스터는 주문받은 새로운 활자 견본을 맞추기 위해 트레첼 형제의 인쇄소에 간다. 트레첼 형제는 뒷짐을 진 채 걱정스런 표정을 짓고 있다. 뜻밖에도, 종교재판소가 10개월 동안 감금하고 있던 프렐롱을 풀어준 것이었다. 종교재판소에 직접 확인한 것은 아니고 소문으로 들은 얘기였다. 트레첼 형제의 절친한 친구 오리는 그들에게 단 한마디도 하지 않았고, 새로운 상황에 대해서도 전혀 귀띔해주지 않았다. 프렐롱이라는 사람이 자신을 고소한 자를 찾아내서 복수하려 할까? 프렐롱이 감옥을 나서자마자 자신을 고발한 사람을 찾아다닌다는 무시무시한 얘기들이 소문으로 돌고 있었다. 그렇게 되면, 선량한 가톨릭교도들이 자신들의 행동에 대해 대가를 치르게 되는데, 그들은 자신들을 방어할 수단도, 장치도 없이 무방비 상태였다.

새로 만든 활자 목록을 보여주기에는 적당한 날이 아닌 것 같군요, 피스터가 말한다. 하지만 가스파르는 그렇지 않다면서, 자신들이 잠시 쉬면 괜찮아질 것이라고 말한다. 트레첼 형제는 정보를 캐기 위해 사환을 오리에게 보내놓고 그로부터 직접 뭔가 듣게 되기를 기다리고 있다. 하지만 오리는 계속 바쁘기 때문에 트레첼 형제가 보낸 사환과 접견하지 못하고 있다. 좋습니다, 제가 갖고 있는 것을 두 분께 보여드리겠습니다, 피스터가 말한다. 그리고 그는 자신이 가져온 커다란 서류철을 놓을 곳을 물색한다. 그 사이 직원들은 각자의 일을 하면서 계속 이런저런 가정을 해본다. 혹시 프렐롱이 트레첼 형제처럼 힘센 친구들을 두고 있지는 않은지, 아니면 자신의 자유를 살 수 있을 만큼 중요한 일을 종교재판소에 해주지 않았는지. 그들은 프렐롱이 뇌물을 주었으리라는 가정은 제외한다. 종교재판소는 죄수를 수감할 때 소지품을 모두 압수하기 때문에 프렐롱이든 다른 죄수든, 바칠 수 있는 것이라고는 오직 종교재판관들이 가장 좋아할 물건, 즉 정보밖에 없다. 그렇지, 식자공이 말한다, 그런데 어떤 정보 말이지? 하지만 그 순간 피스터가 자신의 서류철을 식자대(植字臺) 위에 올려놓는 바람에 대화는 끊긴다. 피스터가 접힌 종이 한 장을 꺼내려다 그만 팔꿈치로 식자공을 밀쳐내고 만다. 식자공이 작업하던 상자가 바닥으로 엎어진다. 피스터가 작은 소리로 사과한다.

인쇄소 직원들이 바닥에 흩어진 활자들을 집어 상자에 넣는 사이에 피스터와 트레첼 형제는 응접실로 간다. 그곳으로 따라 들어간 피스터가 자신의 활자 견본이 찍힌 종이들을 한 장씩 펼쳐 인쇄인들의 휘둥그레진 눈앞에 들이밀자, 그들은 활자를 모조리 구입하고 싶어 한다. 이건 이렇고 저건 저렇고, 피스터가 설명한다. 너무 멋져요, 너무 멋져, 피스터가 종이를 넘길 때마다 인쇄인들이 연신 감탄한다. 피스터, M자 오른쪽에 붙어 있는 그 세리프[46], 그러니까, 당신의 개성이 돋보이는 작은 돌출부가 우리 맘에 쏙 드네요. 조금 뒤 피스터가 활자 견본을 덮어 필갑 위에 조심스럽게 올려놓자 잠시 침묵이 흐른다. 그 침묵은 계산된 것이었다. 피스터가 형제를 쳐다본다. 형제도 피스터를 쳐다본다. 가스파르가 멜히오르를 쳐다본다. 멜히오르도 가스파르를 쳐다본다. 이제 돈 얘기나 합시다. 결국 그들은 말을 꺼낸다. 그들은 적어도 프렐롱에게 무슨 일이 일어났는지를 알기 전에는 선불리 뭔가를 결정하고 싶어 하지 않는다. 오리와 얘기를 나눠보아야 한다. 피스터는 활자의 원형을 사라고 형제를 부추긴다. 독특한 활자 몇 개를 실컷 써먹고 나서 싫증이 나면 다른 인쇄업자에게 되팔면 된다는 것이었다. 트레첼 형제는 이런 말에 쉽게 넘어가기 때문에 금방 활자들을 사기로 한다.

트레첼 형제는 피스터와 계약을 성사시킨 것에 만족하고 있다. 처음 거래를 할 때에는 피스터가 자신들을 속인다고 생각했었다. 무엇보다도 피스터의 외모 때문이었다. 피스터는 시동들이나 하인들이 입는 제복 같은 옷, 즉 엉덩이를 덮고 허리가 잘록한 상의에, 허벅지에서부터 꽉 조이는 이탈리아식 바지를 입고 인쇄소에 왔던 것이다. 그리고 코드피스[47]가 두드러진 바지는 유행이 완전히 지난 것이었

46) '세리프'는 글자의 주요 획 끝에 붙은 작은 장식 부분을 말한다.

다. 그는 독일의 이단과 고트족을 피해 독일을 떠났다고 했다. 말하자면 고트족으로부터 도망쳐왔던 것이다. 그는 자기 나라에서는 창조적인 활자를 만들어내는 게 불가능했다고 불평하곤 했다. 독일 인쇄업자들은 더 인간적이고 장식이 덜한 활자체를 쓰지 않는다는 것이었다. 독일 인쇄업자들은 기존의 고딕체보다 조금 더 둥근 모양의 슈바바허[48] 서체 정도밖에 받아들이지 못했다. 그래서 그는 독일을 떠난 것이다. 리옹으로 와서 인쇄소 근처에 있는 어느 집에 셋방을 구했다. 그리고 어느 날 아침, 아주 우아하지만 사자체(斜字體)[49] 활자가 거의 없는 활자 견본을 들고 나타났다. 둥그스름한 서체들은 많았으나 사자체는 아주 드물었다. 당시 트레첼 형제는 사자체를 원했다. 모든 사람이 사자체에 매료되어 있었다. 이미 인쇄업자 대부분이 독일 고딕체 대신, 세로획이 탄탄하고, 전체적으로 단순하며, 글자 사이가 붙어 있지 않은 사자체를 채택했다. 실제로, 트레첼 형제는 사자체로 유명했는데, 특히 멋진 꼬리가 앞에 있는 글자들과 닿을 정도로 과도하게 늘어진 g자를 즐겨 썼다.

당시에는 사자체에 매료되어 있던 피에르 메렝이 트레첼 형제에게 활자의 원형을 조각해주고, 활자 모형(母型)을 만들어주곤 했다. 하지만 사자체가 제아무리 우아하게 옆으로 기울었다고 해도, 또 위로 뻗쳐오르는 획들이 아무리 우아하게 서로 연결되었다고 해도, 피스터는 독일의 고딕체를 여전히 떠올렸다. 게다가 사자체는 조각하기가 여간 까다롭지 않았다. 글자 선의 머리 부분이 활자의 몸체와 너

---

47) '코드피스(Codpiece)'는 꽉 끼는 바지의 가랑이 부위에 불룩 튀어나온 음낭 주머니로, 15~16세기 유럽의 남성들 사이에서 유행했다. 나중에는 남근 주머니로 바뀌어 페니스가 항상 발기된 모양이 두드러졌다.

48) '슈바바허'는 르네상스 시대에 독일에서 즐겨 사용되던 서체이다.

49) '사자체'는 이탤릭체 또는 필기체와 유사한 서체이다.

무 떨어져 있어서 깨지기 일쑤였다. 하지만 사자체로 작업하지 않는 진짜 이유는 다른 데 있었다. 조만간, 그러니까 길어봤자 2, 3년만 지나면 둥그스름한 활자[50]가 시장을 장악하리라는 사실을 잘 알고 있었기 때문이다. 특히 중간 크기, 즉 10포인트 활자[51], 12포인트 활자, 그리고 18포인트 활자에는 사자체를 적용하지 않았다.

첫 번째 만남에서, 그러니까 피스터가 트레첼 형제에게 사자체는 장차 둥그스름한 서체의 보조 역할밖에 할 수 없을 것이라고 말했을 때, 형제는 의구심을 표시하더니 몇 분만 생각할 시간을 달라고 했다. 사실 10포인트 사자체는 글자 간의 여백이 없이 너무 촘촘한 데다 세로로 너무 길어 눈이 피로해지기 십상이었다. 게다가 그것은 프랑스 서체도 아니었다. 사자체는 이탈리아어나 라틴어에 적합했다. 프랑스도 자체 서체를 가져야 했다. 그래서 위험을 무릅쓰기로 한 트레첼 형제는 10포인트 활자, 12포인트 활자, 14포인트 활자, 18포인트 활자에는 둥그스름한 서체를 적용시켜 활자 주형(鑄型)을 만들어 달라고 했다. 트레첼 형제는 결과에 크게 만족했다. 그 활자 주형들은 트레첼 형제뿐만 아니라 프랑스의 모든 인쇄업자를 만족시켰다. 다들 견고한 서체 외곽선에 매혹되었던 것이다. 무엇보다도 그들은 M자 오른쪽에 그려 넣은 작은 세리프에 매료되었다.

피스터에게 일거리가 쏟아지기 시작했다. 그는 얼마 지나지 않아 셋방을 떠나 가정부를 고용했고, 리옹의 어느 멋진 동네에 2층짜리 집 한 채를 구입했다. 그는 그 집 1층에 인쇄소를 차렸고, 밀려드는 일감을 혼자서는 감당할 수 없게 되자 직원들을 채용했다. 처음에는 활자

---

50) '둥그스름한 활자'는 로마체 활자를 의미한다.

51) '10포인트 활자'는 요약본과 독서본에는 사용되지 않는 중간 크기의 활자를 말한다. 1포인트는 0.3514mm로, 예를 들어 8포인트 활자의 크기는 0.3514mm×8≒2.811mm가 된다.

를 조각하는 일만 했으나 차츰 사업을 확장해 활자를 정판하고 주조하는 일까지 했다. 그는 프랑스의 거의 모든 활자 주조업자들과 인쇄업자들에게 활자 원형을 공급했는데, 그들은 이제 사자체를 버리고 피스터가 고안한 둥그스름한 서체로 모든 책을 찍어내기 시작했다.

그날 늦은 오후, 숙련공들과 도제들이 퇴근한 뒤 피스터는 혼자 작업을 하고 있었다. 그는 세리프 하나를 활자의 여기저기에 붙여보면서 활자들을 합리적이고 실용적으로 개선할 방법을 찾고, 자신이 고안한 서체 M자의 새로운 모델들을 디자인하고, 그 어떤 인쇄업자도 주문하지 못할 특이한 활자들을 도안하면서 시간을 보내고 있었다.

물론 그는 매일 미사에 참석했다. 그는 신심이 깊은 훌륭한 시민이라는 평판을 얻고 있었다. 그는 성당에 헌금을 하고, 시에서 주관하는 각종 모임과 행사에도 적극적으로 참여했다. 가톨릭교회에 내는 넉넉한 기부금 덕분에 온갖 질투를 무마시킬 수 있었고, 상류 계급의 주요 인사들과 친분을 쌓을 수 있었다. 시간이 흐르면서 그는 그들의 신임을 얻었고, 그들의 비밀을 공유할 수 있는 사람이 되었다. 세상사가 그렇듯, 돈은 그를 존경스런 인물로 만들어놓았다. 밤에는 늘 친구 마티외 오리가 망토를 둘러쓴 채 그를 데리러 왔다. 가끔은 피스터나 오리가 함께 알고 지내던 남자가 동행했다. 하느님이 새로운 가브리엘로 임명한 오카냐의 프란체스코파 수도사였다. 가끔 그는 스스로를 가브리엘 천사 같은 사람이라고 말했던 것이다. 자신의 임무는 모든 처녀들과 성교를 함으로써 선지자들을 탄생시키는 것이라고 덧붙였다. 피스터와 오리는 그 말을 듣고는 그와 더불어 박장대소를 했다.

일주일에 한두 번 그들은 함께 리옹 외곽에 있는 수도원을 찾아갔다. 그 수도원의 수녀들은 사려가 깊고 상냥했다. 무엇보다도 프랑스

왕국의 종교재판소장인 마티외 오리가 방문할 때면 더욱 사려가 깊어지고 상냥해졌다. 수녀들이 피스터 일행에게 요구한, 단 한 가지 조건은 약간의 기품을 유지해줄 것, 즉 어떤 일이 있어도 대놓고 욕망을 드러내지 말라는 것이었다. 일반 여자들처럼 수녀들도 종교재판소장 일행의 남성미에 끌렸고, 방문자들이 그녀들을 위해 시간을 쓰고, 그녀들을 유혹해주고, 그러고서 그녀들의 행위를 정당화시켜주는 걸 고마워했다. 그녀들은 그들이 자신들의 행위를 정당화시켜주기만을 원했다. 그게 전부였다. 그러고서는 몸을 허락했다. 피스터는 수녀들이 자신들의 겨드랑이에 이스트를, 가슴에 밀가루를 바르는 걸 좋아했다. 유지방, 크림, 초콜릿 등 제빵공장에서 사용하는 재료를 좋아했다. 또한 막 만든 커다란 빵에 자신의 음경을 꽂아 넣은 채 종교적이고 성적인 이중의 의미가 들어 있는 「요한묵시록」의 성구들을 상대 수녀가 자신의 귀에 소곤거리도록 해놓고는 자위하는 것을 좋아했다. 성교가 끝난 뒤 쉽게 잠을 이룰 수 없을 때도 있었다. 그럴 때면 싸리풀 씨앗을 태워 냄새를 맡고 하늘을 나는 것 같은 환각에 빠지는 걸 좋아했다. 몸이 녹아드는 것 같은 느낌이 들면서 성령과 합치되는 것 같았다. 그가 좋아하던 제빵 담당 수녀 옆에서 하늘을 나는 환상에 젖은 채 잠이 든 것이 벌써 여러 번이었다.

피스터는 그렇게 이른 시각에 자기 집을 찾아온 마티외 오리를 보고 깜짝 놀란다. 게다가 낮에. 오리는 주로 밤에 피스터를 데리러 온다. 피스터는 오리가 오카냐의 프란체스코파 수도사와 함께 오지 않은 것 역시 이상하게 여긴다. 하지만 오리의 이른 출현은 사실 자신들의 밤 외출과는 아무런 관계가 없다. 피스터는 오리가 겨드랑이에 끼고 있는 두툼한 서류철을 보고서 그 이유를 이해한다. 오리가 서류철을 두 손으로 받쳐 든 채 어디에 놓을지 눈으로 찾고 있을 때 그 서류철의 존재가 더욱 두드러져 보였다. 실제로도 무거울 것 같다. 피스터가 그에게 탁자를 가리킨다.

"이걸 좀 봐주시오." 오리가 부탁한다.

피스터는 프랑스 종교재판소장이 내민 서류철을 펼쳐놓고 원고 맨 위에 씌어 있는 제목을 읽는다. 그리고 자신이 그 원고의 저자를 밝혀내는 데 적임자로 선택되었다는 사실을 금방 알아차린다. 누구든, 그 순간을 제아무리 철저하게 대비해왔다 해도, 위장을 하지는 않겠다고, 고양이와 쥐처럼 서로 잡고 잡히는 놀이는 하지 않겠다고, 허위적인 연극 같은 짓은 하지 않겠다고, 아무 소리도 없이 격렬하게 벌어지는 변증법적 전투에는 참여하지 않겠다고 제아무리 굳게 맹세한다 해도, 진실의 순간이 다가올 때는 감정을 숨기기 어려운 법이다. 피스터가 얼굴에 감정을 드러내지 않으려 애쓰면서 보낸 세월이 벌써 몇 해째이다. 그렇기 때문에 그가 유난히 무관심한 어조로 오리에게 다음과 같이 말하게 된 것도 강인한 의지 때문이라기보다는 무력감 때문이었다.

"『기독교의 회복』이라. 마티외, 이런 원고는 보나 마나 불법이잖아요. 그런데 왜 내게 이걸 읽으라는 거죠?"

오리는 피곤하다는 표정을 지으며 의자에 털썩 주저앉는다. 그 역시 게임을 하고 싶어 하지 않는 게 분명하다. 그는 게임을 원하지 않는 것이다. 지금 그가 가장 하기 싫어하는 것은, 이심전심으로 생각을 나누는 견유학파 학자들처럼 교묘하고, 신랄하고, 까다롭고, 부자연스러운 대화를 하는 것이다. 그래서 그는 종교재판소의 지하 감옥에 수감되어 있던 인쇄업자 장 프렐롱과 며칠 전에 나누었던 대화를 피스터에게 짤막하게 전해준다. 오리 역시 무관심한 말투이다. 하지만 그의 말투는 약간 불안정하다. 그의 말에는 피스터에 대한 질책도, 승리감도 드러나지 않는다. 그저 새로운 게임에 관해 말하는 것처럼 들린다. 그리고 어떤 점에서는 그렇기도 했다. 오리는 그 자리에서 게임을 그만두겠다는 말은 하지 않는다. 오히려 다른 게임을 제안한다. '당신이 날 도와주면 나도 당신을 돕겠소.' 그 게임에서는 속임수가 허용되지 않는다.

오리는 작업을 시작하기 위해 피스터에게 몸소 디자인한 M자를 보여달라고 한다. 돋보기로 활자들을 자세히 살펴보겠다고 한다. 마티외 오리가 피스터의 작업에 관심을 보인 것은 이번이 처음이다. 오리는 인쇄에 관해 관심이 없었다. 오리가 스스로 그렇게 말한다. 오리는 구식 학교 출신으로, 손으로 직접 쓴 글을 좋아한다고.

단순하게 보면, 피스터가 오리 앞에 펼쳐놓은 M자들은, 앞서 말했듯이, 세로획에 세리프가 달려 있는 것을 제외하면 별다를 게 없었다. 하지만 피스터가 디자인한 M자들에 달려 있는 세리프들은 한 가지 비밀을 지니고 있다. 돋보기로 유심히 살펴보면, 세리프에는 문제를 일으킬 만한 장면 하나가 새겨져 있다. 대충 보면 통통한 아기 천사가 상스럽게 자기 불알을 만지고 있는 장면 같다. 그런데 다른 각도로 보면, 이데올로기적인 내용을 함축하고 있는 인물상 같기도 하다. 즉 성체에 오줌을 갈기고 있는 교황이거나, 막달라 마리아와 결혼한 예수이거나, 똥을 싸고 있는 악마로 보이는데, 그 악마는 교황의 삼중관(三重冠)을 쓰고 있는 수탕나귀로 묘사되어 있다.

피스터는 성격이 아주 다른 여러 텍스트, 즉 여자들에 관한 텍스트, 신학 논문, 교황의 교서는 물론이고, 성서의 내용을 담은 가톨릭 설교집들, 루터주의 팸플릿 속에서 자신이 고안한 M자를 발견하고는 아주 강렬한 쾌감을 느낀다. 파리에서 온 인쇄업자 장 프렐롱이 트레첼에게 고발당하기 전에 피스터에게 활자 원형 몇 개를 제작해 달라고 부탁한 적이 있다. 피스터는 M자의 세리프 안에 칼뱅이 숫산양의 똥구멍을 빨고 있는 형상을 새겨 넣었다. 몇 주 동안 방에 틀어박혀 비밀리에 작업한 끝에 나온 것이었다. 결과는 만족스러웠다. 피스터는 흡족한 듯 혼자서 씩 웃었다. 우려했던 대로 프렐롱에게 팔린 그 M자는 며칠 뒤 여러 복음서 텍스트에 등장하더니 리옹에서 익명으로 유통되었다. 누군가가 프렐롱에게 그 M자들 속에서 뭔가 특이한 것을 보았다고 알렸을 것이다. 그리고 프렐롱은 실타래를 잡아당겨 실패를 뽑아내듯이 유추를 해보았을 것이다. 처음에 프렐롱은 아무 생각도 하지 못했다. 그러다 감방에서 생각할 시간이 많아졌을 때, 피스터의 존재를 알아차리게 되었다. 그 인쇄업자는 같은 세대의, 다른 호기심 많은 젊은이들처럼 뮌스터가 파괴되기 전에 뮌스터를 순례한 적이 있었다.

오리는 피스터에게 그의 스승들이 누군지, 지금껏 어떻게 살아왔는지 물어보지 않는다. 피스터가 리옹에 오기 전에 어디에서 일을 했는지, 어떤 인쇄업자들에게 활자 원형을 공급했는지도 알고 싶어 하지 않는다. 활자 원형을 인쇄업자들에게 공급해준 날짜도, 인쇄업자들의 이름도, 계약 서류도, 대금 결제 영수증도 요구하지 않는다. 오리는, 피스터의 진짜 신분을 증명할 자료를 제출하게 하고, 그 자료를 하나하나 검증해야 할 텐데도, 그런 생각조차 하지 않는다. 오리는 피스터를 체포하려고도 하지 않는다. 뭐 하게? 오리는 뮌스터에서 일어난 사건이 프랑스에서 일어나지 않는 한, 그런 일에는 별 관심이 없다.

"그렇다면, 당신이 원하는 건 뭡니까?"

"이미 말했다시피, 이 원고를 읽어보기 바라오. 그리고 이 원고의 저자를 찾아보시오. 재세례파 교리에 관해서는 나보다 더 많이 알고 있을 테니, 당신은 여기서 내가 찾아내지 못한 단서를 찾을 수 있을 거요. 당신은 그 사람들을 알고 있으니 어디를 가야 할지, 어느 문을 두드려야 할지 알 수 있을 거요. 계약을 하자는 말이오. 그러니까 당신이 날 도와주면 나도 당신을 돕겠다는 거요. 그 원고의 저자를 찾아주면, 당신이 평생 마음 놓고 살아갈 수 있는 새로운 신분증을 구해주고, 당신을 종교재판소의 감독관으로 변모시켜줄 또 다른 신분증도 구해주겠소. 그게 무슨 뜻인지 알겠소? 예? 그렇게 되면 당신은 치외법권적인 특권을 갖게 될 거요. 당신은 법에 따라 뭐든지 할 수 있을 거요. 당신은 경위들에게 체포되지도, 판사들에게 형을 선고받지도 않게 될 거요. 범인이든 증인이든, 당신이 필요로 하는 사람에 대해 소송을 제기하기 위해 사람들로부터 정보를 얻고 진술을 받을 권한을 갖게 될 거요. 당신은 범인을 체포하고 억류하여 자백을 받아낼 수 있고, 관련자를 소환해 증언을 들을 수 있고, 그들을 투옥시키고 고문하고 정보를 캘 수 있을 거요. 당신은 무기를 지참할 수 있을 것이고, 당신이 부과하는 모든 벌금을 챙길 수 있을 거요. 당신은 세금을 면제받을 수 있을 것이고, 모든 가톨릭교도들은 당신에게 협조하고 자신들의 집에 당신을 유숙시키고 식사를 대접해야 할 거요. 평생 동안 말이오. 이런 건 우리가 우리 자신에게 부여하는 특권이라오. 법을 행사하는 사람들이 그 법의 제재를 받게 할 필요는 없으니까요. 만약에 법을 행사하는 사람들이 그 법의 제재를 받게 된다면, 그 법은 결코 공정한 법이 될 수 없을 거요. 그리고 하나의 공정한 법과 한 명의 면책특권을 지닌 사람이 모두에게 적용되는 불공정한 법보다 더 가치가 있어요. 게다가 수많은 영혼을 지옥으로 보내버린 당신 같은 개자식들은 평생 개자식들로 지낼 테니, 면책특권이 공기만큼이나 필요할 거요. 그런데 그 면책특권만 갖고 있으면 그 누구도 당신네들을 없애지 못할 거요."

『기독교의 회복』에는 MSV라고, 저자의 이름이 약자로 씌어 있다. 재세례파교도들은 회복을 강력히 원하고 있다. 그들은 늘 처음에는 모든 것을 파괴했다가 나중에 복원했다. 피스터는 오리가 건네준 원고 사본을 읽고는 이와는 상반된 느낌을 받는다. 원고에 드러나 있는 분노와 짜증이 다른 세상 것처럼 보인다.

> 친애하는 형제 여러분, 그대들은 투쟁하기 위해 자신을 사랑하시라. 복음전도자들의 초라한 무기나 번민이 아니라 복수의 힘으로 자신을 사랑할지니, 바빌로니아의 권력을 뿌리 뽑기 위해, 그리고 무신론자들의 제도들을 파괴하기 위해 자신을 사랑하시라.

피스터는 이 모든 것으로부터 너무 멀리 떨어져 있다. 피스터가 신학적인 설사(泄瀉) 같은 이 책을 읽고도 토악질을 하지 않기 위해서는 자신의 본성에 상당한 폭력성을 첨가해야 할 것이다. 그는 이 책을 통해 자신을 어느 정도 파악하는 동시에 구역질을 느낀다. 그의 속을 뒤집어놓는 것은 이 글의 내용보다는 표현 방식이었다. 책에 드러나 있는 증오, 확신, 오만, 그러니까 저자 자신이 선각자라는 오만한 확신 때문이다. 하지만 실제로 피스터도 늘 그런 식이었다. 이런 사실을 확인하는 것 역시 피스터를 짜증나게 한다. 피스터가 해석해낸 그 인물, 즉 특유의 열정으로, 확신에 찬 목소리로, 독단적인 완고함으로 떠들어대는, 그 인물, 천진성과 위선이 묘하게 뒤섞여 있는 그 인물은 계속 구역질을 일으킨다. 하지만 이 책은 동시에 그를 감탄하게도 하고 당황하게도 한다. 이런 책은 본 적이 없다. 피스터가 지금까지 만나본 재세례파교도 중에는 이런 책을 쓸 수 있는 사람이 없을 것이다. 피스터 자신마저도. 책의 저자는 백과사전적 지식을 갖추고 있는데, 저자가 과격주의자일 경우에는 자신의 지식을 통해 스스로의 신분을 드러내는 경우가 결코 없었다. 사실, 라틴어에 관한 기본 소양을 갖추고 있는 사람을 찾아내는 건 어려운 일이었다. 이 저자는 전치격을 조금 서툴게 사용하기는 했지만 라틴어를 능숙하게 쓰고 있을 뿐만 아니라, 그리스어와 히브리어에도 정통한 것으로 보인다. 유대인 같지는 않다. 할례를 받은 남자들, 즉 유대인들은 대개 정확하고 엄격한데, 이 책은 완결되지 않은 테마들과 제대로 다듬어지지 않은 제안들로 가득 차 있다. 이렇듯 이 책에는 수많은 사안이 다루어져 있어 얼핏 보면 혼란스러울 수도 있다. 하지만 사실은 그렇지 않다. 상당히 상이한 요소들을 상호 연관성과 논리성이 높은 하나의 체제 속에 통합시켜놓았다. 모순된 것들, 모순적이라 할 수 있는 것은 단 하나밖에 없다. 즉 저자는 종교의 신비를 이성적으로 이해해야 한다면서도 이성을 불신하고 있다. 저자는 인간의 지식이 유한하지만 우리는 그것을 모두 이해할 수 없다고 말하고 있다.

오리는 그 원고가 재세례파적인 주제를 다룬 것이라고 말했었다. 그에 관해서는, 두말하면 잔소리이다. 재세례파교도의 숫자만큼 많은 재세례파교리가 있는데, 특히 뮌스터에서 재세례파 운동이 일어난 뒤부터는 그 숫자가 더욱 늘어났다. 그리고 현재 재세례파교도들은 오직 분노에 사로잡혀 있다. 앞서 언급했던 재세례파교리와 더불어 반삼위일체 이론, 루터주의, 칼뱅주의, 가톨릭주의, 영지주의적 요소들과 신플라톤주의적인 사상들도 들어 있다. 작가가 자기 문명의 결정판, 즉 모든 종교에 관해 책을 한 권 쓰려고 한 것 같다는 느낌을 준다. 그렇기 때문에, 프랑스에 재세례파 집단들이 있다는 가정 하에 그 집단들에 관해 조사하는 것은 조사의 범위를 너무 축소시키는 것이다. 사실, 저자는 훨씬 더 멀리 나가 있다.

피스터는 책에 신플라톤주의적인 사상 역시 유별나게 많이 들어 있다는 이유로 신플라톤주의적인 자취를 추적해볼까 생각한다. 당시 프랑스에서는 플라톤에 관해 언급하거나 플라톤의 영향을 받는 것은 특이한 일이었다. 사실, 플라톤은 피치노[52]가 번역했다. 아주 특이하게도 이름 하나만이 피스터의 머리에 떠오를 뿐이다. 바로 샹피에이다. 생포리엥 샹피에[53]. 프랑스에서 유일하게 신플라톤주의를 연구한 그는 오래전에 사망했다.

피스터는 그 원고를 읽으면서 저자의 삶에도 관심을 기울이는데, 특히 저자의 신분이나 저자가 활동하고 있는 여러 집단에 대해 단서가 될 만한 것에 관심을 기울인다. 피스터는 이런 원고는 거의 대부분 자전적이라는 사실을 경험을 통해 알고 있다. 그리고 이 원고가 저자의 첫 번째 원고는 아닐 것이라고 유추해본다. 실제로 저자는 전에 쓴 원고 때문에 추방당해야 했다. 원고에 그렇게 씌어 있다. 아마도 그는 인디아스[54]로 도망치려고 했으나 뜻을 이루지 못한 것 같다. 서문에 따르면, 당시 저자는 스무 살이었는데, 이를 통해 볼 때 현재 대략 3, 40대가 되어 있을 것이다. 저자에 관한 정보는 그리 많지 않으나 어느 정도의 가치는 있다. 그리고 저자는 볼로냐에서 거행된 황제의 대관식에 참석한 적이 있다. 그런데 그의 나중 행적으로 미루어

52) 피치노(1433~1499년)는 이탈리아의 의사, 인문주의자, 철학자이다. 플라톤의 전작을 라틴어로 번역했다.

53) 생포리엥 샹피에(1471~1538년)는 리옹 근처의 생-생포리엥 출신 의사로, 리옹에 의과대학을 설립했다. 세르베투스에게 영향을 주어 의학을 전공하게 했다.

54) '인디아스'는 아메리카 신대륙을 지칭한다.

보건대, 대관식이 마음에 썩 들지는 않았던 것 같다.

피스터는 이내 뭔가를 발견한다. 그 순간까지 원고가 너무 많은 것을 다루고 있어서 진절머리가 났지만, 왠지 친근하다는 느낌이, 뭔가 알 것 같다는 느낌이 든다. 신학자들 사이에 통용되는, 썩 새롭지 않은 은어들 때문이다. 하지만 원고의 마지막 부분에서 피스터는 성령에 관한 특이한 문장을 발견하고는 당황한다. 그 문장이 그의 마음에 더 든다거나 덜 들어서는 아니다. 그것을 어떻게 받아들여야 할지 몰랐기 때문이다. 피스터의 지적 세계에는 성령에 관한 그런 생리학적 설명을 포함시킬 부분이 없었다. 그렇다, '성령에 관한 생리학적 설명'이 가장 적확한 표현이다. 성령이 생명체에 삶을 부여하는 에너지라고 기술되어 있기 때문이다. 성령은 동맥의 피를 움직이고 뇌로 들어가 감각을 자극한다는 것이다. 피스터가 생각하기에 그토록 무모하고 뻔뻔스럽게 신학과 의학을 접목시키려 한 사람은 없었던 것 같다.

"저자는 신학자가 아니라 의사예요." 잠시 후 피스터가 말한다. "그래서 그의 책은 조금 낯설다는 느낌과 함께 불쾌감을 유발하지요. 나 같으면 저자에 관한 단서를 의과대학에서부터 찾아보겠어요. 내가 당신에게 해줄 수 있는 말은 이것뿐이오."

오리는 자리에서 일어나 서기를 부르더니 통행권에 들어갈 내용을 구술하고, 신분증을 만들어오게 한 다음 서명을 하고 날인까지 한다.

"받아요." 오리는 발급된 증명서들을 피스터에게 건넨다. "이제 의과대학에서 찾아봐요. 당신 생각에 여기다 싶은 곳이라면 어디서든 찾아보고, 15일 안에 돌아와 내게 저자의 신분과 이름을 알려주시오. 당신이 날 도와주면 나도 당신을 돕겠다고 한 말을 잊지 마시오."

이론

피스터가 집을 나서자 검은 옷을 입은 남자가 진줏빛 말 위에서 고삐를 쥔 채 그를 기다리고 있다. 피스터가 나타나는 것을 본 그는 끝부분에 칼이 달려 있어 창처럼 보이는 몽둥이를 왼손으로 잡는다. 피스터는 겁을 먹는다. 그토록 몸집이 좋고 인상이 험악한 사람이 새벽녘에 온통 검은 옷을 입고 그의 집 밖에서 그를 기다리는 것에 익숙하지 않기 때문이다. 그가 피스터에게 다가와 자신을 소개한다. 이름이 롤랑이다. 마티외 오리가 롤랑에게 피스터를 보호해달라고 부탁한 것이다. 프랑스 종교재판소의 세부 지침에 따른 조치이다. 그렇다. 하지만 이 남자는 누구일까. 경위? 감독관? 경호원? 신학자?

"당신의 안장 안에 주머니를 달아놓았습니다."

롤랑의 말을 듣고 피스터는 깜짝 놀란다. 그가 집 안으로 들어온 것을 보지 못했기 때문이다. 그런데 언제 안장에 주머니까지 달아놓았다는 말인가!

"제가 집으로 들어가는 모습을 아무도 보지 못하게 하는 것도 제 임무니까요. 돈과 서류는 그 주머니에 넣으세요. 악당들이 뭔가 훔치려고 우리를 공격할지도 모르니까요."

피스터가 묻지도 않은 말에 롤랑이 대답한 것은 그것이 처음이자 마지막이었다. 그 순간부터 롤랑은 피스터가 뭔가를 물어야만 입을 열 것이다. 그리고 피스터는 묻는다. 많이 묻는다. 하지만 롤랑은 아주 적은 정보만을 준다. 피스터는 그가 누구인지도, 자신들이 어디로 가는지도, 그 남자의 사명이 무엇인지도 모른다. 롤랑이라는 남자가 대체 무엇을 알고 있는지 알아내고 싶은 마음에 계속 질문을 던지자 그가 말을 멈추고 말한다.

"여보세요. 저는 그저 일개 경위일 뿐입니다. 제 임무는 어디든 당신을 따라다니는 겁니다. 저는 당신이 볼일을 볼 때조차도 당신에게서 눈을 뗄 수 없습니다. 그리고 잘 때에도 두 눈을 뜨고 자야 한다고요. 혹시 두 눈을 뜨고 자본 적이 있습니까?"

"단 한 번도 없소."

"그건 대단히 불편한 짓이죠. 저는 그 밖의 것에는 전혀 관심도 없고, 이해할 준비도 되어 있지 않습니다."

피스터는 그의 말을 재미있게 듣고 있다.

"만약 우리가 함께 여행을 하려면, 서로 잘 지내는 게 좋을 거요." 피스터가 뜸을 들였다가 이렇게 제안한다. "가는 데 7일, 오는 데 7일 걸려요. 그러니 서로를 잘 알아야 하지 않겠소."

"제 할머니의 말씀에 따르면, 두 사람 가운데 한 사람이 알고 싶어 하지 않으면 서로 안다고 할 수 없답니다. 그리고 제 경험에 비추어 보면, 불가피하게 함께 여행을 하게 된 사람과 실제로 잘 지내기 위해서는 서로에 대해 잘 모르는 게 낫죠."

그의 말은 아주 타당하다. 적당한 거리를 두고 말을 너무 많이 하지 않는 것은 예의까지는 아니라도 상대에 대한 배려이다. 피스터가 그의 말에 수긍하면서도 말없이 말만 타고 가는 것은 거부한다. 자신을 힘들게 만드는 뭔가를, 상당히 심각한 뭔가를 묻고 싶기 때문이다. 날이 밝았을 때 피스터는 롤랑이 대답해줄 만한 질문을 한다.

"롤랑, 마지막으로 질문이 하나 있는데 대답해줘요. 내가 내 임무를 완수하고 당신이 나를 없애는 임무를 완수하면 ……."

롤랑은 피스터가 말을 채 끝맺기도 전에 끼어든다.

"다시 한 번 말하지만, 제 임무는 당신을 보호하는 겁니다. 당신을 죽일 수는 없습니다. 당신이 저를 공격하더라도 저는 당신을 죽일 수 없습니다. 제 자신을 보호해야 할 경우에도 당신을 죽여서는 안 됩니다. 이건 불공평하게도 제게만 지워진 한계죠."

피스터는 깔깔 웃음을 터뜨린다.

"그런 거라면 걱정할 필요 없소. 난 당신을 죽일 생각이 전혀 없으니까."

피스터는 누군가를 죽일 수 없다. 그것은 확실하다. 하지만 도망치는 것은, 그래 도망칠 수는 있다. 피스터는 이미 그럴 생각을 하고 있다. 그리고 피스터는 머지않아 탈주를 시도할 것이다. 우리는 그 모습을 곧 보게 될 것이다.

여정은 매일 거의 바뀌지 않은 채 반복된다. 아침 다섯 시에 일어난 피스터는 롤랑이 배불리 아침밥을 먹고 있는 동안 사지에 생기가 들어오도록 팔다리를 쫙 뻗어준다. 그러고 나서 식초로 손을 씻고 장미수로 얼굴을 닦는다. 차가운 물로 눈을 문지르고 이를 닦은 다음 소량의 아침 식사를 한다. 해가 떠오를 때까지는 말을 타고 가는 사람이 그 둘뿐이다. 그 시각이면 길이 텅 비어 있어 누군가와 마주칠 일이 없다. 그러나 해가 떠오르면 상황은 달라진다. 해가 떠오르면

많은 여행자가 길을 오가기 때문에 말을 천천히 몰 수밖에 없다. 두려움, 전쟁, 역병에도 불구하고 길은 사람들로 북적댄다. 양 가죽 외투를 싸게 팔겠다며 사달라고 다그치는 상인들이 있는데, 사실 그 외투는 양 가죽이 아니라 고양이 가죽으로 만든 것이다. 완벽한 상태의 몸 쪼가리들, 즉 전완(前腕), 다리, 몸통, 머리, 혹은 교수형을 당한 사람의 시체를 팔려는 사람도 있는데, 어떤 부위는 여전히 온기를 간직하고 있었다. 2리터짜리 병에 포도주를 담아 파는 사람도 있다. 그 포도주는 사실 더러운 물을 섞은 포도즙이다. 가끔은 이런 소동도 재미있다. 또 가끔은 허황된 제비뽑기 같은 것에 관심을 갖는 롤랑이 짜증스럽기도 하다. 하지만 사려 깊은 피스터는 항상 인내심을 갖고, 대화를 통해 롤랑을 즐겁게 해주려 한다.

우연히 함께 여행하게 된 동행들 가운데에는 넌더리 나는 삶을 살거나, 매력이라고는 없거나, 그냥 부담스럽기만 한 사람도 있다. 여행 내내 스페인 카를 5세의 정책들을 분석한 스페인 여행자가 바로 그런 경우이다. 피스터는 그와 대화를 나누면서도 딴생각을 한다. 하지만 그 밖의 사람들은 단순하다. 종교재판소에서 일하면서 죄를 자백받기 위해 어떤 고문을 했는지 시시콜콜 피스터에게 늘어놓은 의사처럼 혐오스러운 사람도 있었다. 전문적으로 증인 일을 하는 사람도 만난다. 그는 종교재판소가 찍어주는 사람을 싼 가격에 고소해줌으로써 생계를 해결하고 있다. 그는 한순간에 온갖 것들을 들이대서 이단자를 날조해낼 수 있다. 그런데 이 사람의 몸에서 특이한 일이 벌어진다. 그러니까, 파리에 도착하기 얼마 전의 일이다. 이 가짜 증인이 입을 벌린 채 잠들어 있다. 피스터는 그 모습을 물끄러미 바라보다가 이내 그의 몸속에서 뭔가가 꿈틀거리는 것을 알아차린다. 끈적끈적한 작은 물체 하나가 두 눈을 빛내며, 잠들어 있는 그 남자의 이빨 사이에서 나와 윗입술을 덮더니 콧구멍 속으로 들어간다. 롤랑은 그 끈적끈적한 벌레가 그의 콧구멍 속으로 사라지기 전에 손가락으로 집어 들어 기름램프에 갖다대고 들여다본다.

"내장이 썩은 사람들이 있어요." 롤랑이 말한다. "우리가 생각하는 것보다 훨씬 많아요. 낮에는 멀쩡해 보이지만, 잠이 들면 몸속에 살고 있는 벌레들이 콧구멍이나 괄약근을 통해 밖으로 나오지요. 여러 해 전에 아주 연로한 공작부인을 보호하는 일을 맡았는데, 그녀는 제가 잠을 자게 가만 내버려두지를 않았어요. 저는 자겠다고 했지만 그녀가 못 자게 했죠. 그러던 어느 날, 우리 둘 다 포도주에 취해버렸고, 그녀는 그만 제 옆에서 잠들었어요. 자정쯤 잠에서 깨어보니 제 몸이 메뚜기로 뒤덮여 있더군요. 날개 없는 파리 떼들이 그녀의 입, 귀, 코, 그리고 음부에서까지 나오고 있었어요. 한쪽 눈에는 바퀴벌레처럼 생긴 벌레 한 마리가 살고 있었어요. 그 벌레가 그녀의 윗눈썹을 침대 커버처럼 들어올리더니 촉수를 뻗아내 주위를 살펴보고는 외부 세계에는 별 관심이 없다는 듯 도로 들어가버렸어요."

시빌레라는 남자처럼 재미있는 동행도 있다. 그는 자신이 죽었다가 살아날 수 있다고 장담한다. 정체를 들키지 않으려고 3분마다 자기 이름을 바꾸는, 도망자 같은 행인들도 있다. 피스터와 롤랑은 이런 여행객들과 교류하면서 프랑스의 이쪽 끝에서 저쪽 끝으로 가고 있다. 두 사람은 페스트로 황폐화된 지역들, 즉 전염병의 확산을 막기 위해 불을 질러버리는 바람에 인적은 없고 재만 남아 아무도 들어갈 생각을 하지 않는 마을들을 통과한다. 나무가 빽빽한 숲들, 드넓은 논밭이 펼쳐진 풍요로운 지역들도 통과한다. 두 사람은 이런 곳에서 유숙하면서 객줏집이나 여인숙의 환대를 받고 싶어 한다.

숙소에 잠시 머무는 동안 피스터는 도망갈 틈을 노린다. 어느 날 밤, 풍성하고 맛있는 요리로 식사를 한 뒤, 롤랑에게 식곤증이 찾아오고, 또 롤랑이 우연히 지인을 만난 틈을 타서 몰래 말을 타고 제네바를 향해 줄행랑을 친 것이다. 포도밭을 통과하고, 강을 건너고, 산을 넘고, 숲 속을 지나간다. 얼마 동안 말을 몰았는지 모른다. 말이 지쳐 더 이상 달릴 수 없게 되었을 때 말에서 내려 말에게 강물을 먹인다. 이제는 롤랑이 따라잡을 수 없을 거라 생각해본다. 잠시 후 은신처를 발견한 피스터는 침대를 빌려 잠을 청한다. 다음 날 아침, 피스터가 잠에서 깨어보니 롤랑이 옆에 누워 있다. 롤랑이 피스터를 쳐다보는 것 같지만, 사실은 그렇지 않다. 롤랑은 자고 있다. 두 눈을 뜬 채 자고 있는 것이다.

카르투시오 수도원에 붙어 있는 집 두 채를 사서 허물고, 그 자리에 새로 정원을 갖춘 파리 의과대학 신축 건물을 세웠다. 바로 그날이 준공식날이다. 그날은 성 루이의 축일로, 학생들은 수호성인의 축일을 축하하고 있다. 아침부터 시끌벅적한 웃음꽃이 핀다. 학생과 교수가 파리 시민과 뒤섞여 성 루이의 작품들, 특히 서예 작품들을 보고 감탄한다. 최고 학년의 일부 학생들은 다양한 논문을 발표하면서 학생과 방문객을 토론에 끌어들인다. 피부에 관해, 혈관의 기능에 관해, 그리고 영혼의 안식에 관해 공개 토론이 열린다. 그처럼 자극적인 분위기에 몰입해 정원을 걷고 있는 사람이라면 토론장에서 흘러나오는 말 몇 마디, 대답 없는 질문, 질문 없는 대답, 그리고 불완전한 언술을 듣게 된다. 사물의 발광 이미지는 눈으로 포착되어 신경을 통해 몸 안으로 전달된다고, 누군가 하는 말이 들린다. 신경은 속이 비어 있다고, 누군가 대답한다. 신경은 빛을 전달하는, 가는 실 같은 것이기 때문에 비어 있을 수가 없다고, 누군가 말한다. 영혼은 뇌 속에 들어 있다고, 조금 더 멀리 떨어진 곳에서 누군가 주장한다. 그러자 뇌는 차가운 덩어리라서 정신의 온기가 들어가 있을 수 없다고, 다른 사람이 확언한다. 뇌는 배설강 역할을 하기 때문에 입천장과 콧구멍으로 연결되어 있다고, 몇몇이 그에게 대답한다. 콧구멍이라고요? 거긴 영혼이 있을 수가 없어요. 콧구멍에 영혼이 없다뇨? 영혼은 온몸에 퍼져 있다고요.

이처럼 옥신각신하는 논쟁은 점점 작아져 온갖 그림과 태피스트리로 멋지게 치장된 화려한 교수 식당에까지 들린다. 천장에는 향기 나는 초로 이루어진 거대한 등이 달려 있는데, 그 불빛 때문에 식당이 더욱 빛나 보인다. 식탁 위에는 타출세공(打出細工) 잔과 작은 접시, 커다란 타원형 접시, 냄비, 와인 통 등이 반짝반짝 윤을 내고 있다. 네 사람을 위한 식탁이 준비되어 있다. 종교재판소는 감독관 피스터가 학장을 비롯한 일부 교수와 비공식 대담을 하기 위해 방문할 것이라고 대학 측에 통보해놓았다. 사실 종교재판소 당국자의 방문은 그 무엇보다 큰 공포감을 심어주기 때문에 더 많은 주의를 기울이고 염려를 해야 한다. 종교재판소는 시민들에게 이런 병적인 불안감을 조장함으로써 그 어떤 시민도 자신이 결백하다는 절대적인 확신을 가질 수 없게 했다. 그렇게 해서 겉보기에는 질서가 더욱 잘 유지되고, 반역의 위험도 상당히 감소된다. 종교재판소 직원이 문을 두드리면 안에 있는 사람은 필시 무슨 일이든 일어날 거라 짐작하게 된다. 종교재판소 직원은 단순히 잠잘 곳을 요구하는 것에서부터 다짜고짜 질문을 줄줄이 쏟아낸 뒤 당사자를 체포하는 일까지 무엇이든 할 수 있다. 피스터의 방문을 알리는 편지에는 혈액의 순환에 관한 텍스트 한 권이 첨부되어 있었다. 편지는 모임에 참석하는 사람들이 사전에 텍스트를 꼼꼼하게 읽어줄 것을 당부하고 있었다.

1553년 파리 의과대학은 동서고금을 막론하고 다른 모든 대학의 모든 단과대학과 마찬가지로 도저히 화해가 불가능한 두 파로 갈라져 있다. A파의 대표로 해부학 교수인 자크 뒤부아가 참석한다. 자크 뒤부아 앞에는 역시 해부학 교수이자 B파의 대표인 요하네스 귄터 폰 안더나흐가 앉는다. 그 두 사람 사이에 학장인 외과의사 장 타고가 자리하고 있다. 피스터가 단호한 걸음걸이로 식당에 들어서자 세 사람이 자리에서 일어난다. 타고가 피스터를 맞이해 동료들을 소개한다. 자크 뒤부아는 헝클어진 백발에 키가 무척 크고 삐쩍 마른 사람이다. 코가 크고 눈이 불룩 튀어나와 있다. 그보다 더 젊은 귄터는 검은 수염을 가슴에 닿도록 길게 늘어뜨린 통통한 사람이다. 피스터는 교수 셋을 자세히 관찰하고, 교수들 또한 권력이 늘 야기하는 공포심을 품은 채 방금 도착한 남자의 거동을 주시한다. 한쪽 구석으로 물러난 롤랑은 자신이 다듬을 나무토막을 만지작거리고 있다. 피스터는 자리에 앉기 전에 물과 식초로 손을 씻게 해달라고 부탁한다. 학장인 장 타고가 손짓을 하자 시종이 황급히 달려온다. 타고가 귀에 대고 지시를 하자 시종이 세면기를 들고 돌아온다. 시종은 피스터의 손에 먼저 소독제를 붓고 나서 미지근한 장미 향수를 넉넉하게 붓는다.

"전염병을 예방하기 위해서죠." 피스터가 말한다.

그 말을 들은 의사들은 피스터가 어떤 부류의 환자인지 알아차린다. 즉 그런 환자들은 자신이 어떤 병에 걸렸는지 모를 경우 병을 단순히 신체 기관의 기능 장애로 믿는 경향이 있고, 현재 건강에 특별한 이상이 나타나지 않을 경우 아주 나쁜 징조로 생각하는 경향이 있다. 그렇듯, 가시적인 증세가 나타나지 않음으로써 그들은 결국 치료가 불가능한 몹쓸 병에 걸리게 된다. 이처럼 상상력이 풍부한 환자들은 자기 자신에 대한 엄청난 걱정을 숨기고, 자신이 죽음을 몹시도 두려워한다는 사실도 드러내지 않는다.

먼저 커다란 은 접시에 빵이 담겨오고, 곧이어 전채 요리인 소시지와 파이가 금도금 접시에 담겨온다. 이어서 여러 가지 맑은 국, 구이, 스튜, 과자 등 온갖 진미가 담긴 커다란 접시들이 끊임없이 들어온다. 처음에는 차가웠던 분위기가 각종 산해진미, 감미로운 부르고뉴 포도주와 더불어 화기애애해진다. 그들은 일상사를 비롯해, 여행, 파리의 날씨, 의과대학에서 막 끝마친 일들에 관해 얘기한다.

후식을 먹을 시간이 되어, 피스터가 마지막으로 설탕에 절인 과일을 맛있게 삼키고 나서야 비로소 본격적인 대화가 시작된다.

"여러 교수님들. 이렇게 맛있는 점심 식사를 친절하게도 저와 함께 해주셔서 감사드립니다. 하지만 여러분께서도 이해하시다시피, 저는 더 이상 바랄 게 없을 정도로 맛있는 파리의 음식을 먹으러 리옹에서 여기까지 온 게 아닙니다." 피스터가 근엄한 목소리로 말한다. "제가 이곳으로 떠나오기 전에 여러분께 보내드린 그 편지를 보고 짐작하셨겠지만, 제가 여기 온 이유는 이단과 관련이 있습니다."

피스터는 물을 조금 마시고, 자신의 말에 세 명의 교수가 어떤 반응을 보이는지 확인하기 위해 잠시 뜸을 들인다. 여기서 말하는 이단은 본질적인 해악 또는 정당하다고 인정할 수 없는 해악을 의미한다. 다시 말해, 오직 타인의 고통을 즐기겠다는 의도로 해를 끼치는 것을 의미한다. 사실 교양 있고 감수성 풍부한 사람에게는, 각종 오류를 전파시키기 위한 핑계로 사용되고, 글을 읽을 줄 모르는 비천한 사람들을 속이기 위한 핑계로 사용될 수 있는 것은 그 무엇이든, 그 어떤 관념이든, 그 어떤 목적으로도 용인되지 않는다. 그리고 결백한 인간들을 무차별적으로 죽이는 행위를 정당화시킬 수 있는 것 또한 없다.

"여러분께서도 잘 아시다시피, 프랑스 종교재판소는 대단히 효율적으로 일을 처리하는 것으로 유명합니다. 그 증거로, 최근에 우리 종교재판소가 참으로 위험한 원고 하나를 입수했다는 겁니다. 우리는 저자의 소재를 파악하고, 원고가 인쇄되어 마구잡이로 배포되는 것을 막기 위해 최선을 다하고 있습니다. 그 원고가 인쇄되어 배포되는 것은 엄청난 재난이기 때문입니다."

여기서 피스터는 다시 뜸을 들인다. 자기 입에서 나오는 말이 무척 마음에 든다. 이런 경우에는 엄숙성과 겸손함을 그처럼 뒤섞어 얘기하는 것이 효과적이다. 그가 종교재판소의 진짜 감독관처럼 보인다.

"우리가 이 범죄인의 소재를 파악하기 위해 현재 갖고 있는 유일한 단서는 그가 쓴 원고뿐입니다. 저의 상관들은 그 괴이한 원고의 저자를 찾는 데 이 변변찮은 감독관이 합당하다고 생각한 모양입니다. 어찌 되었든, 저도 원고를 여러 번 읽어보았지만, 한 가지 방향으로 조사를 집중할 만큼 독창적인 교리도, 신학적인 문제 제기도, 불일치도 찾아내지 못했습니다. 그럼에도 불구하고, 저는 수백 쪽에 달하는 이 원고에서 특이한 단락 하나를 발견했습니다. 신기하게도, 그리고 예상했던 바와는 달리, 그 단락은 신학적인 것이 아니라, 의학적인 것이었습니다. 그런데 저는 신학에 대해서는 조금 알지만 의학에 대해서는 무지합니다. 특이하게 보이긴 하지만, 이 방대한 신학적 논저에 짧은 의학적 정보가 하나 들어가는 바람에 그 저자를 찾는 데 필요 이상으로 애를 많이 써야 할 것 같습니다."

피스터는 말을 유창하게, 너무 유창하게 풀어나가고 있다. 당시까지는 그런 적이 단 한 번도 없었다.

"그 단락은, 새삼 재론할 필요도 없이, 이미 여러분께서 꼼꼼하게 읽으셨을 겁니다. 이제 여러분께서는 그 부분에 관해 생각하셨던 바를 빠짐없이 알려주셨으면 좋겠습니다. 여러분께서 그 부분을 읽으면서 생각하셨던 것이 있으면 무엇이든, 어떤 지적이든 다 좋습니다. 여러분께서 중요하지 않다고 생각하시는 것들도 우리가 정해놓은 일부 가설을 확인하는 데 열쇠가 될 수 있습니다."

피스터는 세 교수에게서 눈을 떼지 않은 채 물 컵을 비운다. 그리고 그들 가운데 그 누구도 자신의 감독관 신분을 의심하지 않으리라 확신한다. 그가 그들에게 확실한 공포감을 조성했고, 자신의 말에 담긴 중요성을 제대로 전달했다고 믿는다.

교수들은 생각에 잠긴다. 잠시 후 세 교수 가운데 나이가 제일 많은 뒤부아 교수가 말문을 연다.

"감독관님, 저 개인적으로는 보내주신 부분을 주의 깊게 읽어볼 필요를 느끼지 못했습니다. 세 번째 줄을 읽으면서 그것이 베살리우스[55]의 말이라는 사실을 알았기 때문입니다. 새 시대의 모든 악을 대표하는, 이 학교의 옛 학생인 안드레아스 베살리우스의 것입니다. 베살리우스는 이곳에서 고전을 멸시하던 학생으로 명성이 자자했습니다. 저는 어느 초보자의 관점이 어느 현자의 텍스트보다 더 가치 있다는 논리를 여전히 수용할 수 없습니다. 요즘 젊은이들은 갈레노스[56]의 학설이 그저 하나의 관점일 뿐이라고 말하지만, 저는 그렇게

---

55) 안드레아스 베살리우스(1514~1564년)는 플랑드르 출신 의학자이다. 인체에 관한 세밀한 해부학적 묘사로 생물학과 의학 연구에 혁명을 일으켰다. 그 자신이 직접 해부하고 관찰한 것을 기초로 해부학에 관한 최초의 포괄적인 교과서를 쓰고 직접 삽화를 그려 넣었다. 1540년 1월, 그는 로마의 마르쿠스 아우렐리우스 황제의 주치의였던 갈레노스에게 의존하던 의학적 전통을 깨고 스스로 사체를 해부함으로써 고대의 교과서를 비판했다. 그는 갈레노스의 해부학이, 가톨릭을 신봉하던 로마제국에 의해 엄격히 금지되었던 인체 해부에 기초하지 않고, 대신 개, 원숭이, 돼지, 소 등 동물 해부로부터 얻은 결과를 사람에게 적용한 것이라고 주장했다.

생각하지 않습니다. 사물의 본질을 파악한다는 이유로 시체들을 파내서 돼지처럼 해부하는 것은 무용합니다. 저는 옛 학파에 속하는 사람으로, 사물들에 관해 진정한 지식을 쌓고 싶다면 실습이 아니라 이론으로 무장하면 된다고 생각합니다. 우주가 우리의 불완전한 감각으로 인식할 수 있는 것들로만 이루어져 있다고 생각하는 것은 순전히 교만입니다."

뒤부아가 피스터에게 이 말을 하는 것 같지만, 사실은 동료 교수들에게 한 것이라는 점은 분명하다. 물론, 그 노교수의 말이 은밀하게 전개되는 어느 전투의 전초전이라는 사실을 알아차리기 위해 대학에 관해 속속들이 알 필요도 없고, 의학에 관해서도 알 필요가 없다.

"감독관님께서 우리에게 보내주신 부분은, 감독관님께서도 말씀하셨다시피, 성령에 관한 과도한 생리학적 접근, 즉 성령의 미스터리에 관한 신학적 정의가 아니라 의학적 정의입니다. 성령이 단 하나뿐인 진정한 하느님의 세 번째 위격이라고 정의되지는 않습니다. 성령은 하나의 화학적 실체, 즉 모든 사람에게 생명을 주는 하나의 화학적 실체인 것입니다. 그렇다면, 그 화학적 실체는 과연 어떤 것일까요? 감독관님, 그것은 시, 극히 아름다운 하나의 텍스트 같은 것이라고 생각됩니다. 산소가 들어 있는 피에 성령을 불러들이는 것은 지극히 아름다운 생각입니다만, 의학적인 관점에서 볼 때는 순전히 엉터리입니다. 우심실에 도착한 더러운 피는 이 원고의 저자가 말하는 것

---

56) 갈레노스(129~199년경)는 그리스의 의학자이다. 해부학, 생리학, 치료학에 걸쳐 방대한 저작을 남김으로써 인체의 구조 및 작용에 관한 그의 이론이 정설로 통용되어왔고, 근세 초기까지만 해도 의학의 최대 권위자로 인정받았다. 하지만 그의 시대에는 인체 해부가 허용되지 않았기 때문에, 개, 원숭이, 돼지, 소 같은 동물로부터 얻어진 지식을 이론으로 보완하여 인체에 적용함으로써 혈액의 흐름이나 뇌의 구조 등에 대한 기본적인 오류를 저질러 후세의 비판을 받았다.

과는 달리 폐에서 정화되지 않고, 심장에서 정화됩니다. 만약 저자의 말이 사실이라면, 피가 비효율적으로 순환한다고 생각할 수밖에 없습니다. 자, 이제 제가 그 이유를 설명해드리겠습니다."

뒤부아는 옆구리에 차고 있던 주머니에서 종이 한 장과, 피스터가 활자를 디자인할 때 쓰는 것과 같은, 끝이 납으로 되어 있는 첨필 한 자루를 마술을 부리듯 꺼낸다.

"제가 지금 여기에 그리는 이 타원을 폐라고 합시다. 그리고 그 옆에 그리는 또 다른 타원을 또 다른 폐라 합시다. 여기, 이 두 개의 타원 그림, 즉 이 두 개의 폐 사이에 우리의 심장이 있습니다. 우리의 심장을 작은 원으로 그려봅시다. 이렇게. 이 작은 원은 두 부분으로 나뉘어 있습니다. 보입니까? 하나, 둘. 하나는 우심실이고 다른 하나는 좌심실입니다. 좋습니다. 잘 생각해보세요. 이 미치광이 저자가 말하는 바에 따르면, 온몸에 영양을 공급하고 돌아오는 더러운 피는 우심실로 들어갔다가 두 개의 폐로 보내지는데, 그곳에서는 우리가 호흡을 통해 받아들이는 산소 덕분에 피가 맑아질 겁니다. 계속해서 이 깨끗한 피는 심장으로, 좌심실로 돌아가 그곳에서 펌프질을 통해 온몸으로 공급됩니다. 이건 터무니없는 주장이에요. 완전히 터무니없는 말이라고요. 우리의 몸은 잘 만들어진 기계와 같기 때문에 쓸데없는 짓은 하지 않습니다. 피가 좌심실과 우심실을 가르는 판막을 통해 좌심실에서 우심실로 직접 이동하는 대신 폐라고 하는 긴 우회로를 통해 좌심실에서 우심실로 옮겨지는 이유가 무엇일까요? 안드레아스 베살리우스는 이론적인 장치에 의존하지 않고도, 다양한 선례에 근거를 두지 않고도, 관측과 단순한 시각적 느낌만으로 가설을 세울 수 있는 유일한 인물이었지요. 하지만 그가 설령 어떤 선례에 근거를 둔다고 해도, 이런 가설을 세울 수는 없었을 겁니다. 이 분야의 그 어면 거장도 이 터무니없고 쓸데없는 회로를 기술한 적이 없으니까요. 잘 생각해보세요. 그는 폐동맥이 단지 두 개의 폐에 영양을 공급하기에는 너무 굵다고 생각합니다. 그렇게 생각해버린다니까요! 그래서 그는 폐동맥이 다른 용도로도 쓰여야 한다고 생각하는 거죠. 그 용도라는 것을 갈레노스도, 그 밖의 다른 이론가도 언급한 적이 없었지만 말이에요. 그에게는 폐동맥이 지나치게 커 보인다니까요! 예를 들어, 감독관님이라면 비를 보고 지나치게 축축해 보인다고 말하겠습니까?"

뒤부아가 이야기하는 동안 자기 자리에서 신경질적으로 손을 꼬집어대며 안절부절 못하던 귄터가 분노가 뒤엉켜 있는 얼굴로 말한다.

"베살리우스가 지닌 문제는 요즘 모든 사람이 지닌 문제와 동일한 것입니다. 즉 권위 있는 선례에 도전했다는 것이 문제였습니다. 감독관님, 이 분야에서 선구자는 갈레노스입니다. 갈레노스의 책들로 우리 의학과 학생들은 인체의 기능에 관해 배웁니다. 그런데, 실제로는 어떤 일이 일어났는지 아세요? 갈레노스는 인체 기관들을 기술하기 위해 돼지, 소, 원숭이 같은 동물을 해부했지만, 정작 인간의 몸은 해부하지 않았어요."

"당신은 반드시 인체를 해부할 필요가 없다는 사실을 알고 있군요."

"제발 부탁이니 내 말 좀 끝까지 들어봐요, 자크. 갈레노스는, 모든 동물은 아주 비슷한 방식으로 창조되었기 때문에, 인체 내부를 들여다본 적이 없다고 해도 그리 문제될 게 없다고 믿었고, 그래서 그에 관해서는 전혀 언급하지 않았어요. 이제 갈레노스는 제쳐 두고 베살리우스에 관해 이야기해봅시다. 여기서 공부를 마친 안드레아스 베살리우스는 파도바 대학에서 박사 학위를 받은 뒤 그곳에서 외과학과 해부학 교수로 일했어요. 그 대학의 교과과정은 단순한 미치광이에게는 지나치게 훌륭했다고 할 수 있지요. 설사 모든 인체가 두드러질 정도로 유사한 점들을 가지고 있다고 해도, 개개 인체 기관의 구조는 갈레노스가 기술한 것과는 같지 않다는 사실을 안드레아스가 깨달은 곳도 바로 파도바 대학이었습니다. 그러니까, 베살리우스는 흉골이 일곱 조각으로 이루어지지도 않았고, 비장이 장방형도 아니며, 간이 다섯 개의 작은 간엽(肝葉)으로 이루어지지도 않았다고 주장했어요."

"하지만 그 모든 사실을 베살리우스가 어떻게 알아냈는지 얘기해봐요. 말해보라니까요. '에르만닷 델 코르푸스'[57]에 관해 말해봐요. 그들이 어린이들의 몸을 토막 냈다고 말해봐요. 여자들의 몸을 세로로 절개해 해부했다고 말해봐요. 감독관님, 귀하는 귀하의 몸이 한 마리의 암양처럼 다루어진다면, 의학과 학생들이 당신의 몸속을 이리저리 후빈다면, 좋겠습니까? 우리는 지금 인간에 관해 말하는 거라고요! 인간의 존엄성을 공격하는 것은 하느님을 공격하는 것이기도 해요."

귄터는 이 말을 무시한다.

"1543년에 베살리우스가 『인체 구조에 관해(De fabrica humani corporis)』를 출간했을 때, 유럽의 모든 대학 교수들이, 특히 파리의 의과대학 교수들이 그를 비판하고 나섰어요. 그를 모욕하고, 그를 폄하하고, 그를 중상모략하는 글을 쓰고, 그의 호의와 우정을 거부했지요. 파도바 대학의 제자들은 그를 무식한 사기꾼, 더 악랄하게는 이

57) '에르만닷 델 코르푸스(Hermandad del Corpus)'는 '신체의 조합'이라는 의미를 지니고 있다.

단자라 생각하고, 그의 강의를 거부했어요. 베살리우스는 혼자가 되었지요. 그들은 그를 침몰시켰고, 그 스스로 오류를 범했다고 믿게 했어요. 이건 독창적인 인간을 파멸시킬 수 있는 아주 비열한 짓이지요. 그는 자신의 원고를 불태우고, 파도바 대학을 나와 궁정 의사가 되었어요. 사실 궁정 의사는 의학을 혁신하기 위해 태어난 사람으로서는 대단히 모욕적인 직업이죠."

뒤부아가 말을 하려 했지만 학장이 허락하지 않는다.

"됐어요!" 학장이 뿌리를 자른다. "그처럼 심각한 사안을 애들처럼 토론하다니, 당신들은 마땅히 부끄러움을 느껴야 해요. 안드레아스 베살리우스가 논쟁을 좋아하는 학생이었고, 그의 관점이 의학적 정설과 항상 일치한 건 아니라는 사실은 확실해요. 물론 그의 저서 『인체 구조에 관해』에는 대단한 엉터리들이 들어 있다는 것도 확실하죠. 하지만 그렇다고 해서 안드레아스 베살리우스를 이단자라고 말하는 것은 얼토당토않아요. 그런 의학적 견해로 인해, 그가 이단적인 원고의 저자라고 단정 짓는 것은 정말 터무니없다고요."

피스터는 그들이 언쟁을 하면서 서로 질문을 하고 설명을 하도록 내버려둔다. 빛을 찾아 파리까지 왔지만 당분간 그 빛은 찾을 수 없을 것 같다. 피스터는 저자가 안드레아스 베살리우스라는 가설을 쉽사리 받아들일 수 없다. 게다가 베살리우스라는 이름의 첫 자인 'V'만이 원고의 마지막에 씌어 있는 서명 MSV와 일치한다. 그럼에도 불구하고, 비록 그의 직감이 그 길은 죽은 길이라고 떠들어댄다 해도, 베살리우스라는 인물과 얘기도 나눠보지 않고 리옹으로 돌아가서는 안 될 것 같은 느낌이 든다. 하지만 그들의 말에 따르면, 그 의사는 현재 파리에 살지 않는다. 파도바에는 더더욱 살지 않는다. 베살리우스는 그곳에서 2주 정도 걸려야 도착할 수 있는 오스트리아의 필라흐에 있다.

피스터는 심한 변비와, 먼지와 빈대가 득시글거리는 이부자리와, 자기뿐만 아니라 다른 사람의 겨드랑이에서 풍기는 악취와, 진절머리 나는 여행객들을 앞으로 한 달 동안이나 견뎌낼 엄두가 나지 않는다. 게다가 필라흐까지 가는 데 2주, 돌아오는 데 2주에다, 파리에 도착하는 데 걸린 6일까지 더하면 오리가 정해준 기한을 훌쩍 넘기게 된다. 더욱이 베살리우스가 그 원고의 저자라는 사실을 보장해줄 사람도 없다. 하지만 달리 뾰족한 수가 없다. 좋든 나쁘든, 베살리우스는 피스터가 갖고 있는 유일한 단서이다. 여행을 떠날 만반의 준비를 하고 있을 때 피스터가 머물고 있던 집의 주인이 그에게 편지 하나를 건넨다. 피스터는 궁금해 하며 편지를 펼친다. "이야기를 나누고 싶습니다. 오늘 밤, 생 앙투안 거리에서 기다리겠습니다. 열 시입니다. 잊지 마세요. 귀하의 친구, 권터 폰 안더나흐."

피스터는 예기치 않은 편지를 받고 어쩌면 필라흐로 가지 않아도 되겠다는 희망을 품고서 평소보다 더 긴장한 채 사방을 주시하며 롤랑을 데리고 편지에 쓰인 곳으로 간다. 그들은 비좁고 침침한 생 앙투안 거리를 좌우로 살피면서 천천히 걷고 있다. 거리 끝에 이르렀을 때 누군가 문을 열더니 그들에게 속삭인다.

"피스터 감독관님이세요? 권터 교수님께서 기다리고 계십니다."

피스터가 그를 따라 들어간 곳은 서점이다. 탁자며 서가에 책이 쌓여 있고, 실내에서는 기분 좋은 종이 냄새가 난다. 권터는 서점 한쪽 구석에서 피스터를 기다리고 있다가 그가 들어오는 것을 보고는 자리에서 일어나 악수를 청한다.

"감독관님. 이렇게 은밀하게 오시라고 한 걸 용서하십시오. 하지만, 이미 확인하셨다시피, 대학에서 이런 만남을 가졌다가는 필시 뒤부아와 그의 측근들의 의심을 받거나 분노를 살 수밖에 없는 상황이라서요."

롤랑은 두 사람이 마주한 탁자에서 조심스럽게 물러나 자신의 몸이 노출되지 않도록 구석에 자리를 잡는다. 그는 칼을 꺼내 나무토막을 다듬기 시작한다.

"이미 보셨겠지만, 대학 측은 안드레아스 베살리우스에게 적의를 갖고 있습니다. 하지만 감독관님, 제 말을 믿으세요. 베살리우스는 그 원고와 아무 상관이 없습니다. 베살리우스는 황위에서 물러나 은거하고 있는 어느 황제를 돌보고 있는데, 제아무리 황제라 해도 지병인 통풍에 시달리며 노쇠해가는 한낱 노인에 불과하지요. 저는 베살리우스를 가르쳤던 사람으로서 그가 신학에는 관심이 없다는 사실을 확실히 말씀드릴 수 있습니다. 그의 관심사는 의학입니다. 베살리우스는 아주 근면한 사람으로 순수 의학에 헌신합니다. 지금 그가 무엇에 몰두하고 있는지 아십니까? 숭고한 사랑과 신경총의 관계를 연구하고 있다고요. 귀두가 느끼는 각기 다른 감각에 관심을 기울이고, 소음순과 클리토리스의 간격이 어떤 의미를 지니는지 연구하고 있습니다. 그는 해부학에 관한 자신의 모든 원고를 불태워버렸고, 자신의 일반 지식, 의학에 대한 학식, 공부하면서 보낸 모든 세월을 터무니없고 무용한 이론들을 증명하는 데 바치면서 병적인 쾌감을 느끼고 있습니다. 그가 파도바 대학에서 강제 퇴직을 당한 뒤부터 시작된 자기 파괴적인 과정이죠. 하지만 제가 감독관님을 이곳에 모신 건 베살리우스에 관해 이야기하기 위해서가 아니라 다른 사람, 즉 미셸 드 빌레누브라는 학생에 대해 이야기하기 위해서랍니다."

미셸 드 빌레누브. 피스터에게 그 이름은 사뭇 생경하다.

"미셸 드 빌레누브는 의학뿐만 아니라 문학에도 놀라운 소양을 갖춘 젊은이였지요. 그는 갈레노스의 학설을 완벽하게, 저보다 더 잘 알고 있었습니다. 제 기억이 잘못되지 않았다면, 그는 여기 파리 대학에서 딱 일 년만 공부했습니다. 그러고는 사라져버렸죠. 그는 영리하고 특이한 사람이었어요. 그해에 우리는 단 하루도 빠짐없이 팔이든, 손이든, 췌장이든, 인체의 모든 부분을 해부했어요. 어느 날 그가 어느 시체의 가슴을 열면서 이렇게 말하더군요. '보세요, 교수님. 공기와 피가 심장에서 뒤섞이잖아요. 더러운 피는 우심실을 나와 폐동맥을 타고 폐로 이동하고, 일단 정화가 된 피는 폐정맥을 타고 심장으로 돌아와 좌심실로 갔다가, 바로 그곳에서 온몸으로 보내지죠.' 당시 제가 그의 말을 진지하게 들었던 기억이 납니다. 지금도 그 말이 귓가에 생생하게 들리는 것 같아요. 그것은 상식에 반하는 생각이었어요. 당시에는 갈레노스의 이론이 통용되었죠. 갈레노스는 피가 간과 폐에서 생성되어 그곳으로부터 온몸으로 펌프질된다고 말했지요. 심장에서 나간 피가 몸을 순환해서 출발점으로 되돌아오는 게 아니고, 동맥과 정맥의 피가 서로 분리되어 있다고 말했지요. 그러니까, 피의 흐름이 순환적으로 이루어지는 게 아니라, 밀려 나갔다가 같은 길로 되돌아온다는 거예요. 그럼에도 불구하고, 빌레누브의 그 말은 제 뇌리를 떠나지 않았어요. 가끔 그 말을 생각할 때마다 점점 더 그럴싸하게 느껴졌죠. 요즘 저는 빌레누브가 옳다고 확신하고 있어요. 실제로, 혈액의 순환에는 제1차 순환과는 독립된 제2차 순환이 있는데요, 그 순환은 심장이 피를 온몸으로 내보내기 전에 폐에서 피를 정화하는 거죠. 그것만이 폐동맥의 엄청난 굵기를 논리적으로 설명해주니까요. 갈레노스는 우심실과 좌심실을 연결해주는 몇 개의 세포 구멍에 관해 이야기하지만, 저는 그 조직에 세공(細孔)들이 없다는 사실을 두 눈으로 직접 확인했어요. 격막(膈膜)은 불침투성이거든요. 놀라운 건 빌레누브 자신은 그런 견해를 전혀 중요하게 생각하지 않았다는 겁니다. 그것은 하나의 중요한 발견, 즉 작업과 연구로 이루어진 한 개인의 삶을 총체적으로 정당화시킬 수 있는 과학적인 진보들 가운데 하나로 인정받을 만한 것이죠."

피스터는 머릿속으로 미셸 드 빌레누브라는 이름을 되뇐다. 이유를 알 수는 없었지만 왠지 끌리는 바가 있었기 때문이다. 그 이름에는 원고의 맨 마지막에 쓰여 있는 서명 MSV와 일치하는 두 개의 이니셜—M과 V—이 들어 있다. 문제가 조금씩 풀리고 있다. 게다가 권터가 들려주는 빌레누브의 특징은 베살리우스의 억압된 기질보다는 『기독교의 회복』이 암시하는 저자의 기질과 더 잘 어울린다.

"혹시 교수님께서는 빌레누브가 쓴 원고를 보관하고 계십니까?" 피스터는 원고의 문장들을 비교할 수 있을 거라 생각하고서 이렇게 묻는다.

애석하게도 권터는 빌레누브의 자필 원고를 가지고 있지 않다. 하지만 그보다 더 좋은 뭔가를 가지고 있다. 빌레누브의 책 몇 권을 가지고 있었던 것이다. 그가 쓴 책 말이다.

"대단한 책들이죠. 그러니까 빌레누브라는 친구는 아주 비범한 인물이었어요. 그가 제게 들려준 바로는, 그는 이미 그 전에도, 그러니까 1533년도에 칼비 칼리지에서 대학 예비과정을 공부했고, 또 롬바르드 칼리지에서 수학 개인 교습을 하면서 파리에 머문 적이 있었어요. 그 후 파리를 떠났는데, 그 이유는 말해주지 않았어요. 그가 항상 한곳에 머물지 않는다는 사실이 무척 흥미롭더군요. 이제야 그 이유를 알 것 같아요. 하지만 4, 5년 뒤 그가 파리로 돌아왔을 때 다시 만나보니, 더 이상 가난한 무명의 청년이 아니더군요. 그는 프톨레마이오스의 『지리학』을 번역해서 출간할 준비를 마친 전도양양한 청년이었어요."

권터가 자리에서 일어나 상태가 좋은 2절판 책 한 권을 가져온다. 2단으로 편집된 아주 멋진 책이다.

"이 보석 같은 책을 출간했을 때 빌레누브의 나이가 불과 스물넷이었죠. 저의 절친한 친구인 생포리엥 샹피에가 그를 잘 보살펴달라고 편지를 보냈더군요. 그는 빌레누브가 비범한 청년이라면서 빌레누브가 출간한 작은 책 한 권을 동봉했어요. 보세요, 그 책도 가져왔습니다."

권터는 『푹스에 대한 반론』이라는 제목의, 1536년에 출간된 여덟 장짜리 8절판 책을 피스터에게 내민다. 저자는 미셸 빌레누브였다.

"샹피에는 하이델베르크에서 푹스라는 의사와 한 차례 공개 토론을 했지요. 그들은 갈레노스의 의학적 전통과 아랍의 의학적 전통 가운데 어느 쪽이 더 가치가 있는지 논쟁을 벌였던 거예요. 빌레누브는 그 논쟁에 끼어들어 이 책에 쓰인 논리로 샹피에를 두둔했지요."

"괜찮다면, 제가 이 두 책을 가져가겠습니다."

"『지리학』을 가져가고 싶으시면, 첫 번째 판본보다 훨씬 나아진 두 번째 판본을 가져가세요. 그리고 다른 책들도 가져가셔야 할 겁니다. 빌레누브가 파리에 머물면서, 제 해부 작업을 돕고, 폐동맥의 엄청난 굵기를 머릿속에 담아두고, 폐동맥의 굵기를 설명해줄 가설을 정립하고, 수학 개인 교습을 하고, 지리학회에 참석하여 발표를 하면서, 틈틈이 이 책을 써서 돈을 많이 벌었거든요."

이렇게 말한 권터는 쪽 번호가 붙어 있지 않은 70장짜리 8절판 책을 탁자 위에 내려놓는다. 1537년 파리에서 출간된 그 책의 제목은 『시럽에 관한 종합 논저』이다.

"미셸의 유일한 결점은 교만이었어요. 어떤 면에서는 이해가 됩니다. 스물여섯에 벌써 책을 세 권이나 출간했으니까요. 대학을 일 년도 채 다니지 않고도, 벌써 대학 교수들과 가톨릭교회의 저명인사들이 참여하는 학회에서 발표를 하곤 했어요. 그는 정말 가치 있는 사람이었지요. 하지만 너무 젊었기 때문에 자신의 재기를 겸손하게 가릴 줄 몰랐어요. 조만간 세상이 자기 발밑에 놓일 거라 생각하고 있었거든요. 그런데 그는 다른 사람이 자신의 주장을 반박해도 짜증을 내지는 않았어요. 그래요, 그런 사람이 아니었지요. 자신이 그토록 많은 학식을 갖추고 명철하게 진리를 전달해주는데, 자신의 주장을 반박하는 그런 염치없는 짓을 하는 이유가 무엇인지 이해하지 못했던 거죠. 그는 자신에게 정면으로 도전하는 사람을 보고 화를 내기보다는, 당황했어요. 저는 그의 스승으로서 몇 번이나 그의 태도를 바로잡아주려 했지요. 그의 놀라운 지능에도 불구하고, 그리고 그가 충고를 받아들이는 걸 힘겨워했음에도 불구하고, 제가 그보다 해부학에 대해서는 더 많이 알고 있었으니까요. 제가 그를 어떤 오류로부터 꺼내줄 때면, 나를 물끄러미 바라보며 도대체 어떻게 경이로운 자신이 실수를 저지를 수 있었는지 생각하는 것 같았지요. 결국 그의 교만이 그를 파괴해버렸어요. 어느 날, 학장 타고에게 익명의 밀고장이 날아왔어요. 빌레누브가 여러 번의 학회에서 행성들의 위치 때문에 대재난과 전염병이 발생할 수 있다고 주장했고, 의사들도 천문학을 알아야 한다는 주장을 담은 책을 출간하려 한다는 내용이었어요."

이제 귄터의 손에 아주 멋진 여덟 장짜리 8절판 책 한 권이 들려 있다. 『천문학에 관한 변론』이었다.

"대학에서 천문학을 다루는 것은 오래전부터 금지되었어요. 천문학을 가르치는 사람은 화형에 처해진다고 법에 정해져 있으니까요.

타고는, 감독관님께서도 확인하셨다시피, 아주 겸손한 사람이라 미셸과 이야기를 나눈 후, 밀고장의 내용이 사실인지 확인하고, 천문학에 관한 책자를 출간할 계획이 있다면 취소하라고 설득하려 했지요. 앞서 말씀드렸다시피, 미셸은 자기 저서에 갈채를 보내고 경의를 표하지 않으면 몹시 당황스러워하는 사람이었어요. 그는 그런 반응을 이해할 수 없는 사람이었거든요. 그리고 누군가 자신의 의견을 이해하지 못하면 늘 과격하게 반응했어요. 타고가 미셸과 얘기를 나눠보려 했지만 미셸은 타고를 공공연하게 비방하고, 상황을 전혀 이해하려 들지 않았어요. 학장은 양보하지 않았어요. 법적 절차를 밟을 수밖에 없었던 거지요. 징계위원들은 미셸에게 학회에서 발표하는 것을 중지하고, 교수들에게는 최소한의 존경심을 보이라고 권고하기에 이르렀지요. 그리고 그의 소책자를 압수했어요. 그리고 저는 다시 미셸의 망연자실한 두 눈에서 그런 억압을 도저히 이해할 수 없다는 심정을 읽었지요. 아주 진부한 인물들로 이루어진 징계위원회가 자신의 지식에 감동받고 자기 발밑에 무릎을 꿇지 않는 게 가당키나 한 일인지 생각하는 것 같았어요. 결국 미셸은 짐을 싸서 사라져버렸지요. 물론, 여기에는 질투가 어느 정도 개입되었다는 사실을 부인하지는 않겠어요. 교수보다 더 많이 알고, 교수에게 강의를 하는 학생은 공공의 위험이자, 교수의 무식과 무능에 대한 해로운 증거가 되니까요. 어느 순간 누군가가 골칫거리를 제거해버리라는 명령을 내렸을 수도 있죠. 그런 목적을 달성하기 위한 과정은 아주 지저분했지만, 학계에서는 그런 일이 다반사로 일어났거든요. 그건 바로 당사자의 명예를 훼손하는 거랍니다."

권터와의 대화 중 피스터를 가장 즐겁게 한 점은 바로 그 의사의 폭로 덕분에 피스터가 필라흐로 떠날 필요가 없어졌다는 것이다. 이렇듯 제아무리 긴 여정이라도 짧아질 가능성이 항상 열려 있는 법이다.

"그렇다면, 빌레누브를 어디에서 만날 수 있을까요?"

"모릅니다, 감독관님. 그와는 소식이 완전히 끊겼거든요. 단 한 가지 말씀드릴 수 있는 것은, 10년 후 제가 이미 그를 잊었을 때, 그가 제게 이걸 보냈다는 겁니다."

권터가 가장 가까운 서가에서 2절판 성서 한 권을 꺼내온다. 1542년에 출간된 『성 파그니누스의 성서』이다.

"이건 파그니누스가 번역한 성서랍니다. 빌레누브가 최근 몇 년 동안 자기가 어떻게 살아왔는지를 아주 조금 언급한 편지 한 통과 함께 이것을 보냈습니다. 마을 이름이 하나 적혀 있더군요. 리옹에서 10리그[58], 아니 12리그 정도 떨어져 있는 작은 마을인 샤를리외였는데, 그가 그곳에서 하루를 살았는지, 한 달을 살았는지, 몇 년을 살았는지는 모릅니다."

피스터는 매우 흡족해 하며 자리에서 일어난다. 그의 직관은 빌레누브가 하나의 단서가 될 수 있으리라 속삭이고 있다. 그리고 헛다리를 짚는 것이라 해도, 샤를리외는 리옹으로 돌아가는 길에 놓여 있기 때문에 부담 없이 찾아가볼 수 있다. 그래서 그는 편안한 마음으로 권터와 날씨나 건강에 관해 대화를 나누고는 그곳을 떠날 준비를 한다. 그는 그곳을 나서면서, 걱정스럽기는 하지만, 그 사안과는 전혀 관계가 없는 문제를 감히 꺼내본다.

"박사님!" 피스터가 작정을 한 듯 말을 꺼낸다. "제가 변비에 걸린 지 한참 되었습니다. 변비에 걸린 채 밖으로 돌아다니는 게 영 마뜩지 않아서요."

---

58) '1리그'는 약 5킬로미터 정도 된다.

권터가 씩 웃는다.

"계피를 조금 드세요." 그가 처방전을 제시한다. "그리고 물 1리브라 반을 끓이다가 지칫과 약초 4온스를 깨끗이 씻은 뒤 찧어서 넣고, 고사리 3온스, 마시멜로 씨앗 3온스, 그리고 매발톱 열매 세 개를 넣으세요. 하룻밤을 우려낸 후 그 물을 들이켜세요."

피스터와 롤랑은 그날 밤을 뜬눈으로 지낸다. 롤랑은 눈을 뜬 채 잠을 자고, 피스터는 빌레누브의 책을 뒤적거리며 밤을 샌다. 『성 파그니누스의 성서』는 주석이 아주 많이 달린 책으로, 1528년에 도미니크회 사제인 성 파그니누스가 리옹에서 만든 판이다. 피스터는 이미 히브리어 문법학을 통해 그의 이름을 알고 있었다. 『지리학』은 빌레누브의 박학다식의 또 다른 증표이다. 피스터는 『기독교의 회복』에서 인상적이었던, 그 빙빙 돌리는 문체와 조금 미숙하게 쓰인 전치격이 『지리학』의 주석에도 등장하는 것을 알아차린다. 탁월한 설명 또한 돋보이는데, 무엇보다도 자신의 사상을 소개할 때 종종 드러나는, 그 빼기는 듯하고 교만한 어조가 두드러졌다. 만약 그런 게 없었다면, 피스터는 그 세 권의 책이 똑같은 사람에 의해 씌어졌다는 사실을 알지 못했을 것이다. 누군가가 단 한평생 동안 지리학, 식물학, 의학, 천문학에 관해 공공연하게 논평할 정도로 깊이 있는 지식을 얻을 수 있다는 사실에 피스터는 압도당하고 만다. 어느 신체 기관에 관한 갈레노스의 설명 중 극히 사소한 부분을 수정하기 위해 몇몇 의사가 평생을 바치는 사이에, 빌레누브는 주석에다 자신의 핵심적인 견해를 펼쳐놓고, 신학에 대해 야심 찬 의견을 피력했을 뿐 아니라, 갈레노스의 이론은 아무것도 아니라는 듯이 지나가는 말투로 그 주장을 반박하고 있다.

문체는 그렇다 치고, 피스터는 두 가지 놀랄 만한 사실을 발견한다. 첫 번째는 『성 파그니누스의 성서』와 『지리학』의 편집자들이 그의 절친한 친구들인 트레첼 형제라는 점이다. 두 번째는 훨씬 더 호기심을 자극하고 조바심 나는 것으로, 미셸 드 빌레누브가 수정하고 증보한 프톨레마이오스의 『지리학』의 두 번째 판본이 비엔의 품위 있고 세련된 대주교 피에르 팔미에에게 헌정되었다는 점이다.

각성

돌아오는 여정은 별다른 소동 없이 계속된다. 길을 떠나기 전에 피스터는 신체의 각 부위가 활기를 되찾고 뇌가 예민해지도록 팔과 다리를 쭉 펴주는 운동을 한다. 여전히 식초로 손을 씻고, 장미수로 얼굴을 촉촉하게 하며, 차가운 물로 눈을 적신다. 뇌의 기포들을 배출시키기 위해 머리를 빗고, 입을 씻고, 이빨 사이에 낀 먼지를 헹구어내고, 손톱을 자른 후, 침이 맑은지, 전날 저녁 식사가 소화되었는지 확인해본다. 그러나 변비는 여전하다. 길에서 고사리, 마시멜로 씨앗, 그리고 매발톱 열매를 구할 수 있었다. 지칫과 약초만 구하지 못한다.

"사람을 찾으러 파리까지 갔는데, 결국 그 사람은 가까운 곳에 있었어요." 피스터가 여행 막바지에 이렇게 말한다.

여행을 하는 동안 피스터는 롤랑과 거의 대화를 나누지 않았다. 샤를리외에 닿으면 그다음에 무엇을 할 것인지 정해야겠다고 생각한다. 그러나 롤랑은 그의 말을 듣지 않는다. 어쩌면 듣지 않는 것처럼 보일 뿐일지도 모른다. 그가 말을 몰면서 나무토막을 다듬는 솜씨는 기가 막히다. 피스터는 롤랑이 자기 말을 듣지 않고 있고, 자기가 말을 하고 있는 것조차 알아차리지 못한다는 느낌이 들 때마다 롤랑에게 고개를 돌린다.

"내가 철없는 짓을 하는 동안 이 사람은 리옹에서 나의 친구인 인쇄인 둘과 계약서를 쓰고 있었소. 이 친구, 빌레누브가 가톨릭교회에 속해 있거나 최소한 가톨릭교회와 아주 가깝다는 느낌이 드는군요. 어찌 되었든, 나는 샤를리외로 들어가서 몇 가지를 물어볼 생각이오. 빌레누브는 한동안 그곳에 살았으니까요. 하지만 거기서 뭘 찾게 될지는 알 수 없소."

"저는 그가 샤를리외에 있을 거라고는 생각하지 않습니다." 롤랑은 나무토막에서 눈을 떼지 않고 말한다.

롤랑이 처음으로 피스터의 말에 대답한 것이다. 너무 뜻밖이어서 피스터는 깜짝 놀란다. 롤랑이 자신의 말에 관심을 기울이는 것이 생경하기만 하다.

"어째서 그렇게 말하는 거요?" 피스터가 조심스레 묻는다.

"『기독교의 회복』이라는 원고는 열정적이면서도 냉정한 남자, 차분하지 못하고 신경질적인 남자, 한곳에 오래 머무를 수 없는 남자가 쓴 것입니다. 그리고 귄터에 따르면, 빌레누브가 샤를리외에 관해 이야기했던 그 편지는 10년도 더 전에 보낸 거잖아요."

피스터는 점점 더 놀라고 있다. 롤랑이 말을 흘려듣는 사람이 아니라 제대로 새겨듣는 사람이라는 점이 놀라웠다. 보아하니 그는 아주 주의 깊게 들었던 것 같다.

"『기독교의 회복』을 읽어보았소?"

"대충 훑어보았습니다. 제대로 이해하지는 못했지만, 강한 어조에,

변증법적인 방법들을 다양하게 구사한 걸 알아차릴 수 있었습니다. 그런데 그건 열정적인 남자들이 지닌 무기지요."

롤랑은 쉬지 않고 나무토막을 다듬으며 말한다.

"다른 특징은 발견하지 못했어요?" 피스터가 감탄스럽다는 듯이 묻는다.

"그는 성마르지만, 우울한 기질을 지닌 사람 같습니다. 그렇지 않다면, 탈격독립구(奪格獨立句)[59]를 남용한 이유가 설명되지 않거든요. 그는 자신의 종파를 만드는 데는 관심이 없는 것 같습니다. 예언자들이 보이는 특유의 문체적 특징이 전혀 없거든요. 실제로 그는 호격(呼格)을 사용하지 않습니다. 이는 분명 반현학적인 특징이지만, 그의 주장들은 아주 현학적이죠. 그는 빙빙 돌려서 글을 전개해 나가는 반웅변적인 인물, 그러니까 별로 엄숙하지 않고, 빈정대는 것을 아주 좋아하는 사람인데요, 이는 그가 항문 강박증을 지니고 있고, 지적으로는 아주 치밀하지만 가끔 종잡을 수 없는 사람이 된다는 의미죠. 대인 관계에서는 약간 짜증나는 사람임에 틀림없어요. 심하게 불필요한 반복을 하고, 과도한 주장을 펼치고, 성서를 지나치게 많이 인용해요. 그는 정확한 방법론을 갖고 있지 않아요. 자신이 학자라는 점을 인식하고 있고, 자신의 학식이 풍부하다는 걸 과시하고 싶어 해요. 자기만족에 빠져 있거든요. 대단한 자기만족에 빠져 있다고요. 모든 재세례파교도처럼 그는 자신을 드러내는 걸 좋아하는 침울한 성격의 인물이죠. 안티테제를 많이 사용하는 모순적인 인물, 피학적 성격을 지닌 인물이에요. 하지만 그게 그리 결정적인 단서는 아니죠.

---

59) '탈격'은 '~에서'의 뜻으로, 동작의 수단, 원인, 장소, 때 따위를 나타내는 라틴어 명사의 격(格)인데, '탈격독립구'는 다른 단어와 문법상 · 의미상으로 관련되지 않는 구를 의미한다.

사실, 모순적이고 피학적이지 않은 사람이 어디 있겠어요? 안티테제를 사용하지 않는 사람이 어디 있겠어요?"

롤랑은 자신의 말에 점점 빠져들고 있었고, 피스터는 그의 말이 너무 뜻밖이라 멍하게 듣고 있었기 때문에 둘 중 누구도 위험이 다가오는 것을 감지하지 못하고 있었다. 기병 둘이 그들의 등 뒤에서, 그리고 또 다른 기병 둘이 50보 전방에서 갑자기 나타난 것이다. 게다가 길은 어느덧 계곡을 통과하는 구불구불하고 비좁은 오솔길로 변해 있었다. 도망칠 길도 없다. 굽이를 벗어나자 장정 여섯이 그들을 에워싸더니 말에서 내리라고 윽박지른다. 그들 가운데 하나가 두 사람의 눈을 가리더니 산비탈로 끌고 간다. 이윽고 어느 동굴에 이르자, 그들은 차례차례 동굴 안으로 들어간다. 동굴은 비좁은 자연 통로로 연결되어 있다. 두 사람은 자신들을 납치한 사람들에게 에워싸인 채 조용히 걷고 있다. 몇 번은 자갈을 밟고, 또 몇 번은 발이 진흙에 빠진다. 통로 끝에서 들려오던 말소리가 가까이 다가갈수록 점점 더 선명하게 들려온다. 목적지에 도착한 것 같은 느낌이 드는 순간 두 사람의 눈을 가렸던 천 조각이 바닥으로 떨어진다.

그들은 어느 산속에, 그러니까 햇볕이 들고, 그런대로 편안하게 살 만한 어느 공간에 들어와 있다. 기온이 아주 쾌적하다. 바닥에는 두꺼운 양탄자가 깔려 있고, 거친 벽은 거꾸로 걸어놓은 태피스트리로 장식되어 있다. 흔들의자들, 침상들, 과일이 놓인 탁자들, 등받이가 있는 벤치들이 놓여 있고, 한 무리의 아이들이 점령한 안락의자도 눈에 띈다. 아이들뿐만 아니라 사춘기 소년들과 여자들, 그리고 노인들까지 있었는데, 그들은 시장에서 장사꾼 주위를 에워싸듯이 둥글게 무리를 이룬 채 이쪽에서 저쪽으로 옮겨 다닌다. 그곳은 마치 작은 모형 도시 같았는데, 아무도 방금 도착한 사람들을 알아차리지 못한 것 같다. 두 사람은 검푸른 얼굴에 눈이 이글이글 타오르고, 대머리에 검은 수염을 빽빽하게 기른, 뚱뚱한 남자 앞으로 끌려간다. 남자는 바닥에 앉은 채 그릇에 담겨 있는 음식을 손으로 집어 먹고 있다. 무엇인지 알아보기 힘들다.

"튀긴 베이컨을 넣어 만든 죽이라오." 그가 말한다.

인상이 투박하고 피부가 갈라져 있었는데, 야외 생활로 새까맣게 그을린 얼굴에서 파란 눈이 유독 두드러져 보인다. 무리의 우두머리인 모양이다. 두 사람을 납치한 사람들 가운데 하나가 두목에게 고개를 숙인 뒤 두 사람을 어떻게 납치했는지 설명하는 동안 또 다른 사람이 두 사람에게서 압수한 물건들을 늘어놓는다. 그렇다. 그들은 '압수'라고 한다. 그들의 말 안장에 달려 있는 비밀 주머니는 아직 찾지 못한 모양이다. 그들이 찾아낸 것은 옷가지 몇 개와 약간의 음식, 그리고 두툼한 『기독교의 회복』을 포함한 빌레누브의 책들이다. 두목은 손가락을 빨고 나서 가슴받이에 닦는다. 그리고 책을 집어든다. 관심 있게 훑어본다. 가끔은 고개를 끄덕거리기도 하고, 가끔은 시선을 들어 감동스럽다는 듯이 피스터를 주시한다. 피스터가 책의 저자라고 생각하는 것 같다.

"난 당신을 알고 있소." 그가 자리에서 일어나면서 피스터에게 말한다. "당신은 바로 베른트요. 베른트 로트만, 그렇죠? 몸이 아주 많이 불었군요."

불한당 같은 외모에 몸집이 작은 그는 팔을 살짝 벌려 아래로 늘어뜨린 채, 그리고 숨김없이 모든 것을 보여주겠다는 듯이 두 손을 활짝 벌린 채 피스터 앞에 서 있다.

"베른트, 날 기억하지 못하겠소? 나 크루크요. 뮌스터의 성벽을 지키던 아르놀트 크루크 말이오. 내가 바로 뮌스터 성벽에서 주교좌성당의 종을 바로 칠 수 있는 장치를 고안했지요. 기억나오? 마리온과 안드레아스 크루크 부부의 아들 말이오. 우리 가족은 시청 앞에서 구두 가게를 했소."

물론 피스터는 그를 기억하고 있다. 국경 출신인 그 아르놀트. 어렸을 때 누군가가 그의 음료에 쇳가루를 넣는 바람에 정신이 돌아버린 그 아르놀트. 그가 살던 마을에 그런 소문이 돌았었다. 아르놀트는 아무 이유도 없이 몇 초 만에 행복감에 도취했다가 이내 풀이 죽어버리고, 부드러워졌다가 잔인해지고, 사랑이 넘치다가 증오에 불타곤 했다. 도무지 종잡을 수가 없었다. 한 가지 기분이 40분 이상 가지 않았다. 황제의 근위병으로 근무하다가 퇴역했는데, 그 때문에 가끔 즐거워하기도 하고 고통스러워하기도 했다. 혹은 분노를 일으키기도 했다. 뮌스터가 포위당했을 때 그는 경비병으로 임명되어 아주 신나게 지냈다.

"베른트, 여기 앉아서 뭘 좀 먹어봐요. 이렇게 만나다니 정말 놀랍군요. 이야기 좀 해봐요. 그동안 어떻게 살았는지 말 좀 해보라고요. 지금 무슨 일을 하고 있는지 말해보라니까요."

피스터는 마음을 편히 먹어야 할지, 조심해야 할지 난감해한다.

"현재요? 인쇄 관련 일을 하고 있어요. 활자를 디자인하고, 원형을 조각하고, 모형을 만들고, 견본을 주조해요. 리옹에 작업실이 있어요."

"당신도 알다시피 나는 글에 관해서는 문외한이지만, 글자를 새기는 일이 귀금속을 세공하는 것보다 더 기독교적일 것 같군요. 그 마을에 있던 당신의 작업실이 기억나네요. 내가 사람들에게 '베른트는 어디 있나요?'라고 물으면, 늘 '자기 작업실에, 베른트는 자기 작업실에 있어요'라는 대답이 돌아왔지요. 아이 참, 베른트, 그런데 당신은 작업실에 틀어박혔다가 느닷없이 사라져버렸잖아요. 당신이 계속 우리를 이끌었다면 회복 작업은 실패하지 않았을 거요."

"회복 작업은 실패하지 않았소, 아르놀트." 피스터는 신중하게 처신해야 한다는 사실을 잊은 채 이렇게 말해버린다. "결국 우리는 모든 걸 회복했소. 절대군주까지 회복했다고요. 아니, 충성스런 신하들에게 에워싸인 채 매주 시장에 나와서 군중에게 세 번씩 인사를 하던 얀 왕을 기억하지 못하는 거요? 세계 제국의 상징인 사과를 든 채 자신의 보좌에 앉아 있던 그의 모습이 아직도 생생하게 기억나는군요. 가끔 사람들이 자기 손에 입을 맞추도록 아주 거만하고 엄숙한 태도로 손을 내밀었고, 또 가끔 햇살 좋은 일요일이면 광장에 놓여 있던 긴 테이블에 딴 사람처럼 앉아서 사람들이 웃으며 노래를 부르는 동안 음식과 음료를 먹고 마시곤 했죠. 그 노래 기억나요?"

모든 자비로운 영혼은
고통의 잔을,
맑고 붉은 포도주를 마셔야 하리라.
하지만 하느님은
불경스런 사람들더러
쓰레기 같은 인간들을 정화하게 하시리라.
그러면 그들은 구토를 할 것이고,
트림을 할 것이고,
끝없는 죽음에
빠지리라.
사랑하는 기독교인이여 각성하라.
마음을 굳건하게 먹고,

하느님의 영광을 전하라.
항상 죽음을 준비하라.

아르놀트 크루크는 그 노래를 기억하고 껄껄 웃는다. 그는, 아이, 아이, 아이, 아이, 항상 그렇게 빈정대는 걸 좋아하는군요, 라고 말한다. 그리고 우스워 죽겠다는 듯 몸을 비틀어댄다. 웃음을 그친 그가 이렇게 덧붙인다.

"어떻게 해서든 사람들을 고무시켜야 했어요. 도덕이 땅에 떨어져 있었잖아요. 우리는 먹을 것도, 마실 것도 없었죠. 가톨릭교도들이 우리가 몇 년 동안 애써 만들어놓은 터널을 찾아냈죠. 다들 뮌스터에서와 같은 축제가 사람들을 즐겁게 하리라고들 생각했죠. 그래서 그렇게 되었어요, 베른트. 하지만, 뭔가 하나가 잘못된 건 분명해요. 뮌스터의 적들, 즉 자신의 특권이 위기에 처해 있다는 사실을 알게 된 사람들, 그 순간 그리스도의 사상이 지상에서 이루어지리라는 사실을 확인하고 벌벌 떨었던 사람들은 뮌스터에서와 같은 실험들을 허용할 준비가 되어 있지 않았어요. 그런 실험들이 행해지는 위험스런 상황을 원치 않았다고요. 그런 익살스런 종말은 그들 모두에게 아주 잘된 일이었지요. 지금 그들은 그 모두가 복켈손의 과도한 야망 탓이라고 얘기하잖아요. 하지만 이제는 그들이 그런 장난을 치게 둘 필요가 없어요."

"복켈손이 자기 신앙을 포기하는 대가로 자신의 사면을 협상하려 했다는 사실을 알고 있어요?"

아르놀트 크루크가 갑자기 심각해진다.

"그런 말을 듣긴 했지만, 믿기지가 않는군요."

"그건 사실이니까 믿어요. 크니퍼돌링과 크레히팅은 끝까지 충성심을 지켰지만, 고문으로 무너져버린 복켈손은 마지막 순간에 협상을 원했어요."

"진정한 재세례파교도들은 자기 형제들을 밀고하지 않아요. 그리고 얀 복켈손도 진정한 재세례파교도였어요. 아마도 그가 착각을 했을지도 모르죠. 그래요, 착각을 한 게 확실하지만, 아무튼 그는 좋은 형제였어요. 설령 그랬다고 해도, 복켈손이 개자식이었다고 해도, 그게 어쨌다는 거죠? 뮌스터의 실패는 복켈손을 일깨웠던 사상들의 실패가 아니었잖아요! 그 사상들은 수많은 사람들을 매혹시켰어요, 베르트! 뮌스터에서 우리는 전혀 다른 기독교 사회, 즉 계급도, 특권도, 부도 없는 사회를 만들 수 있다는 걸 보여주었다고요. 예수 그리스도가 말한 그대로 말이오. 원시 기독교도들처럼 말이오."

부드러운 카펫에 앉아 있는 아르놀트와 피스터 주위에 여러 사람이 몰려들어 마치 두 사람의 대화가 들을 만한 논쟁이나 되는 듯 조용히 경청하고 있다. 누군가가 피스터 앞에 죽 그릇을 갖다놓는다.

"당신은 세상 곳곳에서 뮌스터로 몰려온 남녀의 숫자가 어느 정도였는지 상상도 못할 거요!" 크루크가 자기 수하들을 바라보며 소리친다. "비록 복켈손이 개자식이라고 해도, 그 사상들은 여전히 유효해요. 그런 사상들이 배척당하는 게 문제였을 뿐. 그런데 그렇게 되고 말았소. 하지만 그 사상들 때문에 그렇게 된 게 아니오. 사람들의 잘못 때문이오."

"내 생각은 완전히 달라요. 만약 사람들이 몇 가지 사상을 실천에 옮길 능력이 없다면, 문제는 그 사상들 자체에 있는 거요. 사상은, 우리 인간이 너나 할 것 없이 똑같다는 전제하에 우리의 약점과 우리의 야망을 인식하고 있어야 하기 때문이오. 사상을 실천에 옮길 사람들이 없다면 그 사상은 아무 쓸모가 없는 거요. 문제는, 누군가 하나의 사상을 위해 투쟁하고 있다고 믿지만 실제로는 한 개인의 이익을 위해 투쟁하는 셈이 된다는 거요. 타인의 권위를 부정하는 사람은 결국 타인에게 자신의 권위를 강제하잖아요."

"맞는 말이오. 그렇기 때문에 양떼를 이끄는 목자들을 신중하게 선발해야죠. 나는 지금 진리를 설명하면서, 저질러진 오류들을 시정하면서, 사람들을 진정한 길로 이끌면서 이 마을 저 마을로 돌아다니고 있어요."

"그건 의심할 바 없이 고상한 과업이오. 하지만 인정을 거의 못 받는 과업이오. 은혜를 모르는 사람들은 당신 같은 사람을 목자가 아니라 불량배라 생각하기 때문이오."

"사람들은 우리가 못된 짓이나 한다고 생각해요, 그래요. 하지만 먼저 도둑질을 한 쪽은 가톨릭교도들이오. 우리는 그저 우리의 것을 회복하려 했을 뿐이오. 그리고 우리는 그리스도께서 가르쳐주신 대로, 베른트 당신이 우리에게 가르쳐준 대로 살아가고 있어요. 우리는 모든 것을 공유하고 있어요. 여자들과 아이들까지 공유하고 있다고요. 모든 것은 우리 모두의 것이오. 물론 우리가 파괴를 한다는 것도 사실이오. 우리는 성당들을 파괴하고, 은밀하게 혼란을 조장하고, 인간 사이의 신뢰를 깨뜨리기 위해 애쓰고 있어요. 사람들이 여행을 하고, 자신의 비밀을 고백하고, 마음을 여는 것을 두려워하게 만들고 있소. 가톨릭 신자가 되는 게 곧 평화로운 삶을 의미하는 건 아니라는 사실을 모두에게 일깨우고 있다고요. 우리는 제국이 점점 더 불안해지도록 투쟁하고 있지요. 우리는 간증도 하고, 설교도 해요. 구원을 위해 가톨릭교회는 필요 없고 오직 진실한 믿음만 있으면 충분하다고 설교하지요. 나는 이런 사상이 마음에 들어요. 아주 기본적이고, 아주 단순한 것을 좋아한다고요. 나는 가톨릭적인 권력의 근간이 그 자체의 단순성 때문에 쇠퇴하기를 바라고 있어요. 그래서 가톨릭 교도들이 토끼를 잡듯 우리를 죽인 거라고요. 하지만 뮌스터에서 살아나온 우리는 그때의 일을 이야기하고 믿음을 전파할 의무가 있어요. 그런데 당신은 그렇게 하지 않는 거요?"

"난 지금 성당들을 불태우거나 길에서 강도짓을 하면서 마을들을 돌아다니고 있는 게 아니오. 노략질을 하지도, 불을 지르지도, 폭력을 휘두르지도, 살인을 저지르지도 않아요. 그저 하느님께서 무한한 자비심으로 나를 용서해주시기만을 기다리고 있어요. 그리고 이제는 과거사를 말하지도 않아요. 그 반대라오. 나는 과거사를 잊으려 애쓰면서 여러 해를 보냈어요. 숨어 지냈고, 이름을 바꾸었소. 게다가 재세례를 받으면 편안하게 죽음을 맞이할 수 있다는 논리가 타당하지 못하다는 결론에 이르렀어요. 재세례도, 삼위일체도, 육신의 부활도 타당하지 않아요. 물론 가톨릭교회가 공정하지 못하다는 데는 동의해요. 하지만 나는 이미 잘 알려져 있고 익히 검증되어 있는 가톨릭교회의 불의(不義)를 그 어떤 미치광이의 실험들보다 좋아해요. 뮌스터가 어떻게 됐는지 알잖아요, 아르놀트? 우리는 원시 기독교를 회복하지 못했어요. 사유재산과 돈이 더 이상 세상을 움직이지 못하는 조화로운 재세례파 공동체를 만들지도 못했고요. 우리는 결국 피에 굶주린 사람들의 손아귀에 떨어졌고, 그들은 우리의 집과 땅을 차지했고, 우리의 부인, 어머니, 딸을 겁탈했어요. 그게 바로 뮌스터의 상황이었소."

"무슨 말을 하고 싶은 거죠? 그들이 그런 지나친 짓을 저질렀다고요? 그래요, 저질렀어요. 그들이 과오를 범했다고요? 그래요, 범했어요. 하지만 그러지 않는 사람이 어디에 있겠어요? 그런 과오를 범하지 않는 사람이 어디 있겠냐고요? 그런 지나친 짓을 저지르고 과오를 범했다고 우리를 비난할 사람은 가톨릭교도, 바로 그 가톨릭교도들이거나 제네바의 칼뱅주의자들일까요? 사실 우리는 목적을 어느 정도는 이룰 수 있었어요. 뮌스터에서 사람들은 미명에서 깨어났어요. 우리 모두가 깨어났다고요. 그토록 오랫동안 포위당했으니, 어떻게 깨어나지 않을 수가 있겠어요? 베른트, 당신은 뮌스터의 상황이 좋았을 때, 그러니까 우리가 포위되기 전에, 사람들이 희망을 갖고 있을 때, 부족한 게 전혀 없을 때, 모든 게 좋은 결실을 맺고 있을 때, 기독교주의의 회복을 지휘했어요. 그래서 제대로 이루어지긴 했나요? 뭐, 제대로 이루어졌지요. 나중에, 보급이 끊기면서 일이 꼬이기 시작했어요. 배가 고픈데 일이 꼬이지 않겠어요? 다시 회복을 시도해야 해요, 베른트. 나는 그대와 같은 열정을 가지고 그 모두를 다시 시도해야 한다고 생각해요. 나는 여전히 예수 그리스도의 재림을 믿어요. 희망을 잃지 않았다고요. 내 생각은 여전히 변함없고, 성벽 위에서 종루의 종을 울릴 수 있는 장치도 만들어놓았다고요. 나는 당신이 내적으로는 여전히 예전과 같은 사람이라고 확신해요. 당신은 계속 글을 쓰고 있잖아요." 크루크는 원고를 만져본다. "그건 좋은 징조요. 그리고 나는 행동가요. 하지만 우리에게는 의존할 수 있는, 이론적인 틀, 이데올로기적인 바탕이 필요해요. 당신은 나의 삶뿐만 아니라 다른 많은 사람의 삶을 바꾸어놓았어요. 당신은 그날 아침 설교대로 올라가 우리가 생각만 하고 있던 바를, 감히 말로 옮기지 못했던 바를 큰 소리로 말함으로써 우리 모두를 눈뜨게 했어요. 당신은 우리가 그동안 깨닫지 못하던, 어떤 에너지와 양심을 일깨워줄 줄 알았어요. 베른트 로트만 같은 비범한 사람은 하룻밤 사이에 사라질 수 없는 법이라고요. 그리고 뮌스터는 최후의 며칠 동안 일어났던 그런 우스꽝스런 상황에 처할 수 없는 법이라고요."

"뮌스터는 잊어버려요, 아르놀트. 다행히도 우리는 뮌스터에서 빠져나왔잖아요."

"모두 빠져나온 건 아니오, 베른트. 모두는 아니라고요."

두 사람이 대화를 나누고 있는 사이, 아이들이 거대한 곤충들처럼 두 사람을 바짝 에워싸고 있다.

"죽이 아주 맛있군요." 피스터는 열기를 조금 식히기 위해 이렇게 말한다. 자신이 지나치게 열을 냈다는 느낌이 든 것이다. "튀긴 베이컨을 넣어 만든 죽은 예전에 어머니가 끓여주신 것을 먹어보고는 처음이네요."

"만들기가 아주 쉬워요." 크루크가 말한다. "피망, 정향(丁香), 캐러웨이 약간을 마가린 4분 1조각에 넣어 살짝 튀긴 뒤 노릇노릇해질 때까지 살갈퀴 콩가루를 조금씩 넣어줘요. 재료가 풀어지도록 뜨거운 물을 넣고 계속 저으면서 걸쭉해질 때까지 끓이면 돼죠."

"이거 알아요, 아르놀트? 우리가 세상을 바꾸는 문제로 이야기를 시작했다가 죽 얘기로 끝내고 있다는 거 말이오."

하지만 아르놀트는 피스터의 말을 듣지 못한 것 같다.

"이거 알아요?" 크루크가 피스터에게 말한다. "나는 뮌스터로 돌아갔어요. 여러 달 뒤 여자로 분장하고 도시 안으로 들어갔다고요. 거리는 깨끗했고, 사람들은 예전처럼 살고 있었어요. 모든 게 그렇게 빨리 지워지는 것에 놀랐죠. 만약 복켈손, 크니퍼돌링, 그리고 크레히팅이 우리에 갇힌 채 성 람베르트 성당의 종루에 매달려 있지 않았다면, 또 내가 그들을 직접 보지 않았더라면, 나는 그 모든 일이 악몽이었다고 생각했을 거요. 당신이 굴복해서는 안 될, 또 다른 이유가 있어요. 산 채로 살갗이 벗겨졌던 우리 부인들의 절규와 우리 아이들의 비명소리가 잊힐 리가 없잖아요. 그들은 복수를 원해요. 물론, 지금 죽에 관해 이야기할 수도 있어요. 하지만 그저 죽에 관해서만 이야기하는 건 품위 없는 짓이죠. 그런데 뮌스터에서 가장 맛있는 죽을 만들던 사람이 누구였는지 알겠소?"

크루크의 얼굴에 심술궂은 미소가 번지더니, 그는 자신의 물음에 이렇게 대답했다.

"여왕 디아라예요. 기억나죠? 여기서는 그녀를 여왕이라 부르지 않아요. 대신 로하[60]라고 부르죠."

그가 '로하'라고 하자마자 두 사람 주위에 몰려 있던 사람들이 모두 깔깔 웃어댄다. 피스터는 그 이유를 묻지 않으려 애쓴다. 아르놀트가 말을 잇는다.

"가톨릭교도들이 들어왔을 때, 나는 우연히도 시빌레라는 프랑스 출신의 남자 순례자, 그리고 디아라와 함께 있었어요. 그때 디아라가 우리를 하루 반 동안 죽은 사람처럼 만들어줄 수 있는 연고를 조제할 줄 안다고 했어요. 그 연고를 바르면 가톨릭교도들이 우리를 찾아내 불 속에 던져버린다고 해도 아무것도 느낄 수 없다는 거였죠. 하지만 그들이 우리를 불 속에 던지는 대신 한꺼번에 구덩이에 던져 넣는다면 우리에게도 살아날 가능성이 있다고 했어요. 우리는 모든 일이 잘 풀려 무사히 살아날 경우 남쪽으로 가서 모이기로 했지요. 우리는 모두 드러누워 연고를 발랐어요. 그러자 온몸이 차츰차츰 새까맣게 변해버리더군요. 내가 눈을 떴을 때 처음으로 느낀 건 내 몸 위에 있는 차가운 살덩이였어요. 매장될 시체 더미에 섞여 있었던 거죠. 어둠을 틈타 시체 더미에서 빠져나온 후 그곳을 도망쳤어요. 남쪽으로 갔지만 몇 년이 지나도록 디아라를 만나지 못했어요."

---

60) '로하(Roja)'는 '적색분자', '급진적이거나 개혁적인 여자' 등 다양한 의미로 사용된다.

피스터는 더 이상 듣고 싶지 않은지 자리에서 일어섰다.

"어디를 가려고요?" 크루크가 묻는다. "여기 앉아서 내 말 좀 들어요."

피스터의 눈에는 아르놀트 크루크가 방금 전과 달라 보인다. 갑자기 모든 것이 환영처럼 변하고 사람도 사람처럼 보이지 않는다. 피스터가 먹은 죽에 뭔가 섞여 있었던 모양이다.

"디아라가 도대체 어디서 돈을 구했는지는 몰라요. 문제는, 디아라가 암소, 양, 돼지, 토끼, 암탉들이 있는 농장을 하나 장만했다는 거죠. 가축들은 현기증 나게 새끼를 쳐서 그 수가 엄청나게 불어났어요. 게다가 디아라는 대단히 훌륭한 빵과 통조림을 만들었고, 사람들은 득달같이 그것들을 사 갔어요. 그녀 역시 그 이유가 무엇인지 몰랐죠. 그녀는 뮌스터에 관해 듣고 싶어 하지 않았어요. 튀긴 베이컨을 넣어 죽을 만들고, 숫산양들과 수간을 하는 데 열중했어요. 경박스런 여자였지요. 우도야, 네가 본 걸 피스터에게 말해주렴."

크루크 주위의 사람들이 다시 흥분한다. 아주 앳된 청년 하나가 한 걸음에 앞으로 나선다. 그는 자신이 관심의 대상이 된다는 생각에 매료된 모양이다.

"언젠가 그녀의 집에 들렀어요. 친구와 함께 갔었죠. 친구는 그녀의 집 안으로 들어갔고 나는 밖에 있었어요. 마침 비가 내렸기 때문에 가지고 있던 천막을 쳐놓고 비를 피했어요. 잠시 후 로하가 내게 음식을 조금 가져왔어요. 하지만 로하는 나더러 집에 들어가자는 말은 하지 않았어요. 혼자 저녁 식사를 하고 잠이 들었던 모양인데, 잠에서 깨어나 보니 비가 그쳐 있었어요. 천막 밖으로 나왔어요. 밤이 되어 있었죠. 그녀의 집은 어둠에 묻혀 있었어요. 집 주위를 빙 돌아보았는데, 어느 창문에서 불빛이 비치더군요. 창문으로 다가가 집 안을 들여다보니 집에는 사람이 가득했어요. 거기서 난 당신을 보았어요, 로트만. 당신은 자리에 앉아 있었어요."

"내가요? 그럴 리가 없소."

"아니, 당신이었어요."

"그럴 리가 없다고 말하지 않았소!" 피스터가 버럭 화를 내며 소리를 지른다.

"베른트, 제발 조금만 진실해져봐요. 우도가 마녀에 관해 얘기하고 있잖아요." 크루크가 피스터를 나무란다. "계속하렴, 우도야."

"난 당신을 똑똑히 보았어요. 당신은 음식이 가득 놓인 탁자 앞에 앉아 있었어요. 하지만 당신은 혼자가 아니었어요. 수많은 아이들이 당신 주위를 맴돌고 있었는데, 내 친구는 아기 천사로 변해 있었어요. 정신이 멍해지더군요. 내가 내 몸 밖에 빠져나온 느낌이 들었고, 그 광경이 도무지 이해되지 않았어요. 당신과 디아라가 춤을 추기 시작했죠. 디아라는 요염한 눈빛으로 당신을 사로잡더니 당신에게 감미로운 말을 속삭이고 있었어요. 당신이 그녀에게 키스했어요. 그리고 그녀가 당신의 옷을 벗겼어요. 당신의 음경은 엄청나게 크더군요, 로트만. 디아라가 두 손으로 당신의 음경을 감싸 쥐고 주물러댔어요. 그녀 또한 옷을 벗고 창문 앞에 서더니 가랑이를 쩍 벌렸어요. 그녀의 음부가 내가 바라보던 창문을 향하고 있었고, 나는 그녀의 조가비 속에 이빨이 달려 있는 것을 보았어요. 그런데 이빨뿐이 아니었어요. 그녀가 손가락으로 자기 음부를 살짝 벌렸을 때, 그 안에 수천 마리의 뱀이 똬리를 틀고 있는 게 보였어요. 그런데, 베른트, 당신은 그걸 모르고 있더군요. 당신은 음욕에 눈이 멀었기 때문에 그녀의 몸 위로 올라탔고, 그 사이 내 친구를 포함한 그 아이들이 당신 등에 올라가 당신 몸을 눌러댔어요. 처음에 당신은 쾌락에 취해 있었지만 당신이 막 절정에 다다른 순간 이빨 달린 그녀의 음부가 닫혀버렸고, 당신의 음경은 잘려버렸어요, 로트만. 당신은 비명을 지르며 그녀에게서 몸을 떼어냈어요. 그리고 당신이 몸을 뗐을 때, 창문으로 그 광경을 바라보던 내 눈과 로하의 눈이 마주쳤어요. 그녀의 입에는 어금니가 솟아나 있었어요. 하이에나처럼 변한 그녀가 으르렁거리며 창문 쪽으로 돌진해오더니 커튼을 닫아버렸어요."

"정말 괴이한 일이오, 그렇잖소?" 아르놀트가 악마 같은 눈으로 피스터를 쳐다본다. 하지만 피스터는 그런 이야기를 듣고도 마음의 동요를 일으키지 않는 것처럼 보인다. 그곳에 있는 모든 사람들이 디아라가 어떻게 되었는지를 피스터가 물어주기를 기다리고 있다. 피스터는 그 사실을 너무나 잘 알고 있었기 때문에 그들이 바라는 대로 한다. 하지만 그는 담담해지려 애를 쓴다.

"불태워졌소." 크루크가 거칠게 대답한다. "마을 사람들은 여자 혼자 농장을 꾸려가는 건 불가능하다고, 전적으로 불가능하다고 여겼소. 그녀는 페스트로 남편과 자식 다섯을 잃고 과부가 되었다고 했지만, 사람들은 아마도 남편이 칠면조에 의해 전염되는 무시무시한 병에 걸렸을 것이라고 말하기 시작했소. 그 병 때문에 남편의 머리가 괴상망측하게 뒤틀려버려 문밖으로 나설 수조차 없다는 것이었소. 다른 사람들은 그 남자가 그녀의 남편이 아니라 기둥서방이고, 그녀는 그를 침대에 묶어놓은 채 성욕이 생길 때마다 올라탈 수 있도록 항상 발기시켜놓는다고 했소. 그런데, '만약 그녀가 그들을 죽였다면요? 그 어린 자식들을 죽인 게 페스트가 아니라 그녀 자신이었다면요?' 라고 누군가 물었소. 여자가 남편과 자식들을 해친 게 그게 처음은 아닐 거요. 확인된 경우들, 의심의 여지가 없는 경우들이 있었으니까요. 그러던 어느 날, 로하가 시장에서 잼을 팔고 있는 사이에 소년 몇이 그런 소문이 사실인지 확인하기 위해 농장으로 갔소. 그들이 두 눈으로 확인한 것은 정말 무시무시했소. 그들이 상상할 수 있었던 것 가운데 최악의 상황이 펼쳐졌던 거요. 농장은 완벽하게 정상이었소. 어떻게 해서든 죄인들을 만들어내야 하는, 겁에 질린 마을에서 그런 상황이 의미하는 게 뭔지 알겠소? 로하의 농장은 기괴할 정도로 조용하고, 소름이 끼칠 정도로 깨끗했는데, 그건 부지런하고, 참을성 있고, 솜씨 좋고, 가정교육을 잘 받은 사람의 작품이라는 걸 여지없이 증명하는 것처럼 보였소. 소년들은 동네 사람들에게 할 말이 전혀 없을 수도 있다는, 모골이 송연해지는 가능성 앞에서 공포에 사로잡힌 채 잔뜩 움츠리고 그 집에 들어갔소. 제기랄! 그곳에는 남편이 있었다는 흔적도 없고, 남자의 옷도 하나 없었소. 사람을 죽인 흔적도, 박제한 박쥐들을 넣어놓은 통도, 눈깔로 만든 물약도 없었소. 또한, 양도, 십자가도, 해골도 없었고, 666이라는 숫자가 새겨진 빌어먹을 비문(碑文)도 없었던 거요. 모든 게 깔끔하게 정리 정돈되어 있고, 바닥은 말끔하게 청소가 되어 있고, 유리그릇은 티 하나 없이 깨끗하고, 사기그릇은 반질반질했으며, 옷은 반듯하게 다리미질해놓았던 거요! 그리고 그 정도는 아무것도 아니라는 듯이 밀이 무럭무럭 자라고 있는 밀밭, 곧 있으면 싱싱한 채소들이 무성할, 잘 가꾸어진 채마밭을 보고 소년들은 눈을 의심해야 했소. 외양간에 들어갔을 때는 오싹한 불안감, 고통스런 불쾌감에 휩싸이고 말았소. 외양간 안에서 뭔가를 본 것 같았기 때문이오. 실제로 뭔가가 있었소. 그러니까 터질 듯이 팽팽한 유방이 달린 멋진 젖소 네 마리, 수송아지 두 마리, 수말 한 마리, 노새 한 마리, 수망아지 한 마리, 검은 돼지 두 마리, 멧돼지 한 마리, 암탉 두 마리, 수탉 한 마리, 그리고 토끼 한 쌍이 있었던 거요. 아주 멀쩡하게 번창하고 있는 그곳의 모습에 정신이 멍해지고, 도대체 어떻게 된 영문인지 이해할 수 없게 되고, 그 여자가 그 모든 것을 위해 동물처럼 일했을 것이라는 분명한 사실에 압도당한 우리의 불쌍한 소년들은 머리가 돌아버렸소. 그들은, 남편이 십자가에 매달려 고개를 축 늘어뜨린 채 죽어 있고, 그 주위를 사탄을 기리는 촛불들이 둘러싸고 있다고 소리를 지르며 그곳을 뛰쳐나왔소. 마을 사람들은 소년들의 말을 듣고 비로소 차분해졌소. 그날 이후 마을 사람들은 그녀가 루시퍼를 숭배하고, 몸에 포마드를 바르고, 동물들과 수간하는 모습을 보게 되었소. 그녀가 목 졸려 죽은 사람들을 거리에서 파내서는 말을 타듯 그들의 몸 위로 올라가는 모습도 보았소. 그녀가 부활절에 영성체를 한 뒤 숫산양의 똥 위에 성체를 뱉어버리는 모습도 보았소. 그녀는 거울, 반지, 병을 이용해 악마들을 불렀고, 악마들은 그녀가 땅을 갈고, 다른 사람들의 밭을 훼손하고, 폭풍우를 부르는 걸 도왔소. 그들은 그녀가 올가미와 사랑의 미약을 만들어 아이들을 납치해 잡아먹는 것을 보았소. 그녀가 공중을 날아 악마의 연회에 참석하며, 두꺼비의 항문에 입을 맞추고, 검은 고양이와 수간을 하는 걸 보았소. 또한 그녀가 집 나간 개처럼 유순하고, 산만하게 마을 주변을 배회하는 어느 망자(亡者)와 성교하는 것도 보았소. 결국 마을 사람들은 몽둥이를 들고 로하의 농장으로 들어가 난장판을 만들어버렸소. 창문이며 가구며 사기그릇을 모조리 부숴버리고, 창고에 저장되어 있던 식품을 모조리 못쓰게 만들었으며, 옷과 밀밭을 불 질러버렸소. 채마밭을 짓이겨놓고, 가축들의 목을 잘라버렸으며, 그녀를 데려가 불태워버렸소."

이상하게도 피스터는 불현듯 피로감을 느낀다. 그는 롤랑 쪽으로 고개를 돌린다. 롤랑이 보이지 않는다. 롤랑이 갑작스럽게 사라져버렸지만 피스터는 놀라기는커녕 아무렇지도 않게 받아들인다.

"졸립군." 피스터가 말한다.

피스터는 짚으로 만든 매트리스가 놓여 있는 동굴 모퉁이로 순순히 따라간다. 아니, 따라갔다기보다는 그들이 그를 그쪽으로 끌고 가서 쓰러뜨렸다고 할 수 있다. 확실한 것은 피스터가 금방 깊은 잠에 빠져들었다는 것이다.

피스터가 잠에서 깨어났을 때 크루크와 그의 부하 몇이 피스터가 누워 있는 침상 발치에 모여 있었다. 피스터는 그들의 말소리를 들으면서도 무슨 말인지 이해하지 못한다. 동굴에는 아무도 없다. 여자들, 어린이들, 노인들은 사라지고 없다. 피스터는 자기 몸이 퉁퉁 부어 있고, 아무 감각이 없다고 느낀다. 그가 먹은 죽에 뭔가를 넣은 게 틀림없었다. 그는 계속 드러누워 있다. 초점 잃은 멍한 시선으로 사방을 헤매고 있다. 마침내 크루크가 그의 눈앞에 오리가 발급해준 통행권을 들이민다. 그러자 피스터는 통행권에 시선을 고정한다.

"베른트, 당신은 개자식이오. 복켈손은 적어도 까마귀밥이 되었지만, 개망나니 같은 당신은 계속 꼬리를 치고 다녔소. 사실 나는 내가 이런 사소한 일을 바로잡기 위해 선택될 줄은 몰랐소. 그런데 지금은 자신의 비천한 머슴인 내게 이런 일을 맡기신 하느님께 감사를 드리고 있소."

크루크는 허리춤에서 커다란 칼을 뽑아든다. 그 모습을 본 피스터는 젖 먹던 힘까지 써가며 몸을 일으킨다. 새벽녘의 자욱한 안개는 늘 첫 햇살과 함께 말끔히 개듯이, 그가 자세를 바꾸자 불명료했던 의식이 되살아나는 것 같다. 갑자기 머리가 아주 맑아지는 것을 느낀다. 죽기 전에 의식이 명료해진다더니, 이게 그것일까 자문해본다.

"아르놀트, 들어봐요. 난 그저 당신의 기억 속에, 상상 속에 있는 베른트 로트만일 뿐이오. 당신이 보고 있는 이 사람은 20년 전의 그, 즉 우리 시대를 살았던 사람들이 늘 그러하듯 자신이 진리의 절대적 주인이라 믿고서, 자기를 따르는 사람들, 자기 이웃 사람, 자기 가족을 세상에서 가장 무용한 죽음, 사상으로 인한 죽음으로 이끌었던 그 사람이 아니오."

"아하! 그러니까 당신이 베른트 로트만이 아니라고요? 그럼 도대체 누구요?"

"나는 내가 누구인지 모르오, 아르놀트. 나는 내가 예전의 내가 아니라는 사실만 알 뿐이오. 그리고 나는, 가짜 약속을 하고, 적당히 타협하고, 매사에 무관심하고, 자기 몸을 타인에게 의탁하는 천박한 노새 위에서 잠들었다가 허영심에 사로잡혀 제멋대로 행동하는 말에서 깨어났던 그런 미숙한 기병이 아니오."

피스터는 자신이 내뱉은 말을 듣고 스스로 놀란다. 도대체 왜 이런 말을 하는 거지? 죽음을 예보하는 신호들이 이렇게 나타나는 걸까?

"나는 베른트 로트만이 아니오." 피스터가 말을 계속한다. "베른트 로트만은 1535년에 뮌스터를 빠져나온 뒤로 영영 돌아오지 않았소. 난 그가 어떻게 되었는지 모르오. 그 광신자는 내 삶에서 영원히 사라져버렸소. 내 이름은 요아힘 피스터요. 나는 그 어릿광대짓을 부추겼던 관념들 가운데 그 어떤 것도 가지고 있지 않소. 또 그 인간의 행위에 대해 일말의 책임감도 느끼지 않소. 로트만과 나는 다른 사람이고, 과거에 그가 했던 말과 행위에 대해 내게 책임을 묻는 사람은 아무도 없소. 더 이상 쓸데없는 망상에 빠지지 마시오, 아르놀트. 찬찬히 생각해보면, 과거의 행위에 대해 책임을 져야 한다는 주장만큼 부당한 것도 없다는 사실을 깨닫게 될 거요."

"닥쳐요. 그런 쓸데없는 말로 내 이성을 마비시키지 말란 말이오."

"아르놀트." 피스터가 자리에서 일어나며 절망적으로 애원한다. "난 그 누구도 배반하고 싶지 않소. 하지만 죽고 싶지도 않소. 그게 전부요, 아르놀트. 죽고 싶지 않다고요. 아르놀트, 밤이면 종종 도저히 견딜 수가 없소. 죽음의 고통, 내가 사라져버릴 거라는 확신……."

피스터는 말을 마칠 수 없었다. 그 순간 롤랑이 두 사람 사이에 끼어든다. 크루크의 부하들이 롤랑에게 달려든다. 하지만 롤랑은 뛰어난 검객으로 변신한다. 칼을 갖고 있지 않았을 뿐이다. 아니 검객이 아니라 곡예사처럼 보인다. 자유자재로 뛰어오르고, 날고, 공중돌기를 하면서 크루크의 부하들을 농락한다. 한쪽으로 몸을 기울여 한 발로 몸을 지탱하면서 다른 발로 상대의 얼굴을 가격해 쓰러뜨린다. 이 한 번의 발길질에 두 사람이 쓰러진다. 롤랑은 일직선으로 들어올렸던 다리를 180도 회전시켜 그 반경 안에 들어 있던 상대를 여럿 쓸어버린다.

크루크는 로트만을 죽이려면 서둘러야겠다고 생각한다. 그는 로트만에게 몸을 돌린다.

"난 당신 때문에 내 한평생을 바쳤소. 당신의 가르침을 속속들이 따랐고, 가톨릭군대가 내 아내를 처절하게 유린하는 바람에 아내를 잃었고, 가톨릭군대가 내 자식들의 살가죽을 벗기는 동안 자식들이 질러대는 비명소리를 들었소. 이제 보니 결국은 그 모든 게 거짓말이었고, 당신은 종교재판소의 감독관으로 변해버린 개자식일 뿐이라는 사실을 알게 되었소."

그리고 크루크는 순식간에 냉혹한 동작으로 팔을 움직여 피스터의 배에 칼을 박는다. 손잡이 부분까지 깊숙이 박은 뒤 갑자기 빼버린다. 피스터는 배가 홀쭉해지고 있다고 느낀다. 이제는 지칫과의 약초도, 고사리도, 마시멜로 씨앗도, 매발톱 열매도 필요하지 않을 것 같다. 하지만 배가 홀쭉해진 건, 그의 생각과는 달리, 변비가 나았기 때문이 아니다. 그가 피를 흘리고 있었기 때문이다.

폐

이 대수도원은 투렌에서 온 베네딕트회 수도사 몇 명이 875년에 설립한 것이다. 수도원은 번창했다. 설립된 지 1세기가 지났을 때 클뤼니 수도원에 합쳐지면서 파리로 가는 길에 반드시 들러야 하는 곳으로 변했다. 나중에 수도원에서 멀리 떨어진 곳에 도로들이 새로 생기면서 쇠락해 결국 사라질 운명에 처해버렸다. 오랫동안 대수도원은 폐허 속에 방치되어 있다가, 마침내 수녀들로 이루어진 작은 공동체가 이곳을 맡았다.

대수도원—실제로는 작은 수도원에 불과하다—은 원래 자급자족적으로 설계되었기 때문에 문이 하나밖에 없는 성벽으로 둘러싸여 있다. 바로 옆에 면회실과 작은 경비실이 있다. 경비실은 수도원의 객실과 맞닿아 있다. 그 옆으로 기도소와 식당이 있다. 기도소와 식당 위층에 수녀들의 침실과 참사회실이 있다. 성당 남쪽에 위치한 회랑이 대수도원을 감싸고 있다. 회랑은 지붕이 뾰쪽한 거대한 아치인데, 팀판[61] 아래로는 기둥들이 짝을 이루어 작은 반원형 아치 두 개를 떠받치고 있다. 그 모든 건물로부터 떨어져 있는 곳에 지금은 사용하지 않는 견습 수녀들의 침실, 창고, 마구간, 공동묘지, 진료소, 그리고 작은 방—짚으로 만든 매트리스가 깔린 초라한 침상 두 개가 놓여 있고, 약을 보관하는 작은 가구가 있는—이 있다. 피스터가 침상에 누워 헛소리를 한다. 그는 혼자이다.

롤랑이 자기 말에 피스터를 태워 수도원에 데려다놓고는 지혈을 시키는 동안 의사를 찾아봐달라고 수녀들에게 부탁했었다. 당시까지 수많은 상처를 보아온 롤랑은 피스터의 상태가 심각하다는 걸 즉각 알아차렸다. 크루크라는 망나니는 제대로 찌르는 법을 알고 있었다. 그때까지 피스터는 의식이 있었다. 그는, 난 죽고 싶지 않아, 난 죽고 싶지 않아, 라고 중얼대고 있었다. 그런데 그는 의사를 기다리는 동안 의식을 잃었고, 롤랑은 그가 사경을 헤매고 있다고 생각했다. 놀란 수녀원장과 약제사 수녀 앞에서 롤랑이 피스터의 의식을 회복시키자마자 경비 수녀가 늙은 남자 하나를 데리고 들어왔다. 남자는 즉시 허리를 굽혀 피스터의 상처를 살펴보고는 사람들에게 일을 나누어주었다. 몇몇 수녀에게는 침대 시트를 찢으라고 하고, 다른 수녀들에게는 찬물과 뜨거운 물을 담아 오라고 시켰다. 롤랑에게는 깡통과 리넨 타월을 건네주면서 피스터가 깨어날 경우 코에 갖다대라고 했다. 남자가 치료를 시작했다. 여기를 열고, 저기를 자르고, 이것을 꿰매고, 저것에 드레싱을 했다. 가끔씩 손을 멈추고 롤랑에게 이마에 흐르는 땀을 훔쳐달라고 부탁했다. 처음에 초조하고, 기민하고, 정확하던 남자의 동작이 느려지고 있었다.

---

61) '팀판'은 박공(欂栱) 따위의 삼각면(三角面) 부분, 또는 홍예머리에서 문미(門楣) 상부의 반원면을 말한다.

"피를 많이 흘렸군요. 살아날지는 장담할 수 없소." 노인이 대야에 담긴 물로 손을 씻으며 말했다. "만약 눈을 뜨게 되면 국물과 달걀을 먹이세요. 그러고 나서는 즉시 적혈구를 만들어내는 붉은색 고기를 먹여야 해요."

치료가 진행되는 동안 롤랑이 약제사 수녀에게 관심을 가진 것을 그 누구도 눈치 채지 못했다. 하지만 당사자인 그녀는 눈치 챘을 것이다. 그렇기 때문에 그녀는 가까운 곳에 있는 견습 수녀들의 침실에서 자겠다고 했을 것이다. 원장 수녀는 약제사 수녀의 규칙에 어긋나는 말에 반대하는 대신 그녀의 세심함과 자비로움에 감탄한다. 병자가 데리고 다니는 종자가 밤새 환자를 보살핀다 해도 환자의 상태가 갑자기 위급해질 수도 있었기 때문이다. 의사와 원장 수녀가 떠나자 약제사 수녀는 견습 수녀들의 침실로 갔다. 롤랑은 신중하게 30분이 지난 뒤 그 침실로 스며들었다.

그렇게 해서 피스터는 롤랑과 약제사 수녀가 첫 번째 오르가슴과, 계속되는 여러 번의 오르가슴에 다다르기 전에 내뱉던 것과 같은 거친 숨소리를 내고, 헛소리를 하면서 홀로 밤을 새운다.

검소한 방이다. 벽들은 아도베[62] 처럼 보이는 투박하고 부석부석한 돌로 이루어져 있고, 바닥은 질 나쁜 진흙을 구워 깔았다. 앞에는, 즉 창고 노릇을 하는 가구 위에는 좁은 창문이 있어서 희미한 빛이 들어오고, 구관조의 노랫소리도 간헐적으로 들려온다. 사방이 조용하다. 기운이 조금도 없지만 불쾌하지는 않다. 몸을 갖고 있지 않는 것 같은, 존재하지 않는 것 같은 느낌이다. 피스터는 자신이 죽음의 언저

62) '아도베'는 햇볕에 말린 흙벽돌이다.

리에 있음에 틀림없다고 생각한다. 죽는 것이 그리 나쁘지는 않다고 생각한다. 또한 죽음이라는 마지막 행위에서 우리 인간의 의지는 참으로 다양하게 표출된다는 사실을 확인한다. 이 순간 그는 자신이 자기 삶의 유일한 주인이며, 무엇보다도 자기 죽음의 유일한 주인이라는 확신을 갖게 된다. 원하기만 한다면, 당장 편안한 잠에 자신을 내맡기는 것처럼 쉽사리 죽을 수도 있으리라. 죽는다는 것은 사물의 자연적인 질서에 따르는 것이다. 그저 배수구 주위로 빙빙 돌아가는 소용돌이에 몸을 내맡기기만 하면 된다. 몸을 웅크린 채 영원히 사라져버리는 것은 아주 매력적이라는 생각이 갑작스레 머리를 스친다. 터무니없는 것, 가장 피곤한 것은 자연의 흐름을 거스르며 계속 살아 있는 것이다. 앞으로 일어날 그 어떤 일도 자신에게 영향을 미칠 수 없을 것이라고 잠시 생각해본다. 죽음마저도. 다시 말해, 그는 자신이 죽을 수 없다고 느낀다. 이는 그가 처해 있는 상황을 생각해보면 참으로 괴이한 느낌이다. 하지만 이런 편안한 생각은 금방 사라져버린다. 그리고 몸이 더 이상 무시당하고 싶지 않다는 듯이 날카로운 통증으로 배를 찔러댐으로써 그는 자신이 귀신으로 변한 게 아니라 엄연히 살아서 초라한 침상에 드러누워 있으며, 통증의 중심을 가리는 시트가 가슴까지 덮여 있다는 사실을 확인한다. 그는 어렵사리 시트를 들쳐보고는 배를 붕대로 감아놓았을 뿐 옷은 완전히 벗은 상태임을 확인한다.

그동안 일어난 일들, 그리고 그동안 일어난 일들에 관해 그가 기억하고 있는 것은 의식이 회복됨에 따라 점점 명료해진다. 그는 자신이 어디에 있는지 알고 싶어 시트를 젖히고 이를 앙다문 채 온힘을 다해 몸을 일으켜 세운다. 그렇게 침대에 앉아 한동안 숨을 골라야 했다. 세 걸음 정도 떨어져 있는 문까지의 거리가 아득히 멀게만 느껴진다.

다시 쓰러지듯 침대에 드러눕는다. 헤아릴 수 없는 시간이 흐른 뒤 마침내 문이 열린다. 방으로 들어온 수녀는 그가 의식을 회복하고 몸을 일으키려 했다는 사실을 즉각적으로 알아차린다. 급히 침대맡으로 달려와 요아힘이라고, 그의 이름을 부르고는 상태가 어떤지 묻는다. 이마에 손을 짚어 체온을 재보고 붕대를 검사한 수녀는 그가 몸을 일으켜 세우려 한 것을 자애롭게 질책한다.

피스터가 침대에서 보았던 그 가구는 각기 다른 크기와 색깔의 단지들, 드레싱 재료와 외과수술용 기구들을 넣어두고 열쇠를 채워놓은 작은 약장(藥欌)이다. 수녀는 그곳에서 피스터의 상처를 소독하고, 붕대를 갈아주기 위해 필요한 물품들을 찾는다. 수녀는 아주 귀엽고 섬세하게 움직인다. 피스터가 그녀를 응시한다. 체구는 작지만 행동이 얌전하고 솜씨가 좋은, 아름다운 그녀는 피스터를 치료하는 동안 피스터의 머리에 떠오른 모든 질문에 차분하게 대답한다.

1553년 3월 1일 수요일 오전 아홉 시, 그녀는 리옹에서 12리그 떨어져 있는 샤를리외의 베네딕트 대수도원의 진료소에 있다. 그녀는 약제사 수녀 마리이다. 피스터는 롤랑의 팔에 안겨 이틀 전에 그곳에 도착했다. 그녀는, 그가 '롤랑'의 팔에 안겨왔다고 말한다. 그녀는 그가 친구의 팔에, 또는 하인의 팔에, 또는 조수의 팔에 들려 왔다고 말하지 않는다. 롤랑을 잘 안다는 듯이, 또는 그 이틀 동안 롤랑이 시간을 허비하지 않았다는 듯이, 롤랑의 팔에 안겨왔다고 말한다. 마리는 피스터의 상처가 깊고 피를 많이 흘려 수도원에 도착한 그날 밤 의사를 불러야 했다고 말한다. 가만히 쉬어야 한다며, 차츰 기력을 회복할 것이라고 말해준다. 마리는 붕대를 갈고 시트로 피스터의 몸을 덮어주고는 이번에는 일어나지 말라고 엄중하게 경고한다.

그날 하루 마리는 계속 피스터의 병실을 드나든다. 피스터는 나른

한 선잠에 빠진 채 그녀가 오가는 것을 느낀다. 가끔 먹을거리와 맑은 국물과 과일 주스를 가져오고, 피스터에게 다가와 이마에 손을 대보고, 상처에서 피가 나오지는 않는지, 상처가 곪지는 않는지 확인한다. 그리고 더 젊고, 더 곱고, 더 조용한 수녀도 자주 나타난다. 그녀는 방에 들어와 바닥을 쓸고, 다른 침상의 침대보를 반반하게 펴고, 먼지를 닦은 뒤 나간다. 피스터는 롤랑도 알아본다. 롤랑은 어떤 남자와 함께 자주 들어오는데, 그 남자는 피스터를 살펴보고 손으로 만져보곤 한다. 피스터는 그 남자의 말을 제대로 알아들을 수가 없다.

"그렇게 싸우는 법을 어디서 배웠소?" 피스터가 언젠가 자신의 방을 찾은 롤랑에게 어렵사리 묻는다.

"우연히 손에 넣은 기원전 7세기의 중국 문헌에서 배웠지요."

시간은 천천히 흐르지만 헛되이 흐르지는 않는다. 피스터는 그곳에 온 지 일주일 만에 눈에 띄게 호전된다. 자신의 기력이 좋아졌고, 사고는 더욱 명료해졌다는 사실을 깨닫는다. 마리 수녀는 원기를 불어넣어주는 국물과 맛있는 과일 주스를 들고 계속 들락거린다. 가끔은 롤랑, 또는 피스터를 살펴보고 몸을 만져보는 노인과 함께 나타나기도 한다. 그 노인이 바로 피스터를 치료한 의사이다. 바렌츠라는 그 노인은 항상 기분 좋은 낙천주의자이다. 그는 자신이 처방하는 연고보다는 좋은 기분이 진짜 효능 좋은 약이라고 말한다. 그리고 그 약은 환자에게 불쾌감을 적게 준다고 말한다.

"오늘 백향(白香), 용혈수(龍血樹), 적포도주, 쇠간, 적철석을 계란 흰자와 섞어 잘 빻은 것을 처방해주겠소. 그러면 며칠 안에 완전하게 회복될 거요. 이봐요 친구, 당신은 아주 강건하오. 보기 드물게 강건하오. 그 정도 자상을 입힌 사람이라면 자신이 한 일이 어떤 결과를 가져올지 알고 있었을 거요. 내 장담하오만, 그는 당신에게 심한 부상을 입히려고 했을 거요."

바렌츠 박사는 누가 피스터를 공격했을까, 생각해본다. 바렌츠 박사에게 아르놀트 크루크라는 이름은 낯설지만, 그 지역에는 크루크 패거리처럼 단순한 악당들과 구분하기가 쉽지 않은 재세례파교도가 아주 많다. 그들이 바렌츠 박사를 찾아와 분만을 도와달라거나, 심한 부상자를 치료해달라고 부탁하는 일이 다반사이다.

매일 피스터를 방문하는 바렌츠 박사는, 알고 보니, 소박하고 교양 있고 대화술이 뛰어났다. 바렌츠 박사는 피스터가 기력을 회복하자 그를 수도원 회랑으로 데리고 나와 산책을 시킨다. 두 사람은 다양한 주제에 관해 대화를 나눈다. 물론 신학에 관해서도 이야기하나 인쇄술, 의학에 관련된 문제들도 이야기한다. 그리고 더욱더 내밀한 얘기도 나눈다.

"저는 죽음의 공포에 사로잡힌 채 20여 년을 보냈습니다." 어느 날 피스터가 바렌츠 박사에게 고백한다. "오늘까지도 잠을 자려고 할 때마다 맨 먼저 머리에 떠오르는 생각은 제가 죽을 것이라는 확신이었습니다. 영원히 사라져버릴 것이라는 생각 때문에 어찌나 고통스럽고 비통하던지 가끔은 잠자리에서 일어나 심호흡을 해야 했습니다. 이상하게도 제가 죽음에 아주 가까이 다가갔던 요 며칠 동안은 이런 절망적인 발작을 겪지 않았습니다. 아마도 죽음을 예비했기 때문에 그런 두려움을 잊어버린 것 같습니다. 죽음이라는 것이 삶의 진정한 조건이라는 사실을 인정하기 시작한 것처럼 말입니다. 결국은, 그렇게 됨으로써 죽는 법을 알게 되고, 특별히 위안받을 게 없다는 사실을 인정하게 되는가 봅니다."

"아니오, 요아힘. 그런 것에서 삶을 알게 된다오. 의사에게는, 죽음이 특별하지 않아요. 죽은 것은 산 것의 영양분으로 사용되는데, 그 어떤 화학적 방법으로도 그런 과정을 막을 수는 없어요. 제대로 된 시각으로 보면, 우리의 몸을 갉아먹는 구더기들은 자연의 기적이라오. 게다가 죽음은 아주 상대적인 것이오. 그래서 어떤 때는 죽음을 증명하기가 아주 어려워요."

피스터가 흠칫 몸서리를 친다.

"만약 죽는 것보다 더 두려운 것이 있다면, 그건 바로 죽지 않는 것입니다. 죽지 않는 것, 그리고 제가 살아서 묻히는 것이라니까요. 산 채로 매장되는 사람을 많이 보았거든요."

"천국에 가기 위해 죽음을 열망하는 사람들이 있어요. 그들은 최면에 이끌린 채, 진정한 죽음과 구분하기 매우 어려운, 일종의 긴장병(緊張病)[63]적인 상태에 들어가기 위해 죄를 온전하게 고백한다오. 그렇게 되면, 숨소리를 들으려고 제아무리 애를 써도 가끔씩은 숨소리가 너무 작아 진정 숨을 쉬고 있는지 확인할 방법이 없게 되지요. 못으로 손톱 밑을 찌르거나 불에 달군 쇳덩이를 살에 갖다대 볼 수도 있겠지만 빈사 상태에 있는 사람이 의식을 잃어버리면 그 의식을 되살리기가 어렵지요. 죽었다는 판정을 받고도 점점 커지는 육신을 본 적이 있어요. 움직이고, 웃고, 우는 사체들도 본 적이 있어요. 얼굴 표정이 살아 있는 사체들도 본 적이 있고, 죽은 뒤에도 여전히 뛰는 심장들을 본 적도 있어요. 유명한 철공업자 뮈로의 딸이 임신 7개월 만에 죽었어요. 당시 그리스도의 태아기에 관해 박사학위 논문을 쓰고 있던 나는 태아의 정확한 위치를 알아내고 싶었어요. 그래서 그 여자

63) '긴장병'은 '긴장증'이라고도 한다. 운동의 증가(심한 흥분)와 운동의 감소(심한 혼미)를 나타내는데, 어느 경우나 기묘하고, 딱딱하고, 부자연스러운 행동을 하게 된다. 긴장성 흥분에서는 동일한 행동을 심하게 반복하는 상동운동(常同運動) 등 납득할 수 없을 정도의 운동 증세를 보이고, 긴장성 혼미에서는 의식상실과 같은 자발성 운동의 정지와 입을 다물고 말을 한 마디도 하지 않는 등의 증세를 드러낸다.

의 무덤을 찾아내 파헤치기 시작했지요. 무덤을 반쯤 팠을 때 몇 차례 신음소리가 들리더군요. 관이 보일 때까지 정신없이 팠어요. 관 뚜껑을 열었을 때 내 앞에 뭐가 나타났는지, 상상도 할 수 없을 거요. 그곳에는 그 여자의 시체가 있었던 게 아니라, 썩어 문드러져서 형체를 알아볼 수 없게 된 덩어리 하나가 있었어요. 수의는 갈기갈기 찢어져 있고, 두개골은 벌어져 있었으며, 뇌는 사방에 흩어져 있었어요. 산 채로 매장된 그녀가 관 속에서 출산을 했던 거지요."

"선생님 같은 의사들은 공동묘지에서 하루를 보내시죠?"

"사체가 필요해서요. '에르만닷 델 코르푸스'에 관해 들어본 적이 있나요?"

"들어본 적이 있는데, 그게 뭡니까? 종교 단체인가요?"

"그 단체가 언제 생겼는지는 그 누구도 확실하게 모릅니다. 어떤 사람들은 갈레노스가 만든 단체라고 주장하지만, 갈레노스는 단 한 번도 인체를 해부한 적이 없기 때문에 그럴 가능성은 없어요. 일부는 유대인 이사악이 만들었다는 말도 해요. 일부 성서 외전에 따르면, 그가 그리스도의 몸을 해부했다고 하는데, 가톨릭 측에서는 인정하지 않지요. 하지만 그리스도는 사형을 당했고, 사형당한 사람들의 사체는 의사들이 해부해 내장기관을 연구할 수 있도록 팔려나갔어요. 이 주장에 따르면, 사도들이 그리 정밀하지 않은 그리스도의 부활에 관한 전설을 뒷받침하기 위해 그리스도의 해부된 몸을 은닉시켜버린 거지요. 이어서 그들은 이사악이 인육을 먹는다고 기소함으로써 그의 명예를 훼손시켰고, 황제는 그가 인체로 뭔가를 하는 걸 금지시켰어요. 그러자 이사악은 인체를 공급할 비밀 조직을 구축하는 수밖에 없었소. 그게 사실인지는 모르겠소. 어찌 되었든, '에르만닷 델 코르푸스'는 인체 해부를 강력하게 금지하는 가톨릭교회 때문에 생겼을 수도 있고, 생리학자들뿐만 아니라 화가들과 조각가들의 인체에 대한 수요가 증가했기 때문에 생겼을 수도 있소. 예술가들은 인체의 기능에 대해 자세히 알지 못하고서는 인체를 제대로 표현할 수 없다는 사실을 스스로 인식하고 있잖아요. '에르만닷 델 코르푸스'는 아주 단순하지만 효율적인 조직이라오. 각 도시에 독자적인 조직망이 있어요. 그렇기 때문에 만약 파리의 '에르만닷 델 코르푸스'가 무너지면, 그 회원들은 고문을 받고서도 리옹이나 필라흐의 형제들에 관해 발설할 수 없는 거요. 문제는, 누구든 이사를 하면 먼저 '에르만닷 델 코르푸스'와 접촉해야 한다는 거요. 그들은 자신들만의 신분증을 만들어내고, 은밀한 접선 장소를 찾아냈어요. 터키석을 조직원들의 증표로 채택했는데, 그것을 통해 자신들끼리 쉽게 알아보고, 불시의 위험으로부터 보호받을 수 있어요. 나처럼 목에 걸고 다닐 수도 있고. 이거 보여요? 또 반지에 보석처럼 박아서 끼고 다닐 수도 있어요. 접선 장소는 병원, 즉 사람들이 많고 이런저런 사건이 많이 일어나는 장소들이죠. 병원 같은 곳은 어지간해서는 사람들의 관심을 받기가 힘들고, 또 매일 누군가가 죽어나가잖아요. 시체를 찾아 공동묘지에 가야 하는 우리 같은 사람들은 병원 앞의 정원이나 병원 복도에서 은밀하게 우리를 노출시키죠. 증표인 터키석에서 발산되는 빛이 즉시 다른 회원들의 관심을 끌어요. 우리는 다시 어느 술집에서 만나 자세하게 계획을 세우고 일에 착수해요. 나머지는 당신도 상상할 수 있을 거요."

기력이 회복된 피스터는 지금까지 뒤적거려본 적조차 없는 빌레누브의 책들을 읽기로 한다. 『푹스에 대한 반론』, 『시럽에 관한 종합 논저』, 『천문학에 관한 변론』이다. 점심 식사가 끝나면 늘 침상에 드러누워 바렌츠 박사가 오기를 기다리면서 책을 읽는다. 피스터는 그 책들이 자신이 주조한 활자로 인쇄되었을지 모른다는 생각에 청소 담당 수녀가 구해준 돋보기를 대문자 M자 위에 대고 자세히 들여다본다. 그렇게 하면 인쇄인들의 신분을 확인할 수 있을지 모른다는 기대감 때문이다. 하지만 그 활자들의 골격을 보면 통통한 아기 천사를 새겨 넣을 만한 세리프가 전혀 없다.

『푹스에 대한 반론』은 탈격독립구와 미숙한 전치격을 남용한 짜증나는 책이었지만, 아주 대단한 학식이 들어 있다. 이 책은 구원을 받기 위해서라면 기도를 할 필요가 없고, 신앙만으로도 충분하다는 루터의 생각을 공격하는 것으로 시작한다. 또한 의학에서 갈레노스 학파가 더 중요한지 아라비아 학파가 더 중요한지에 관해 토론을 벌였던 샹피에와 푹스의 논지가 전개되어 있다. 책은 매독에 관한 단락 몇 개로 끝나고 있다. 『시럽에 관한 종합 논저』는 소화에 관한 책으로, 각종 질병을 치료할 때 식물과 과일로 만든 시럽의 효능을 논하고 있다. 『천문학에 관한 변론』은 예상했던 것보다는 덜 파괴적이다. 좋은 의사는 천문학 같은, 의학에 보조적인 역할을 하는 과학을 알아야 하는데, 어떤 경우에는 천문학적 기호들만으로도 질병을 진단하거나 미래를 예측할 수 있다고 한다.

"만약 우주의 현상이 인간에게 영향을 미친다면, 대학에서 천문학을 금지하는 것은 얼토당토않는 일입니다." 피스터가 산책을 하면서 바렌츠에게 말한다. "선생님 같은 의사들은 환자들의 별자리 체질에 관해 알아야 합니다. 우리는 천문학을 통해 질병을 예방할 수 있을 뿐만 아니라, 누가 질병을 앓을지, 그 질병이 언제 나타날지 알 수 있을 겁니다. 더불어 개개인의 행동까지도 예견할 수 있을 겁니다. 어떤 아이가 음악에 천부적인 소양을 지니고 있는지 알아내서 아주 어릴 때부터 교육시킬 수도 있을 겁니다. 또는 어떤 아이가 장차 지도

자가 될 특별한 재능을 부여받았는지, 어떤 아이가 악에 끌리는지도 알 수 있을 겁니다."

"하지만 그건 아주 위험한 판단이라오." 바렌츠가 반박한다. "누군가 범죄를 저지르기도 전에 범죄를 예방한다는 명목으로 처벌할 필요는 없기 때문이오. 아니, 나는 모든 것이 별자리에 적혀 있다고는 믿지 않소. 나는 성 아우구스티누스처럼 일부 별자리가 영향을 준다는 건 인정하지만 인간은 그 무엇보다도 자유로운 존재라는 사실 또한 믿고 있소. 별자리는 인간의 몸에는 영향을 미치지만 의지에는 영향을 미치지 않아요. 게다가 우리가 모든 것을 행성 탓으로 돌려버리면, 도대체 누구에게 책임을 물어야 하는 거요? 달이나 화성의 위치 때문에 사람들이 범죄를 저지르는 거라고 말하는 건 아주 그럴듯하지요. 하지만 그렇게 되면 부정과 권력 남용마저 용인되어버린다오. 별자리로 정해진 바를 거스를 수 없다면, 우리가 다른 사람을 도울 이유가 어디 있겠소? 인간의 힘으로 변화시킬 게 전혀 없다면, 우리가 온갖 악과 오류를 바로잡아야 할 이유가 어디에 있겠소? 만약 내가 왕이거나 교황이라면, 모든 사람이 당신처럼 생각한다는 사실이 마음에 걸릴 것 같소. 사실 별자리의 영향력보다 더 중요한 건 인간이 태어나는 조건, 즉 어린 시절이 어떠했는지, 가족 구성원이 어떠한지, 재산이 얼마나 되는지 같은 것이라오. 우리는 플라톤, 아리스토텔레스, 피타고라스, 갈레노스, 그리고 히포크라테스가 그랬던 것처럼 천문학을 믿되, 점성술적 천문학의 허위성은 널리 알려야 하오. 우리는 우주의 모든 몸, 즉 위에 있는 것들과 아래에 있는 것들이 서로 연관되어 있다는 것을 믿되, 파리에서 3만 명의 떠버리가 우매한 민중을 대상으로 설파한 거짓 교리는 타파해야 하오. 점성술적 천문학은 자유의지, 신의 섭리, 그리고 당연히 우리 삶에 대한 하느님의 개입과 모순되지요."

수도원 회랑의 아치 밑에 이르러 바렌츠의 말이 끝나자 피스터가 묻는다.

"선생님, 혹시 선생님께서 미셸 드 빌레누브라는 의사가 아니신가요?"

그 질문이 온당한 것인지 제대로 판단도 하지 않고 피스터의 입에서 즉흥적으로 터져 나온 말이었다. 실제로 피스터가 묻고 싶었던 질문은 다른 것이었을 수도 있다. 그 말을 들은 의사의 얼굴에 희미한 그림자가 드리워지고, 얼굴이 굳어진다. 하지만 의사는 즉시 평소의 쾌활한 표정을 되찾는다.

"세상은 수건 한 장처럼 좁다오." 그가 말한다. "요아힘, 보아하니 당신은 빌레누브를 만난 적이 없는 것 같소."

"그를 본 적이 있는지, 없는지 잘 모르겠어요. 혹시 선생님이 바로 그 사람이 아닌가 싶어서요."

"아니오, 난 빌레누브가 아니오. 빌레누브는 오래전에 여길 떠났소. 하지만 당신이 왜 그를 의사라고 불렀는지 모르겠군요."

"의사가 아니었나요?"

"내가 아는 바로는, 그렇지 않소. 교양이 아주 높고 학식이 풍부하긴 했지만, 의사는 아니었소. 요즘의 당신과 나처럼 나는 그와 많은 얘기를 나누었소. 사실, 당신 때문에 그 사람 생각이 난다오. 그는 아주 매력적이었고, 대화도 무척 재미있게 이끌었소. 하지만, 아니오, 의사는 아니었소. 그는 어느 날 갑자기 사라져버렸소. 지금 당신과 내가 대화를 나누고 있는 것처럼, 어느 날 오후, 그와 대화를 나누었는데, 그다음 날 그는 여기에 없었소. 영원히 사라져버린 거요."

샤를리외에서도 빌레누브를 만나는 것은 불가능해 보인다. 하지만 피스터에게는 그리 중요하지 않다. 다시 말해, 그를 만나면 좋겠지만, 크루크의 칼을 맞은 뒤로는 빌레누브를 만나야겠다는 강박관념이 피와 함께 몸 밖으로 빠져나간 것이다.

어느 날 오후, 피스터는 『성 파그니누스의 성서』를 대충 훑어보면서 잠들었다가 깜짝 놀라 잠에서 깨어난다. 매일 아침 병실을 청소해주던 수녀가 지금 빌레누브의 책들을 무릎 위에 올려놓은 채 옆 침상에 앉아 있었던 것이다. 피스터가 잠에서 깨어났음을 알아차린 어린 수녀는 몸을 피하려거나 자신의 관심사를 숨기려 하지 않는다. 오히려 그 반대이다. 그녀는 초롱초롱 빛나는 커다란 눈으로 피스터를 뚫어지게 쳐다보면서 미겔을 아느냐고 묻는다. 그녀는 '미셸'이라고 하지 않고, '미겔'이라고 한다.

피스터는 어리둥절해 한다. 수녀가 방금 전, 질문을 하면서 보여준 담담한 태도는 그녀의 유약하고 섬세한 외모와 대비되고 있다. 미겔을 아세요, 모르세요? 그녀가 캐묻는다. 질문이라기보다는 도전처럼 들린다. 피스터는, 아니라고, 그를 모르지만 만나고 싶다고, 파리에서 그를 찾아 헤맸지만 별 소득이 없었다고, 더듬거린다. 그러자 수녀는 더욱 완강해진다. 수녀는, 피스터가 빌레누브를 찾는 게 이상하다는 듯이, 무엇 때문에 그를 만나려는 거냐고 다그친다. 피스터는 침상에서 일어나 앉는다. 시간을 벌고 대답을 짜기 위한 전략이다.

"지금 그의 책들을 읽고 있습니다. 수녀님은 아시잖아요? 그에게서 감동을 받았기 때문에 만나고 싶은 거라고요."

아주 멋진 대답이다.

수녀가 긴장을 누그러뜨리는 것 같다. 하지만 그녀의 말투에는 여전히 일말의 적개심이 서려 있다.

"사람들은 그에게 감탄하면서도 그를 찾아내 죽이려고 하죠."

그때 상황의 주도권을 쥐게 된 피스터가 겁에 질려 있는 그녀를 장악하기 위해 온갖 수사를 동원한다. 그녀는 자신이 피스터를 의심하는 이유를 설명한다. 스페인의 종교재판소가 미겔을 없애버리라는 명령을 내렸다는 것이다.

"파리로 떠나기 수년 전, 미겔은 사람들이 성삼위에 관해 말할 때 흔히 범하는 오류들에 관해 책 한 권을 썼어요. 그러자 수사인 그의 형이 스페인에서 편지를 보냈어요. 동생을 만나려 했던 거지요. 미겔은 형이 동생을 사랑하는 마음에 스페인 나바라에서 프랑스까지 오려는 걸로 생각했어요. 하지만 미겔의 형은 이미 형이 아니었어요. 형은, 나는 너의 형이기에 앞서 종교재판관이라고, 동생에게 말했어요. 형은 동생을 포옹하자마자 동생의 목을 자르려고 했어요."

피스터와 수녀는 입을 다물고 있다. 둘은 서로를 쳐다본다. 아니, 서로를 탐색하고 있다. 피스터는 수녀가 놀라지 않게 하려면 아주 조심해야 한다는 걸 알고 있었기에 관심사를 바로 드러내지 않고 에둘러 말한다. 수녀가 경계를 늦추었다는 확신이 들 때, 즉 수녀가 그에 대한 믿음을 드러낼 때 비로소 그 문제에 조심스럽게 접근한다.

"보아하니, 수녀님은 그 사람을 잘 아는 것 같은데요."

"미겔 말인가요? 그래요. 여기서 3년 동안 살았어요."

"수도원에서요?"

"아니요. 우리 집, 그러니까, 제 부모님 집에서요."

"아버님이 혹시 생포리엥 샹피에인가요?"

"아니에요. 제 아버님은 몽퇴예요. 세바스티앙 몽퇴요. 생포리엥은 친구를 통해 아버지에게 미겔의 거처와 일자리를 구해달라고 부탁했어요. 미겔은 생포리엥을 옹호했다는 이유만으로 파리대학에서 축출되었거든요."

"하지만 미셸, 아니 수녀님이 미겔이라고 부르는 그 사람은 의사가 아니었잖아요."

"의사가 아니었다고, 누가 그러던가요?"

피스터가 잠시 망설이다가 대답한다.

"바렌츠 박사가 그랬어요."

그 말을 들은 수녀가 냉소를 흘린다.

"미겔이 대학에서 쫓겨나는 바람에 의학 공부를 마칠 수 없었던 건 사실이에요. 하지만 몽펠리에에서 공부를 마쳤어요. 그렇지 않았다면, 제 아버지는 그 사람이 의사로 일하는 걸 절대 허락하지 않으셨을 거예요. 바렌츠 박사는 개자식이에요."

'개자식' 이라는 말이 피스터의 머릿속에 울려 퍼진다. 빌레누브의 책들을 손에 든 채 침상에 앉아 그런 욕을 하는 수녀의 모습이 마치 꿈속의 풍경 같다. 그런데 꿈이 아니라 현실에서 그 여리고 어린 수녀가 자기 몸집보다 더 큰 욕설을 훌륭한 의사 바렌츠에게 퍼붓고 있는 것이다.

"우리가 함께 살던 3년 동안 미겔은 샤를리외 사람들의 행복과 건강을 위해 애썼어요. 사람들의 병을 치료하고, 고통을 덜어주었지요. 그 사건이 터지지 않았다면, 그는 여전히 여기 살 거예요. 그러니까, 사람들이 미겔을 너무 좋아했기 때문에 결국 바렌츠가 질투를 느끼고 말았죠. 바렌츠는 당시 우리 모두의 의사, 즉 마을의 의사였어요. 바렌츠, 그 잘난 바렌츠가 한 무리의 사병(私兵)을 매수해 미겔에게 몽둥이질을 하게 했어요. 어느 날 밤, 미겔이 왕진을 가는데, 갑자기 병사들이 달려들어 인정사정없이 몽둥이로 두들겨 팼어요. 미겔은 자신을 방어하다가 그만 상대 중 한 명에게 심각한 부상을 입히고 말았죠. 판사들은 말도 안 되는 법을 적용해 미겔을 처벌했어요. 사건은 그리 심각하지 않았지만 그 일 때문에 미겔이 샤를리외를 떠난 것 같아요."

피스터는 그녀의 이야기를 음미하면서도 어떻게든 관심을 내비치지 않으려 애썼다.

"그런데, 수녀님은 이름이 뭐죠?"

"크리스틴이에요."

"그렇다면 빌레누브의 진짜 이름은 뭔가요? 미셸인가요? 미겔인가요?"

"미셸이라 불린 적은 없었어요. 미겔 데 비야누에바이고, 아라곤 출신이에요. 그리고 나는 그 사람이 책을 이렇게 많이 쓴 줄도 몰랐어요. 성삼위에 관한 책을 썼다고만 했거든요. 그 사람과 성삼위에 관해 많은 얘기를 나누었어요. 아주 많은 얘기를 나누었다고요."

우울한 그림자가 수녀의 얼굴에 스친다.

"그 사람에 대해 좀 더 얘기해줘요, 크리스틴."

그녀는 눈을 내리깔더니 미겔이 호흡, 즉 폐의 공기 순환에 온통 관심이 쏠려 있었노라고 가녀린 목소리로 말한다. 미겔은 호흡이 피를 맑게 한다고 이야기하곤 했다. 그리고 그는 오후 내내 두 손을 맞잡은 채 숨을 쉬면서, 어떻게 성령이 폐 속으로 들어가는지 알아내려 했다. 그는 영혼이 심장에도, 간에도, 뇌에도 있지 않다고 했다. 다시 말해, 영혼은 정적(靜的)인 기관에는 있을 수가 없다는 것이었다. 영혼은 피 속에 있어서, 몸속을 이리저리 돌아다닌다고 했다. 그가 그렇게 말했다. 그가 그런 말을 했을 때, 그녀는 그가 조만간 그곳을 떠나리라 예감했다. 그 긴긴 오후에 그는 하느님이라는 존재가 그 깊이를 알 수 없는 존재도 아니고, 그리 엄격한 존재도 아니며, 인간으로부터 멀리 떨어져 있는 불가해한 판관 같은 존재도 아니라고 확언했다. 사실 아무리 애써도 하느님을 온전히 이해할 수는 없었다. 아니, 이해할 수 있었다. 하느님은 시간이 생기기 이전에 행해진 결정들을 우리 스스로는 고칠 수 없게 하려고 우리의 구원이나 단죄를 태연하게 입에 올리는 존재, 혹은 피라미드의 정점에 있는 존재가 아니다. 하느님은, 왕처럼 멀리 떨어져 있지만 우리가 성녀와 성인의 힘을 빌어 간청하면 자신의 결정을 바꾸기도 하는, 친절한 할아버지 역시 아니다. 오히려 하느님은 아침에 동물들을 잠에서 깨우고, 식물들의 광합성을 도와주는 햇빛과도 같은 존재이다. 하느님은 강물이 흐르게 하고, 낙엽이 떨어지게 하고, 씨앗이 싹트게 하고, 아이들이 자라게 하는 존재이다. 우주에 있는 우리 모두는 바로 하느님이다. 우리 모두는 하느님이 만든 존재이다. 심지어는 악과 추함까지도 하느님이 만든 것이다. 왜냐하면 재앙과 홍수와 지진과 역병 역시 세상의 법칙이기 때문이다. 악, 타락, 죄처럼 말이다. 만약 악이 없다면, 선도 악마적일 수 있는 것이다. 가끔 미겔은 그녀의 손을 잡았다. 식물들은 그리스도처럼 싹트고 성장하는 법이다. 그는 그렇게 다가갔고, 그녀는 그가 무엇을 원하는지 알고 있었다. 그렇게, 이슬이 들판에 떨어져 식물의 싹을 틔우듯이 마리아의 자궁은 하느님의 정자를 받아들인다. 그는 그녀가 자기 말을 따라하게 했다. "하느님의 정자", "하느님의 정자"라고. 그는 그 말, 즉 하느님의 정자라는 말이 그녀의 성욕을 돋우기를 바라면서 그 말을 음미하곤 했다. 가끔 그는 똑같은 공기를 호흡하기 위해 자신의 입을 그녀의 입에 갖다댔다. 두 사람의 입술은 포개졌고, 혀는 서로를 찾았다. 그러자 육신의 죄가 육신을 죽음으로 이끌고, 더 나아가 지옥으로 이끈다는 사실은 그리 중요하지 않게 되었다. 그럼에도 불구하고, 그들은 괴이한 확신에 사로잡히곤 했다. 두 사람이 저지르고 있던 그 죄와, 그밖에 두 사람이 함께 저지를 수 있는 다른 많은 죄는 그리스도에 의해 용서받으리라는 확신이었다.

크리스틴은 말한다. 미겔이 그녀를 버린 걸로, 그가 몽둥이질을 당한 뒤 마을을 떠나버린 걸로 모든 사람이 믿고 있다고. 하지만 그녀는 미겔이 그녀의 삶을 망치지 않도록, 그녀가 여기저기 떠돌며 살지 않도록 샤를리외를 떠난 거라고 말한다. 미겔에게 부인이라는 존재는 순교할 준비가 되어 있는 누군가의 믿음의 동반자이고, 열정적인 선교의 동지였다. 그리스도에 대한 믿음에는 성별의 차이도, 계급의 차이도 없다는 것이었다. 하지만 미겔의 이런 말속에는 그 계곡에서 평화롭게 살고자 하는 열망이 숨어 있었다. 크리스틴은 미겔이 그녀와 가정을 이루고 싶은 마음을 가지고 있으면서도, 자신의 임무를 외면할 수 없었다고 말한다. 그의 임무? 그렇게 말하니 그가 약간은 메시아적으로 보인다. 하지만 미겔에게는 메시아적이거나 예언자적인 면모가 전혀 없었노라고 크리스틴은 말한다. 미겔은 아주 이성적인 사람이어서 진실만을 찾았다는 것이다. 그 점이 항상 미겔에게 문제를 불러왔다. 그의 임무는 아주 단순했다. 바로 책을 쓰고, 기독교주의의 진실한 의미를 회복하는 것. 크리스틴과 미겔은 미겔의 의무가 그런 임무에 헌신하는 것임을 알고 있었다. 그럼에도 불구하고 크리스틴은 미겔이 떠나자마자 공기가 없어지고, 유일한 빛이 사라지는 것 같은 기분이었다고 한다.

그리고 그녀는 무슨 말을 몇 마디 덧붙인다. 그가 지금 어디에 있는지 아느냐고 피스터가 묻자 그녀는 대수롭지 않다는 듯이 그렇다고 대답한다.

“비엔의 대주교인 피에르 팔미에의 주치의로 일하고 있어요.”

바렌츠 박사, 그 개자식 바렌츠 박사가 다시 말을 타도 상처가 벌어질 위험이 없다고 판단한 바로 그날 피스터와 롤랑은 샤를리외 대수도원을 떠난다. 피스터는 순환 여행과도 같은 마지막 여정을 조용히 따라가고 있는데, 어쩌면 이 여정은, 리옹이 아니라 24년 전 뮌스터에서부터 시작되었을 것이다. 그는 최근 몇 주 동안 알아낸 비야누에바의 모습을 머릿속으로 재구성하고, 겉으로는 모순되어 보이는 일부 단서를 포함해 온갖 단서를 정리하고 있다. 활자 디자이너인 피스터가 뛰어난 솜씨를 동원하여 그려보는 빌레누브 또는 비야누에바의 윤곽은 피스터가 그동안 만났던 수많은 재세례파교도들의 초상과 일치했다. 그가 만난 재세례파교도들은 때로는 고매한 이상에 이끌려, 때로는 단순한 허영심에 사로잡혀 방랑하던 신학적 기사들이었다. 때로는 오만하고, 때로는 천진한 사람들이었다. 그들 모두는 종잡을 수 없이 엉뚱했지만, 그렇기 때문에 악의가 없고, 불안감 같은 것을 조성하지도 않았다. 그들 대부분은 우스꽝스러운 외모를 지니고 있어서 모범적인 행동의 전형처럼 보이지도 않았고, 어느 도덕적인 이야기에 등장하는 주인공으로도 보이지 않았다.

하지만 크리스틴과 대화를 나누면서, 그리고 빌레누브의 책들을 읽으면서 얻은 인상들을 통해 피스터는 장소와 관련된 일부 단서들을 교체하고, 소위 전형적인 재세례파교도들의 이미지를 수정하고 있다. 여행의 막바지에 형성되고 있는 빌레누브의 이미지는 이전에 형성된 이미지와 비교했을 때 그리 생경하지 않다. 비야누에바에게서 가끔 드러나는 과격한 이미지에도 불구하고 비야누에바는, 크리스틴이 말했다시피, 아주 이성적인 사람이다. 그는 성스러운 텍스트들 속에 흐릿하게, 조작된 채 잠들어 있는 자연법과 진실을 이성 위에 올려놓았을 뿐이다. 비야누에바는 그런 자연법과 진실 이외의 그 어떤 권위도 인정하지 않는다. 그리고 이런 독립성, 기준에 얽매이지 않는 자유, 권력에 굴하지 않는 태도는 그에게 그 모든 책을 쓰게 했고, 가끔은 그를 오만한 사람으로 만들었으며, 결국 그로 하여금 가톨릭교도들뿐만 아니라 개혁주의자들과도 갈등하게 했다. 타협, 전략, 편익, 또는 정치적인 필요에 의해 어떤 사상을 수용하거나 거부하는 것은 기질적으로 그와 맞지 않았다. 바로 이런 점이 그를 과격주의자로, 종잡을 수 없는 사람으로, 때로는 미치광이로 보이게 한다. 이제 피스터는 그런 사실을 이해하고 있다. 즉 그가 『기독교의 회복』을 통해 이성, 자연 또는 성서와 충돌하는 모든 사상을 거부하게 했던 그 반항심은, 그가 시럽, 지리학, 천문학, 신학 또는 의학에 관해 책을 쓰게 했던 그 반항심과 동일한 것이다. 피스터가 읽은 비야누에바의 모든 책은 박식한 논증의 장화를 신은 채 이런저런 권력자들에 의해 교묘하게 가꾸어진 작은 사상(思想)의 정원을 이성으로 짓밟고 있다. 그는 의학적, 정치적, 또는 신학적 권위도 마찬가지로 짓밟고, 자신의 관심사도 마찬가지로 짓밟는다. 만약 어떤 사상이 비야누에바의 체에 걸러지지 못한다면, 비야누에바는 그 실체를 밝혀내야 한다는 의무감 또는 필요성을 느낀다. 어떤 사람들에게 이것은 하나의 도덕적인 미덕이다. 하지만 또 다른 사람들에게는, 성격적 혼란, 즉 단순한 기질적 방종일 뿐이다.

마티외 오리가 피스터를 대하는 태도는 전혀 차갑지 않다. 아니, 무관심하다. 마치 피스터에게 어떤 임무도 부여하지 않은 것 같다. 마치 피스터의 과거를 파헤치겠다고 공갈을 친 적도 없고, 자신이 피스터나 피스터의 조사와는 전혀 관련이 없는 듯한 태도이다. 아니, 그는 피스터를 잊어버린 것 같다. 오리는 저녁 식사를 하면서 피스터를 맞이한다.

"당신이 너무 늦어져서 도망친 줄 알았소." 오리는 피스터가 도망을 쳤든 현재 자기 앞에서 해명을 하든 달라질 것은 없었다는 듯이, 차분하게 실토한다.

"공격을 당했습니다." 피스터는 간단하게 대답한다. 하지만 그 이상은 설명하지 않는다. 언제, 어떻게, 누구에게서, 어떤 이유로 공격을 당했는지 이야기하지 않는다.

"뭔가를 알아냈을 거라 생각되는데, 그렇지 않나요?"

"조금 알아냈습니다."

"전에 내가 준 서류들을 이제 돌려주시오. 통행권과 새로운 신분증 말이오."

피스터는 주저하지 않는다. 손에 들고 있던 서류들을 내보이더니, 주저 없이 탁자 위에 올려놓는다.

"당신을 어떻게 해야 할지 모르겠소, 요아힘. 당신 때문에 아주 곤란해요." 오리가 한숨을 쉰다. "그래, 좋아요. 모든 게 정리되면 생각할 시간이 있겠죠. 지금은 다른 문제 때문에 시간이 없소. 그 원고가 이미 인쇄되어 지금쯤 전 유럽에 퍼졌을 거요. 우리가 알아본 바로는 2월 초에 인쇄가 끝난 것 같소. 우리 종교재판소에서 프랑크푸르트 박람회장으로 운반되려던 인쇄본 한 권을 가로챘소. 800권 내지 1000권 정도 배포되었을 텐데, 아마 11월 이전, 그러니까 당신에게 일을 맡기기 전에 인쇄된 것 같소. 탁자 위에 책이 있으니 한 번 살펴봐요."

피스터는 책을 집어 들더니 표지를 넘긴다.

하느님, 그리스도의 신앙, 우리의 의화(義化: 그리스도가 자신의 수

난을 통해 인간에게 베푸는 성령의 은총으로, 이 덕분에 죄의 용서를 받고 하느님으로부터 옳은 사람이라 인정받게 된다-옮긴이), 침례를 통한 중생(重生), 그리고 주님의 만찬에 관한 이해가 전반적으로 복원됨으로써, 사도교회 전체가 그 원천(源泉: 사도교회와 성서는 하느님 계시의 두 가지 원천이라는 이론이 있다-옮긴이)으로 부름받는다. 불경한 바빌론 유수(幽囚)가 끝나고 적그리스도가 자신을 따르는 자들과 함께 완전히 파멸한 다음, 마침내 우리에게 천상의 왕국이 복원되었다.

그 밑에 한 줄짜리 히브리어 문장이 있다. "그때에 미카엘[64]이 나서리라." 피스터는, 자신의 기억이 틀리지 않았다면, 이 구절이 「다니엘서」 12장 1절일 것이라고 생각한다. 그 밑에 그리스어로 쓰인 다른 구절이 있다. "그때에 하늘에서 전쟁이 벌어졌습니다." 「요한묵시록」 12장 7절. 인쇄 연도가 씌어 있다. 1553년. 하지만 당연히 인쇄소에 대해서는 나와 있지 않다.

차례를 훑어본 피스터는 그 책에는 원고에 실려 있던 내용은 물론이고 '그리스도의 적'을 밝히기 위한 60가지 징표에 관한 짧은 논문 한 편과 칼뱅에게 보낸 30여 통의 편지, 그리고 멜란히톤에 대한 변명도 들어 있다는 사실을 확인한다.

"읽을 거요?" 오리가 묻는다.

"예. 하지만 그리 오래 걸리지는 않을 겁니다. 학교 다닐 때 책을 꽤 빨리 읽었거든요."

피스터는 '그리스도의 적'에 관한 논문을 5분도 걸리지 않아 다 읽

64) '미카엘'은 미겔의 다른 표기법이다.

고, '멜란히톤에 대한 변명'은 3분여 만에 읽는다. 그러나 새로운 것은 없다. 첫 번째 글은 교황이 '그리스도의 적'인데, 하느님의 독생자가 세상을 다스릴 수 있도록 그리스도의 적을 쓰러뜨려야 한다는, 익히 알려져 있는 생각을 담고 있다. 두 번째 글은 『기독교의 회복』을 완벽하게 요약해놓은 것이다. 반면 칼뱅에게 보낸 30여 통의 편지는 아주 특이하다. 피스터는 11분 만에 편지를 다 읽는다. 미겔 데 비야누에바는 첫 부분에 실린 여덟 통의 편지에서 성삼위가 분리된 세 개의 실체가 아니라 유일신 하느님의 세 가지 현현(顯現)이라고 주장하면서, 그 본체는, 예수 그리스도의 존재가 증명해주듯이, 인간의 본성을 이룬다고, 아주 모욕적인 말투로 칼뱅에게 설명하고 있다. 이어지는 다섯 통의 편지에서는 신앙의 정당성에 관해, 즉 인간이 구원받기 위해 선행을 베풀어야 하는지, 아니면 신앙만으로 구원받을 수 있는지에 관해 다루고 있다. 유대주의와 기독교주의 사이에, 그리고 신약성서와 구약성서 사이에 존재하는 차이는 이어지는 여섯 통의 편지에 수록되어 있다. 나머지 아홉 통의 편지에서 비야누에바는 기독교 공동체의 조직과 기능에 관해 자신의 견해를 펼치고 있는데, 자유정신과 자비심이 중심이 되어야 한다고 주장한다.

텍스트는 다른 책에 쓰인 것과 똑같은 이니셜—MSV—로 끝난다. 미겔(Miguel)의 M자와 비야누에바(Villanueva)의 V자이다. 그러면, S자는? S라는 이니셜이 어디에서 나왔는지 알 수 없다는 사실은 피스터의 추론이 아직 정리되지 않았다는 증거이다.

피스터에게 갑자기 어떤 직감이 떠오른다. 그는 호주머니에서 돋보기를 꺼내 M자 위에 갖다댄다. 그리고 씩 웃는다. 이제 됐다. 활자를 장식한 세리프 안에 새겨져 있는 통통한 아기 천사가 자신을 만들어낸 사람에게 반갑다는 듯 생글거리며 나타난다. 천사는 왼손 검지와 중지를 펴고 있고, 오른손으로는 상스럽게도 멜론처럼 생긴 자신의 불알[65]을 만지고 있다.

"달걀 좋아해요, 요아힘?"

피스터는 깜짝 놀라 고개를 든다. 오리의 질문을 글자 그대로 받아들여야 할지, 아니면 달리 해석해야 할지 생각해본다. 글자 그대로 받아들이기로 한다. 오리는 비꼬면서 얘기할 줄 모르는 사람이었기 때문이다.

"고맙습니다만, 배가 고프지 않아서요."

"유감이군요. 그날 낳은 달걀은 영양가가 좋아요. 특히 노른자위는. 노른자위는 가슴, 기관지, 폐에 좋고, 설사병에도 효험이 있어요. 반면에 흰자위는 소화가 잘 안 되지요. 하지만 장미기름과 함께 먹으면 열이 내리고 통증이 완화된다오. 가장 좋은 건 유정란이오. 달걀은 나처럼 삶아 먹든지, 아니면 수란으로 해 먹는 게, 프라이로 먹는 것보다 훨씬 좋아요. 프라이는 불의 열기를 취하기 때문에 위에 아주 해로워요. 팔미에의 주치의가 그럽디다. 그 의사를 알고 있소?"

오리는 재미있다는 표정으로 피스터를 쳐다보고는 구운 빵 조각을 달걀 반숙에 적신다. 오리가 어금니로 음식을 씹어대는 소리가 요란하게 들린다.

"당신이 파리로 떠난 지 얼마 되지 않아 리옹에 있는 우리 사람이 나를 찾아왔소. 앙투안 아르네이라고 하는데, 혹시 그를 알고 있소?" 오리가 혀로 이빨 사이를 후비며 말한다. "아주 뛰어난 사람이죠. 그가 정력에 아주 좋은 젖버섯을 가져왔소. 앙투안은 제네바에 있는 자

---

65) 이 책의 원문에는 '불알'을 '달걀(huevos)'로 표현하고 있는데, 이는 이어지는 마티와 오리의 질문과 은유적으로 연계되어 있다.

기 사촌과 서신을 교환하고 있소. 제네바에 가본 적 있어요, 요아힘? 나는 그렇게 지루한 도시는 본 적이 없소. 그런데 앙투안의 사촌은 제네바의 그 개자식들과 아주 친해서, 기회만 되면 편지를 보내 앙투안을 개종시키려 한다는 거요. 앙투안의 사촌이 보내는 편지들 가운데 일부는 칼뱅이 불러준 거요. 우리에게는 분석관이 있잖아요. 당신도 알다시피, 우리는 늘 눈과 귀를 열어놓고 있단 말이오. 언젠가 앙투안의 사촌이, 우리가 미겔 세르베투스라는 혐오스러운 이단자를 보호하고 있다고, 지나가는 말투로 비난한 적이 있소. 그게 우리에게 얼마나 유용한 정보인지 알겠소? 그런데 당신, 미겔 세르베투스라는 이름을 들어본 적이 있소?"

물론 들어본 적이 있다. 피스터는 1530년대 초에 스트라스부르에서 세르베투스와 마주친 적이 있다. 세르베투스는 논쟁을 좋아하고, 젊은이 특유의 혈기왕성한 활동에 깊이 빠져 있던 재세례파 친구들 가운데 하나였다. 피스터는 기억을 되살려본다. 세르베투스는 자신의 이데올로기적 입장을 아주 열렬하게 옹호했지만, 소심하고 말수가 적었다. 쾌락적인 것을 썩 좋아하지 않았던 세르베투스는 신학적인 논쟁과 매음굴 가운데 하나를 고르라고 하면 항상 전자를 선택했다.

"도대체 그 친구가 얼마나 비열한 짓을 저질렀는지, 제네바의 개들마저도 우리가 그 친구와 연계되는 걸 원하지 않더라니까요. 앙투안의 사촌은 제네바 사람 특유의 위선적인 단순함을 드러내며, 『기독교의 회복』의 첫 번째 인쇄본을 보내주었고, 그 책의 저자가 어디 머물고 있는지도 자세히 알려주었소. 미겔 세르베투스 데 비야누에바(Miguel Servet de Villanueva), 즉 MSV는 몇 년 전부터 미셸 드 빌레누브라는 이름으로 피에르 팔미에 대주교의 주치의로 일하면서 비엔에 거주하고 있소. 대단하지 않소? 보아하니 팔미에는 파리에서 세르베투스를 알게 된 모양이오. 세르베투스는 몇 년 전 파리에서 열린 천문학회에서 발표를 했던 것 같소. 세르베투스가 이곳과 가까운 샤를리외에서 의사 노릇을 하다가 쫓겨날 처지가 되었다는 걸 알게 된 팔미에가 그를 주치의로 들였다오."

"무엇 때문에 칼뱅이 가톨릭교도들의 적인 그를 없애지 못해 안달일까요? 가톨릭교도들의 적은 누구든지 칼뱅의 친구일 텐데요."

오리가 고개를 쳐든다.

"옛 빚을 청산하고 싶어서겠죠." 오리가 입술을 훔치며 말한다. "아마도 세르베투스가 이 책에 악의적으로 포함시킨 그 편지들, 즉 칼뱅을 우둔한 인간으로 만들어버리는 그 편지들이 관련 있을 거요. 우리는 세비유 박사 덕분에 이런 사실들을 알 수 있었소. 그러니까, 당신의 진짜 신분에 관해 단서를 주었던 인쇄인 장 프렐롱은 세르베투스와 칼뱅이 파리에서 공부하던 1530년대에 두 사람의 만남을 주선했다더군요. 당시 장 프렐롱은 두 사람을 자기 집으로 불렀으나 세르베투스는 나타나지 않았소. 무슨 이유로 나타나지 않았는지는 아무도 모르오. 그 후 프렐롱은 세르베투스를 보지 못하다가 불과 얼마 전에 바로 여기 리옹에서 만나게 되었소. 그때 세르베투스는 칼뱅과 토론하게 해달라고 프렐롱에게 부탁했다더군요. 칼뱅은 세르베투스의 제안을 수용했어요. 하지만 편지로 토론하자고 했지요. 이번에는 칼뱅이 세르베투스를 만나는 데 관심이 없었던 거요. 프렐롱에 따르면 시작은 좋았다고 하오. 세르베투스가 편지를 쓰면 칼뱅이 답장을 보냈는데, 보아하니 칼뱅의 답장이 세르베투스의 기대에 미치지 못했던 것 같아요. 세르베투스는 개 같은 살인자였을 뿐만 아니라 허영기가 철철 넘치는 사람이었기 때문이오. 세르베투스는 칼뱅을 모욕하고, 그의 지식을 폄하하고, 한 수 가르치려 들었고, 결국 칼뱅은 자제력을 잃고 세르베투스를 완전히 무시하게 되었어요. 무시당한 세르베투스는 칼뱅에게 보복하기 위해 자기 책에 이 편지들을 수록했던 거요. 그러자 칼뱅은 자신이 밀고자로 소문나는 것을 원하지 않았기 때문에 다른 사람을 시켜 세르베투스를 고발해버렸소. 내가 보기에는 개들 사이에서 벌어지는 하찮은 싸움에 불과하오. 중요한 것은, 세르베투스에게서 여러 가지 범죄 사실을 발견했다는 거요. 그는 우리가 갖고 있는 원고의 저자이고, 과거에 스페인의 법을 어기고 도주한 범죄인이며, 피에르 팔미에의 주치의인데, 팔미에의 이력은 당연히 이런 실책에 의해 심각하게 손상될 거요. 당신은 세르베투스가 페랭[66]이라는 남색자(男色者)와 함께 살고 있다는 사실을 아시오? 무엇이든 제대로 조사해보면 내막이 속속들이 드러나는 법이오. 그런데, 하필이면 그 의사가 내 엉덩이를 까보았다니까요!"

저녁 식사를 끝낸 오리는 이제 뒷짐을 진 채 거실을 배회하고 있다. 그가 탁자 옆을 지나가면서 탁자 위에 놓인 서류철을 집어 든다.

"받아요." 그는 절도 있는 동작으로 피스터에게 서류철을 내민다. "이건 스페인의 종교재판 기록이오. 보다시피, 그 세르베투스라는 사람은 종교재판소에 예전부터 알려졌던 사람이오. 스페인 사람들은 여러 해 전부터 이 사람을 체포하려고 기를 쓰고 있소. 하지만 이 개 같은 인간은 미꾸라지처럼 잘도 빠져나간다오."

66) '페랭'은 세르베투스의 15세 된 사내 몸종 브누아 페랭이다.

사건 기록

1523년 스페인 과달라하라의 팔라시오 델 로스 두케스 델 인판타도[67]

어두운 밤 한 무리의 점원과 하인이 성서를 읽기 위해 비밀리에 궁의 지하실로 모여든다. 그들은 기괴한 옷을 입고 맨발로 걷는다. 그들은 자신들의 영혼을 구원하는 것은 자신들의 행위가 아니라 신의 자비라는 것을 잘 알고 있다. 성당에서는 망토를 뒤집어쓴 채 꼼짝도 하지 않는다. 성호를 긋지도, 성수를 마시지도, 예수의 이름을 듣고 머리를 조아리지도[68], 「사도신경」의 '인카르나투스'[69]라는 단어를 암송할 때 땅에 입을 맞추지도, 사제가 성체를 들어올릴 때 가슴을 치지도 않는다. 아무것도 하지 않는다. 그들은 광명파[70] 교도들이다.

---

67) '팔라시오 델 로스 두케스 델 인판타도'는 1480~1484년에 건설된 궁(宮)으로, 과달라하라의 예술과 역사를 상징하는 건축물이다. 흔히 '팔라시오 델 인판타도'라 부른다.

68) 과거에는 「사도신경」을 암송할 때 이 부분에 이르면 신자들이 무릎을 꿇고 머리를 조아리거나 땅에 입을 맞추었다.

69) '인카르나투스(incarnatus)'는 '이는 성령으로 잉태하사'라는 의미이다.

2년 뒤 스페인 톨레도의 대주교궁

후안 데 킨타나가 최고 권위를 지닌 교회법학자들 앞에서 소위 '반역의 싹'에 대해 심리한다. 그는 그것이 단순한 학문적 의견 불일치가 아니라 아주 심각한 문제일까 봐 두려워한다. 구원이 개인의 행동이 아니라 하느님의 자비에 의해 이루어진다는 생각은 가톨릭교회의 권위를 파괴한다. 게다가 독일에서는 귀족계급과 아주 밀접하게 관련되어 있던 마르틴 루터라는 아우구스티누스파 사제가 단순한 학문적 논쟁에 불과해 보이던 문제를 종교적, 정치적 분열로 발전시켰다. 그런 일이 스페인에서 일어나기를 바라는 사람은 아무도 없다.

처음에 실시된 몇 번의 수색 작업에서 광명파교도 여러 명이 체포되어 심문을 받는다. 그들의 대답은 어느 정도는 고문에 의해 나온 것이고, 또 어느 정도는 신학자들의 조종에 의해 나온 것인데, 그들의 대답을 통해 킨타나는 새로운 논리를 재구성하게 된다. 즉 그들은 명백히 이단이라는 것이다. 그들의 주요 특징들이 포고령에 실린 뒤, 누구든 광명파교도들을 식별해서 종교재판소에 밀고할 수 있도록 포고령은 12개월 동안 일요일마다 스페인의 모든 성당에서 읽혀지게 된다.

물론 이 포고령을 작성한 사람은 킨타나였다고 해도, 2절판 제노바산(產) 종이에 손으로 직접 문장을 쓴 사람은 열네 살 먹은 어린 조수이다. 늙은 신학자 킨타나는 엄격하면서도 애정 어린 태도로 조수를 대한다. 조수의 이름은 미겔 세르베투스이다.

미겔 세르베투스는 1511년 9월 29일 우에스카 주의 비야누에바 데 시헤나에서 태어난다. 아버지는 공증인이고, 어머니는 기사 페드로

70) '광명파'는 16세기에 스페인에서 활동하던 기독교계 신비주의의 일파이다.

코네사의 딸이다. 미겔 세르베투스는 아버지의 뜻에 따라 가톨릭계의 거물인 후안 데 킨타나의 시동이 되었기 때문에 이 마을에서 그리 오래 살지 않았다. 덕분에 세르베투스는 그 당시에 정치적으로, 지적으로 가장 중요한 문제들을 직접 목격하게 된다. 지식에 굶주려 있고 뛰어난 재능을 지니고 있던 소년은 금지된 교리들, 나중에 자기 책에 실리게 될 바로 그 사상들에 흠뻑 취한다.

미겔 세르베투스가 킨타나의 시동으로 일한 지 몇 년 만에 아버지는 아들을 툴루즈로 보낸다. 당시 아라곤의 좋은 가문들은 너 나 할 것 없이 그곳으로 자식들을 보내 법률 공부를 시켰다. 킨타나는 미겔 세르베투스에게 다국어 성서를 선물하면서 질시와 오만과 무지와 야만이 판치던 스페인을 떠나라고 용기를 준다.

그 선물을 통해 세르베투스는 자기 삶을 바꿀 뭔가를 찾게 된다. 그 성서에는 성삼위의 신비나 유아세례에 관해서는 전혀 언급되어 있지 않다. 단 하나도. 성서를 자세히 살펴보면, 수많은 이단자를 처벌하는 데 사용되었던 그 두 가지 개념은 나오지 않는다는 사실을 알 수 있다. 그럼에도 삼위일체나 유아세례를 떠들어대는 것은 미겔 세르베투스에게 속임수로 보인다. 그래서 그 속임수를 밝혀야겠다는 생각이 그의 머릿속에 자리 잡는다.

1529년 프랑스 툴루즈 대학교

“세르베투스는 툴루즈에서 새로운 세상을 발견했습니다. 만약 그 순간까지 가톨릭주의가 세르베투스의 유일한 참고서였다면, 툴루즈의 또 다른 현실은 그 자신의 모든 지식에 의문을 품게 했습니다. 다양한 학생들, 여러 나라에서 모여든 사람들, 수많은 인종들, 수많은 강령들, 금지된 교리들, 특히 재세례파교리가 젊은이들에게 발휘하던 영향력은 툴루즈를 하나의 완전한 우주, 하나의 균형 잡힌 우주로 만들었습니다."

툴루즈에서 벌어진 신학적 논쟁들은 일용할 빵과 같았다. 한 주도 빠지지 않고 대학 정문에 원리들에 대한 선언문이 나붙었는데, 그 선언문은 이내 뜨거운 논쟁을 유발해 공개 토론으로 이어지곤 했다.

"나는 세례에 대한 논쟁에서 세르베투스를 알게 되었습니다. 성인에게 세례를 한다는 것은, 다시 말해, 사람들에게 두 번째 세례를 하는 것은 허용되어 있지 않으나, 법을 위반해도 처음에는 그리 가혹한 박해를 당하지 않았습니다. 세례에 대한 논쟁이 벌어질 당시 아이들에게 세례를 주는 것은 하느님의 의지에 반하는 것이라는 사실을 인정하는 선언문 하나가 대학 정문에 붙었습니다. 곧이어 토론회가 열렸습니다. 한편에 재세례파교도들이 자리하고, 반대편에 처음으로 힘을 모은 가톨릭교도들과 복음주의자들이 자리하고 있었습니다. 재세례파 측은 막 태어난 아이에게 교리를 가르치고, 또 그 어떤 경우에도 대답할 수 없는 질문을 던지는 것은 무용하고 터무니없다는 주장을 했습니다. 한편, 한 번의 세례를 옹호하는 사람들은 어른들에게 재세례를 주는 것은 가톨릭교회와 군주제를 교란시키는 행위라 생각했습니다. 나는 청중 속에서 양측의 주장을 듣고 있었는데, 내 옆에 있던 누군가가 갑자기 소리를 질렀습니다.

'성서에는 아이들의 세례에 관해서 단 한마디도 언급되어 있지 않아요!'

그곳에 있던 사람들은 모두 입을 다물었습니다. 토론의 사회자가 그를 쳐다보면서 청중은 의견을 낼 수 없다고 했습니다.

'이건 개인적인 의견이 아니에요.' 소리를 질렀던 사람이 말했습니다. '이건 객관적인 사실이라고요.'

그 대답이 재미있어 나는 그를 자세히 살펴보았습니다. 호리호리한 체격에 키가 크고 뼈가 앙상한 앳된 청년으로, 수염을 제대로 다듬지도 않았더군요.

'보아하니 당신은 객관적인 사실을 꽤나 좋아하는 모양이군요.' 그 청년 옆에 있던 사람이 말했습니다. 그는 내가 알고 지내던 '위험한' 학생이었습니다. 그는 실체변화를 옹호했습니다.

'객관적인 사실은 우리가 진실을 향해 나아가게 해줍니다.' 청년이 대꾸했습니다.

'그 객관적인 사실이란 게 어떤 건지 맛 좀 보시지.' 그 위험한 학생이 청년의 머리를 힘껏 쥐어박았습니다. '어디 객관적인 사실 맛 좀 봐, 이런 개망나니 같은 인간!'

옆에 있던 우리는 그 학생을 제지하려고 했습니다. 그가 계속해서 청년을 때리려고 했으니까요. 즉시 학생의 친구들이 달려들고, 우리는 너 나 할 것 없이 서로 엉겨 붙어 싸움판을 벌였습니다. 토론은 항상 그런 식으로 끝났습니다. 세르베투스는 반쯤 정신을 잃은 채 바닥에 쓰러져서 도대체 무슨 일이 벌어졌는지도 모르고 있었습니다. 나는 세르베투스에게 다가가 부축한 다음 난장판을 빠져나왔습니다. 나중에 정신을 차린 그가 내게 물었습니다.

'이름이 어떻게 되시는지요?'

'요리스요.' 내가 대답했습니다. '다빗 요리스.[71] 하지만 다들 얀 반 브루게라 부른다오.'

그러자 그는 내가 좋아하는 책이 무엇인지 물었습니다.

---

71) 다빗 요리스(1501~1556년)는 재세례파의 핵심 인물로 논쟁을 좋아하는 기인이었다. 그는 다윗파(또는 요리스파)를 만들었는데, 추종자들은 요리스를 예언자로 여겼다. 그가 죽은 뒤 3년에 걸쳐 내분이 벌어지는 바람에 그는 이단자로 단죄 받아 사체가 화장되었다.

'라몬 데 사본데[72]의 『자연신학』이오.' 내가 대답했습니다.

'제가 좋아하는 책은 멜란히톤의 『일반적인 논제들』[73]입니다.' 그가 어떤 원리에 관한 선언문을 낭독하듯 말했습니다."

그 대답을 들은 요리스와 세르베투스가 즉시 친구가 되었던 것으로 봐서[74], 『일반적인 논제들』은 틀림없이 두 사람이 함께 좋아하던 책이었을 것이다. 이 두 사람에게 이내 포스텔이 합세했는데, 그는 당시 겔리다 교수의 하인이었다. 그들은 자주 모임을 갖고 신학적인 토론과 논쟁을 했다.

"우리 셋 가운데 가장 온건한 사람은 세르베투스였습니다. 그는 세상이 설교를 통해 바뀔 수 있다고 믿었습니다. 나는 그에게 기독교주의가 회복되기를 진정으로 바란다면, 초기 기독교도들의 사도적 순수성이 복구되기를 진정으로 바란다면, 과거나 지금이나 창녀 같은 로마교황청을 파괴해야 한다고 말했습니다. 내가 생각하는 파괴는 포로로 잡힌 적들이나 정복한 마을 사람들을 죽이는 것이었습니다. 하지만 포스텔은 나보다 훨씬 더 과격했습니다. 그는 성직을 없애는 것 외에도 사유재산의 폐지를 원했습니다. 다들 사도적 순수성에 도달하기를 원한다면, 성직을 없애고 사유재산을 폐지하는 것이 필수불가결하다는 것이었습니다. 괜히 하는 말이 아니었습니다. 당시 우리는 자기 입 속에 든 것을 제외하고는 모든 것을 공유하는 포스텔의 성향을 잘 알고 있었습니다. 그는 타인에게 자신의 누추한 침상을 주고, 돈을 주고, 배가 고픈 사람에게 자기 음식을 나누어주었습니다.

---

72) 라몬 데 사본데(?~1436년)는 스페인 바르셀로나 출신의 의학교수, 철학자, 신학자이다.

73) '일반적인 논제들(Loci communes)'이라는 말에는 '대화의 광장', '학문의 근본 이론'이라는 의미가 들어 있다.

74) 요리스는 1501년생이고, 세르베투스는 1511년생으로, 나이 차이가 나지만, 친구처럼 지낸 것 같다.

하지만 자기 컵을 함께 쓰는 건 싫어하고, 주전자로 물을 나누어 마시는 것도 싫어하고, 물론, 다른 사람의 숟가락으로 음식을 먹는 것도 싫어했습니다. 그는 그런 것들 외의 사유재산을 허용하지 않았습니다. 우리는 당시의 다른 종교집단이나 비밀집회처럼 활동했습니다. 툴루즈에만 비밀집회가 수십 개 있었는데, 각자 자신들만의 강령을 지니고 있었습니다."

이 시기에, 가톨릭교회의 거짓말, 무엇보다도, 삼위일체에 대한 허위를 폭로해야겠다는 생각이 세르베투스의 머리에서 무르익었다. 그의 견해와 경험, 그리고 그가 타인과 나눈 대화는 짧지만 강력한 논저 『삼위일체론의 오류』에 완결된다. 원고의 출판을 의뢰받은 인쇄업자들은 출판을 거부한다.

"『삼위일체론의 오류』를 처음 읽었을 때, 그 젊은이가 저자일 거라고는 생각하지 못했습니다. 그 원고는 경이로운 학문적 성과였지만, 내 앞에 있던 젊은이는 채 스무 살도 안 된 것 같았거든요. 그래서 나는 이렇게 생각했습니다. 만약 진짜 저자가 얼굴을 드러내기 싫어한다면, 그 원고를 출판할 수는 없는 일이라고."

"나도 그렇게 생각했어요."

"나도요."

"나도 그래요."

최근에 카를 5세의 고해 신부로 임명된 킨타나는 제자의 발전하는 모습을 알지 못한 채 제자를 볼로냐에서 거행되는 황제의 대관식에 초대한다. 늙은 킨타나는 사회적 지위가 올라가는 중에도 미겔 세르베투스를 잊지 않았지만, 젊은 미겔은 킨타나에 대해 의구심을 품기 시작한다. 그럼에도 불구하고, 스승에게 반기를 들기에는 아직 지나치게 어리다. 1530년 2월 21일, 세르베투스는 킨타나를 만나기 위해

내키지 않는 기분으로 툴루즈를 떠난다.

1530년 7월 이탈리아 볼로냐

스승과 제자의 만남은 더 이상 냉랭할 수가 없다. 킨타나의 열정은 젊은이의 침묵과 대비된다. 세르베투스는 노인의 관심이 귀찮고, 노인이 드러내놓고 베푸는 호의가 힘들다. 거기에 황제의 대관식에 곁들여지는 과도한 의식이 세르베투스를 짜증나게 한다. 세르베투스는 그리스도를 추종하겠다고 선언한 킨타나가 어떻게 그처럼 꼴사나운 행사에 참여할 수 있는지를 이해하지 못한다. 교황이 순금으로 만든 의식용 가마를 타고 대관식이 거행되는 성당에 도착한다. 교황이 쓰고 있는 삼중관에서 거대한 홍옥(紅玉)이 번쩍인다.

가장 좋은 예복으로 성장한 추기경 20명과 주교 53명이 교황을 뒤따르고 있다. 잠시 뒤 카를 황제가 고관대작 셋을 대동한 채 나타난다. 고관대작들은 각각 황금으로 상감한 황권의 상징 세 개를 착용하고 있다. 왕장, 검, 그리고 관(冠)이다. 황제에게 다가간 교황이 그의 손에 검을 놓고 말한다.

"이 성검(聖劍)을 받으소서. 이 검으로 이스라엘 하느님의 백성들의 적을 쳐부수소서."

카를, 몇 년 전에 로마를 약탈했던 바로 그 카를은 교황이 머리에 황관(皇冠)을 씌워주는 사이에 교황의 발에 입을 맞춘다. 그 순간 광장에 도열해 있던 병사 8000여 명이 예포를 발사한다. 귀를 멍하게 만드는 예포 소리가, 의식이 거행되는 동안 끊임없이 울려 퍼지던 축하 종소리를 순식간에 뒤덮어버린다.

교황청 광장 한 귀퉁이에서 구역질을 한 세르베투스는 대관식이 끝난 후 벌어진 연회장에도 가지 않고, 교황성하가 초대한 알현식에도 참석하지 않는다. 킨타나는 미친 듯이 사방을 뒤져 세르베투스를 찾아본다. 하지만 결국 찾아내지 못한다. 실제로, 킨타나는 세르베투스를 영영 보지 못하게 될 것이다. 세르베투스는 이미 킨타나의 곁을 떠나기로, 킨타나뿐만 아니라 가톨릭교회와의 관계도 완전히 끊어버리기로 결심했기 때문이다.

1530년 9월 스위스 바젤

"우리가 세르베투스를 처음 만난 것은 세르베투스가 욕지기를 느끼며 볼로냐를 빠져나오던 때였습니다. 막 황제의 대관식에 참석했던 그는 그 모든 것으로부터 멀어지고자 했습니다. 그는 에라스무스를 찾고 있었습니다. 에라스무스라면 자기 말을 들어줄 것이고, 자기를 이해해줄 것이라 생각했던 겁니다. 에라스무스가 쓴 책을 모두 읽은 세르베투스는 에라스무스에게 감탄했고, 그를 존경하고 있었습니다. 세르베투스는 에라스무스와 자기 사이에 일종의 정신적 유대감이 존재한다고 믿었고, 에라스무스가 삼위일체에 관한 자기 생각을 들으면 인정해줄 거라 생각하고 있었습니다. 하지만 에라스무스는 일 년 전에 그곳을 떠나버렸기 때문에 우리와 함께 있지 않았습니다. 우리가 세르베투스에게 그 사실을 얘기하자 그는 당장이라도 울음을 터뜨릴 것 같았습니다. 단지 에라스무스를 만나기 위해 볼로냐에서 그곳까지 왔으니까요. 에콜람파디우스[75]가 그에게 거처를 마련해주었습니다. 처음에 우리는 세르베투스가 요구하는 모든 것을 제공했습니다. 당시 우리는 교황주의자들에게 쫓겨 오는 사람이라면 누구에게든, 언제든 문을 열어줄 준비가 되어 있었으니까요. 하지만

---

75) 에콜람파디우스(1482~1531년)는 바젤에서 활동한 독일 출신 학자이자 종교개혁가이다.

나중에는 가톨릭 당국의 첩자들이 우리 사람들을 체포하기 위해 탈종자로 가장한 채 은밀하게 찾아오기 시작했습니다. 그래서 우리는 그런 사람들을 가려내기 위해 방문자들을 면담하기 시작했습니다. 찾아오는 사람들과 먼저 이야기를 나누고, 그들이 첩자인지 아닌지 알아내려 애를 썼습니다. 세르베투스의 경우에는 에콜람파디우스가 전혀 의심하지 않았습니다. 에콜람파디우스는 그가 가톨릭 당국의 첩자만 아니라면 하등 문제될 게 없다고 생각했습니다."

세르베투스는 에콜람파디우스로 더 잘 알려져 있던, 요하네스 하우스샤인 또는 후스체인 또는 헤우그스젠의 집에서 여러 달을 기거한다. 세르베투스는 어느 인쇄소에 일자리를 찾아 원고 교정일을 하게 된다. 그의 경우, 작업은 단순히 오탈자를 교정하는 것뿐만이 아니라 내용을 수정하고 보완하는 데까지 확장된다. 대개 세르베투스는 부엌에서 하인들과 함께 저녁 식사를 한다. 그러던 어느 날 에콜람파디우스는 대화를 나누고 싶어 그를 저녁 식사에 초대한다. 기나긴 대화를 통해 세르베투스는 에콜람파디우스에게 아주 대조적인 두 가지 인상을 심어준다. 그 늙은 개혁파 신학자는 스페인 아라곤에서 온 젊은이의 신학적 학식은 물론이고, 라틴어, 그리스어, 히브리어 실력까지도 존중하게 된다. 하지만 다른 한편으로는, 세르베투스의 사상에서 풍겨 나오는 재세례파적인 냄새를 싫어하게 된다. 그럼에도 불구하고 에콜람파디우스는 그 후로도 여러 차례 그와 함께 저녁 식사를 한다.

"세르베투스는 토론꾼이었습니다. 실제로 그는 끈기 있고, 집요하고, 썩 거만하지 않은 사람이었습니다. 그의 재세례파적인 경박함을 알아차린 에콜람파디우스가 바젤에서는 성인에게 세례를 주는 사람, 그런 행위를 옹호하거나 묵인하는 사람은 처벌을 받는다고 경고했습니다. 그 말을 들은 세르베투스는 그처럼 터무니없는 행위에 에콜람파디우스와 우리가 동의하는지, 아이들은 세례같이 중요한 일을 받아들일 준비가 되어 있지 않다고 믿는 사람들에게서 재산을 빼앗고, 그들을 고문하는 것이 옳다고 생각하는지 물었습니다."

"난 탈종자의 처형을 옹호하지 않네." 에콜람파디우스가 말했다. "하지만 종교개혁과 기독교주의를 파괴하기 위해 개혁주의적 자유를 이용하는 사람들로부터 스스로를 방어하는 건 정당하다고 믿네."

아이의 세례에 관해 에콜람파디우스는 성 오거스틴의 말을 세르베투스에게 상기시켰다. 아이들의 부모가 지닌 신앙 또는 가톨릭교회가 지닌 신앙은 아이들에게 세례를 줄 수 있는 충분한 이유가 된다고 성 오거스틴이 말했다는 것이다. 성 오거스틴뿐만이 아니다. 오리게네스[76]와 성 치프리아누스[77]도 그렇게 말했다. 에콜람파디우스에게 세례라는 것은 개혁의 대상이 아니었다. 그는 세례를 3년 정도 연기하는 건 받아들일 수 있었다. 3년이 지난 후에도 아이들의 세례를 부정하는 건, 사소한 것은 지나치게 강조하고 중요한 것은 간과하는 것처럼 보였다. 그에게는 성찬전례를 개혁하고, 재세례파적인 무정부주의로부터 자신을 방어하는 것이 훨씬 더 중요했다. 무정부주의는 교회를 파괴한다는 것이었다. 그리고 그 어떤 것도 거부될 수 없다.

---

76) 오리게네스(185?~254년?)는 알렉산드리아학파를 대표하는 기독교의 교부로서 매우 독창적인 신학 체계를 세웠다. 그의 생애 중 이론의 여지가 없는 사실은 그가 단 한순간도 교회의 가르침에서 벗어난 삶을 살지 않았다는 것이다. 그는 인간이 하느님의 모습대로 창조된 존재이기 때문에 하느님을 닮을 수 있고 이런 가능성은 그리스도를 본받음으로써 더욱 커진다고 주장했다.

77) 치프리아누스(?~258년)는 북아프리카의 비 그리스도교 집안에서 태어나 훌륭한 교육을 받았다. 젊은 나이에 당대 최고의 수사학 교수가 되어 명성을 떨치다가, 마흔 살 즈음에 그리스도교에 귀의했다. 그는 가톨릭교회 '바깥'에서는 성령이 활동하지 않기 때문에 이단자들이 가톨릭교회 밖에서 받은 세례는 세례가 아니라 목욕에 지나지 않는다고 주장했다.

어린이들의 세례, 전문화된 성직제도, 전쟁, 그리고 정부의 정책에 영향을 미치는 가톨릭교회의 권리도 거부될 수 없다. 에콜람파디우스의 논리 앞에서 세르베투스는 자신이 모기 같다는 느낌을 받았다. 어느 거인의 변증법적 엄지손가락에 너무나 쉽게 짓눌려버리는 모기 말이다. 하지만 에라스무스의 절친한 친구로 전 유럽에 알려져 있던 대학자가 스무 살 먹은 애송이를 저녁 식사에 초대해 의견을 들어주고, 부처에게 소개까지 해준 것은 세르베투스를 즐겁게 했을 것이다. 에콜람파디우스는 그를 부처에게 소개해주었을 뿐 아니라 칼뱅에 관해서도 처음으로 이야기해주었다. 하지만 세르베투스는 바보가 아니었다. 대화를 거듭할수록 두 사람 사이가 멀어지고 있다는 사실을 세르베투스는 분명하게 인식하고 있었다. 결국 두 사람 사이는 깨져버렸다. 하지만 마지막 토론 때문에 깨진 것은 아니었다. 마지막 토론은 그들의 첫 대화 때부터 이미 채워져가고 있던 컵을 넘치게 한 한 방울의 물에 불과했다. 어느 날, 세르베투스는 기도가 무용하다고 말했다. 그러자 에콜람파디우스는 겟세마니에서 예수가 기도하는 소리를 사람들이 들었다는 사실을 상기시켰다.

"그에 관해 우리는 그 어떤 증거도 갖고 있지 않습니다."

"사도들의 증언이 있잖은가." 에콜람파디우스가 말했다. "그 정도로는 부족하다고 생각하는가?"

"혹시 사도들이 예수께서 기도하시는 소리를 들었습니까?"

"성서에 씌어 있네. 필요할 때는 성서를 들먹이면서 왜 이런 건 성서를 믿지 않는 건가?"

"성서에는 예수께서 기도하실 때 사도들이 잠을 잤다고 나와 있습니다."

"그래서 어떻다는 건가?"

"만약 사도들이 잠들어 있었다면, 예수께서 기도하시는 소리를 듣지 못했을 겁니다."

"하느님께는 불가능한 게 없는 법이라네."

"신약성서는 하느님께서 쓰신 게 아니잖습니까."

"하느님께서 쓰시지는 않았지만, 주인공이시잖아."

"하느님은 주인공이 아니십니다. 예수 그리스도가 주인공이십니다. 그리고 예수 그리스도는 하느님이 아니십니다."

"아하, 아니라고?"

"아닙니다. 예수 그리스도는 하느님의 '아들'이십니다."

"하느님의 '영원히 살아계시는 아들'이시지."

"아닙니다. 영원히 살아계시지 않습니다. 예수님은 선생님과 저 같은 사람입니다. 태어나서 결국 돌아가셨습니다. 예수님은 기껏해야 하느님의 '변함없는 아들'이시고 그건 '영원히 살아계시는 아들'과는 다릅니다."

"세르베투스, 하느님의 아들은 하느님보다 열등하지 않다네."

"그 누구도 그렇게 얘기한 적이 없습니다. 인간은 하느님보다 열등하지 않습니다."

"오호, 그래?"

"열등하지 않습니다. 우리 인간은 어떤 의미로는 하느님입니다."

"다시는 내 앞에서 그런 말을 하지 말게."

"우리 인간은 어떤 의미로는 하느님입니다. 우리 인간은 어떤 의미로는 하느님이라고요. 선생님께서는 가톨릭교도들처럼 저를 불태우실 겁니까?"

"난 자네를 불태우지는 않겠지만, 내 집에서 쫓아내겠네. 여기선 법을 깨뜨리는 것을 빼고는 모든 게 허용되네. 그런데 자네는 재세례파교도일 뿐만 아니라 아리우스파[78] 교도일세. 개망나니 같은 인간이고."

"만약 선생님께서 테르툴리아누스[79]를 읽으셨다면, 제가 이단이 아니라는 걸 아실 겁니다. 이단은 바로 선생님입니다, 요하네스 에콜람파디우스 선생님. 선생님은 이단자요, 사악한 암캐 같은 어미의 썩어 문드러진 배에서 태어난 천박한 호모 같은 사람이라고요."

"자네 뭐라 했는가? 다시 한 번 말해봐! 어디다 대고 감히 내가 테르툴리아누스를 읽지 않았다는 투로 말하는 거야?"

"만약 선생님께서 그 책을 제대로 읽으셨다면, 삼위일체는 교황이 꾸며낸 것이라는 사실을 아실 겁니다. 세례와 마찬가지로요."

토론에서 삼위일체와 세례에 관해서는 언급하지 않기로 가톨릭교도들과 협상해놓았던 에콜람파디우스는 세르베투스 같은 자가 '종교개혁'이라는 이름으로 삼위일체와 세례를 교황이 꾸며낸 것이라 주장함으로써 에콜람파디우스 자신이 이루어놓은 평화를 위기에 빠뜨리는 짓을 묵인할 수 없었다.

세르베투스는 자신이 에콜람파디우스로부터 고발당하리라는 사실을 전해 듣고 바젤에서 도망친다.

---

78) '아리우스파'는 고대 그리스도교의 이단으로, 그리스도의 신성을 부정하는 교파이다. 주창자 아리우스의 이름을 따서 이렇게 부른다. 그리스 철학의 사변(思辨)에 따라 하느님의 유일 절대성을 강조했다. 따라서 예수 그리스도를 '하느님의 아들'이라 부르기는 하지만 결코 아버지 하느님과 동등한 영원자(永遠者)로 인정하지 않았고, 설령 예수 그리스도가 절대적으로 뛰어난 위치를 차지한다 할지라도, 그 역시 하느님이 무(無)에서 창조해낸 피조물이라고 했다.

79) 테르툴리아누스(160~220년)는 기독교 초기의 북아프리카 교부 신학자로, 이단적인 신학자를 배척하는 데 크게 활약했으나, 후에 스스로 이교로 개종해서 모순되는 생을 산 것으로 유명하다. 그의 라틴어 문체는 중세 교회 라틴어의 표본으로 여겨진다.

1531년 프랑스 스트라스부르

스트라스부르는 개방적일 뿐만 아니라 탈종자들에게는 여러 면에서 관대하다는 명성을 지니고 있었다. 가톨릭교리와 불화하는 신학자들뿐만 아니라 다양한 선각자들 또한 그곳으로 모여든다. 가끔은 그들의 특징을 정확히 구분해내는 것이 어렵다. 그곳에는 종교개혁을 통해 대두된 반 니케아 신조를 따르는 신학자들 가운데 하나로 삼위일체에 관해 독특한 이원론적 관념을 갖고 있던 요하네스 캄파누스가 머물고 있다. 베른트 로트만도 있다. 나중에 뮌스터에서 발발한 재세례파 혁명과 일부다처주의 혁명의 지도자가 될 사람이다. 세바스티안 프랑크[80]도 있다. 가톨릭교회의 가치를 전복시키고 이단자들에게 권력을 주고자 하는 사람이다. 카스파르 슈벵크펠트[81]는 성찬 전례에서 그리스도의 현현을 부정한 사람이다. 멜히오르 호프만도 있었다. 그는 재세례파교도 14만 4000명이 스트라스부르에 모여 자신들만이 그리스도의 진정한 교회를 건설할 수 있다는 명백한 증표들을 보여줄 것이라 믿고 있다. 세르베투스가 스트라스부르로 피신하고 얼마 지나지 않아 스트라스부르 시청은 중세부터 지켜오던 온건 노선을 포기하고, 재세례파를 무찌른다는 미명 아래 유럽을 휩쓸고 있는 과격하고 교조주의적인 비타협 노선에 합세한다. 세르베투

---

80) 세바스티안 프랑크(1499~1542년)는 체계적인 교권을 부인하던 신비주의자이다. 성서보다는 하느님과의 직접적인 교제에서 얻은 영감을 더욱 권위 있는 것으로 봄으로써 성서의 권위를 무너뜨렸다. 그리고 오직 각 개인이 하느님과 직접 나누는 영적인 교제를 가치 있는 것으로 보았다.

81) 카스파르 슈벵크펠트(1489~1561년)는 독일의 종교개혁자이자 설교가이다. 1521년경에 루터주의에 접근했으나 성찬론(聖餐論) 등에서 이견을 드러냈다. 가톨릭과 루터파의 중간노선을 취하는 종교개혁 운동을 전개했다. 진정한 교회는 눈에 보이지 않는 영적인 것이어야 한다면서 종교의 자유를 주장하다가 양쪽으로부터 재세례파의 동정자라고 탄압받았다.

스는 요하네스 세처의 인쇄소에서 교정자로 일한다.

"그 청년과 그리 많은 얘기를 나누지 않고도 그가 단순한 교정자가 아니라 아주 독특한 뭔가를 지닌 사람이라는 걸 알 수 있었습니다. 하지만 이미 내가 그 자리를 차지하고 있는 상황이라 그의 소질과 능력에 합당한 일거리는 줄 수 없었습니다. 우리는 대화를 나누었는데, 일에 관한 대화가, 거의 항상 그렇듯, 결국 신학적인 논쟁으로 변하고 말았습니다. 신학적인 대화를 나누다가 그가 '삼위일체에 관한 모든 오류'[82]라는 제목을 붙인 원고를 막 탈고했는데, 가톨릭교도들은 그 책이 출간되는 것을 원치 않는다는 얘기를 꺼냈습니다. 그날 밤 그 원고를 읽었습니다. 그리고 그 원고가 널리 읽혀야 한다는 사실을 깨달았습니다. 그 책을 인쇄하는 것은 일종의 도덕적인 의무였던 것입니다."

"세처라고요? 세처는 부도덕한 사람입니다. 세처는 세르베투스도, 가톨릭교회도, 온건하거나 과격한 종교개혁도 하등 중요하게 여기지 않았습니다. 세처가 미겔 앙헬 세르베투스의 『삼위일체론의 오류』를 출간하기로 했다면, 그건 그가, 언젠가 밝혔다시피, 그렇게 해야만 한다는 역사적 의무를 느껴서라기보다는, 그 책이 자신과는 다른 이데올로기와 개성을 지닌 에콜람파디우스와 츠빙글리를 화나게 할 것이라는 사실을 알았기 때문입니다. 그 증거를 그 책의 인쇄본에서 찾을 수 있습니다. 책 표지에 세르베투스라는 이름은 선명하게 새겨져 있으나, 인쇄소의 로고도, 인쇄인의 이름도 적혀 있지 않습니다. 세처는 일이 복잡해지는 것을 원치 않았던 겁니다."

---

82) '삼위일체에 관한 모든 오류(Todos los errores sobre la Trinidad)'는 『삼위일체론의 오류』라는 제목을 달고 출간된다.

그 책은 복음주의에 물들어 있는 유럽 전역에 보급된다.

"세르베투스는 자신의 책을 보낼 사람들의 이름을 수록한 목록을 만들었습니다. 그 목록에 첫 번째로 이름을 올린 사람은 놀랍게도 사라고사의 대주교였습니다. 두 번째는 에라스무스였습니다. 자기 연배의 수많은 젊은이들처럼 세르베투스는 에라스무스의 『엔키리디온』[83]을 읽고 신학에 관심을 가졌기 때문입니다. 그래서 세르베투스가 자신의 사상을 유포시킬 시점에 에라스무스를 기억해낸 건 당연한 일이었습니다. 세르베투스는 에라스무스가 그 책을 좋아할 것이라 확신하고 있었습니다. 하지만 그렇게 확신만 하고 있었을 뿐입니다. 다른 가능성은 상상도 해보지 않았습니다. 세르베투스는 자기 책이 신학적인 문제보다는 철학적인 문제를 다루고 있다고 생각했습니다. 최초의 전거(典據)로부터 출발해 진실을 회복하는 철학적인 연구서 같은 거였습니다."

하지만 에라스무스는 그 책을 좋아하지 않았다.

"그 책은 광적인 내용을 담고 있습니다. 그 책이 어떤 장점을 지니고 있다는 사실을 부인하지는 않겠습니다. 하지만 깊이 파고들어보면 그건 완전히 터무니없는 것입니다. 세르베투스는 그 책을 통해 선동을 하고자 했을 뿐입니다. 내가 세르베투스에 관해 호의적인 평가를 했더라면 내 적들이 좋아했을 테지만, 나는 그들에게 그런 즐거움을 주고 싶지 않았습니다. 나는 아리우스파의 온갖 허위적인 비난으로부터 나 자신을 방어하는 데 반평생을 허비한 사람인지라, 세르베투스 같은 골수 아리우스교도의 책을 칭송하고 싶은 마음이 없었습

---

83) 『엔키리디온(Enquiridion)』은 종교개혁자들에게 많은 영향을 끼친 에라스무스가 그리스도인이 간직해야 할 인생관과 종교관을 제시한 책이다. 십자가 군병인 그리스도인이 가슴에 품고 다녀야 할 열세 가지 지침이 제시되어 있다.

니다."

개혁파들 사이에서 세르베투스는 자신의 교회를 세우고 싶어 하는 광신자로 평가되었고, 그의 책은 즉시 금서가 되었다. 가장 온건하고 가장 상식적인 프로테스탄트인 멜란히톤조차도 그 텍스트를 인정하지 않는다.

"세르베투스는 예리한 사람이었지만, 방법론이 썩 견고하지 않았습니다. 그리고 가끔씩은 앞뒤가 맞지 않는 말을 해댔습니다. '왜곡시킨다'는 말을 쓰지 않기 위해 '앞뒤가 맞지 않는다'고 했습니다만, 만약 내가 곤경에 처한다면, 세르베투스가 교회 당국을 왜곡시켰다고 말해버릴 겁니다. 세르베투스는 테르툴리아누스의 사상을 취해 교묘하게 바꾸었고, 이레네우스[84]는 전혀 이해하지 못했습니다. 세르베투스는 광신자로, 그리 독창적이지도 않습니다. 그의 사상은 사모사타의 바울[85]의 사상을 현대적으로 바꾼 것이니까요. 아마도 사모사타의 바울의 사상보다 더 혼란스러울 겁니다."

기독교주의의 개혁자로 여겨지던 사람들이 자기 책에 보인 반응에 세르베투스는 엄청난 실의를 느끼고 며칠 동안 방에 틀어박혀 지낸다. 음식도 거의 입에 대지 않고, 작업도 하지 않는다. 한마디로, 모든 것을 포기한다. 가톨릭교회를 개혁하는 것도 포기한다. 신학 연구를

84) 성 이레네우스(또는 이레네오)는 소아시아의 스미르나(오늘날 터키의 이즈미르) 출신이다. 그의 출생 연도에 대해 논란이 많지만 130~140년 사이로 추정된다. 스승인 폴리카르푸스 주교를 통해 사도적 정통성을 이어받은 이레네우스는 '가톨릭교회의 수호자'라 불릴 정도로 2세기 신학자들 중에서 가장 뛰어났고, 특히 영지주의 계통의 이단들에 대항하여 정통 교리를 수호한 대표적인 교부이다. 사도들의 전승이 그대로 담겨 있는 그의 저서는 교황 수위권의 중요한 근거가 되고 있다. 투르의 그레고리우스에 따르면, 그는 202년경에 순교했다고 한다.

85) 사모사타의 바울(200~275년)은 도덕적으로 완벽한 예수가 세례를 통해 또 지속적인 이적들을 통해 하느님과 교제했다고 주장함으로써, 268년 안티오크의 지역 노회에서 이단으로 정죄를 받았다.

그만둘 시점이었다. 그는 발견된 지 얼마 되지 않은 인디아스로 떠나 버릴까 진지하게 생각한다.

"『삼위일체론의 오류』가 출간되었을 때 세르베투스는 그 순간이 가톨릭교회의 역사적 전환점이 될 거라고 생각했습니다. 이런 태도는 오만 또는 허영심과 혼돈될 수 있습니다. 하지만 그의 경우는 이도 저도 아니었습니다. 어떤 사상을 옹호하기 위해 생명의 위험을 무릅쓰는 세르베투스 같은 사람들을 이해하기는 어렵습니다. 그들은 명성을 얻으려고도, 인정을 받으려고도 하지 않습니다. 그들 가운데 많은 수는 추종자들을 거느릴 생각조차 하지 않습니다. 자신들이 옳은 일을 하고 있다고 생각하는 것만으로도 충분했으니까요. 허영기 많은 사람이나 오만한 사람은 항상 첫 번째 반열에 들려고 애를 쓰겠지만 어느 사상을 위해 생명의 위험을 무릅쓰지는 않습니다. 만약 세르베투스가 자신의 저서가 출간되고 난 뒤에 세상이 바뀔 거라고 생각했다면, 그것은 위대해지고자 하는 터무니없는 망상에 사로잡혔기 때문이 아니라, 교회에 오류가 많다고 확신했기 때문입니다. 그의 책은 그 오류를 바로잡으려고 했으며, 더불어 해결책을 제시하고 있었습니다. 그는 이데올로기적인 열망을 개입시키지 않고 오로지 이성적으로 그런 오류를 밝혀낸 뒤에도 달라진 게 없다는 사실을 도저히 받아들이지 못했습니다. 만약 그 책을 자신이 아니라 다른 사람이 썼다고 해도, 세르베투스는 같은 생각을 했을 겁니다. 그래서 그는 자기 책에 대한 사람들의 거부와 그 책 때문에 받게 된 비난을 결코 이해하지 못했던 겁니다."

1532년 스위스 바젤

사람들로부터 따돌림을 당한 데다, 현재 일어나고 있는 일을 도저히 받아들일 수 없게 된 세르베투스는 이해할 수 없는 결심을 한다. 에콜람파디우스가 공개적으로 그를 내쳐버리고, 그의 책을 금지시켜버린 바젤로 돌아가겠다고 결정한 것이다. 그곳에서 세르베투스는 첫 번째 책보다 더 짧은 『삼위일체에 관한 대화 2권(Dialogorum de Trinitate libri duo)』이라는 책을 저술한다. 그가 삼위일체론에 대한 공격을 늦출 수도 있음을 보여주는 화해적인 논조의 책이었다. 하지만 에콜람파디우스는 그 책을 읽어볼 수 없게 된다. 그 책이 발간된 1532년 초에 이미 그 늙은 신학자는 죽은 사람이었기 때문이다.

그리고 세르베투스의 첫 번째 책이, 앞서 말했다시피, 개혁파들에게는 비난을 불러일으킨 반면 가톨릭교도들에게는, 무엇보다도 세르베투스를 알고 있던 사람들에게는, 놀라움과 감동을 불러온다.

"당시 우리는 레겐스부르크에 있었습니다. 신학적 논쟁이 끝없이 이어졌는데, 어느 날 우리는 논쟁을 앞두고 모여 있었습니다. 그때 갑자기 코클라이우스[86]라는 독일인이 들어왔습니다. 그의 표정에는 기쁨이 넘쳤습니다. 처음에는 그가 우리의 노선에 어떤 식으로든 동조하면서 교리적인 선언을 하나 할 거라고 생각했습니다. 하지만 그게 아니었습니다. 그는 방금 전에 산 책을 한 권 들고 있었습니다. 그는 킨타나에게 그 책을 선물로 주겠다고 했습니다. 그리고 웃었습니다. 아주 환하게 웃었습니다. 그 책이 바로 미겔 세르베투스의 저서였습니다. 코클라이우스는 만족감을 감추지 못한 채 계속 웃었습니다. 그는 스페인에도 이단자가 있다는 사실을 즐기고 있었습니다. 그리고 그는 그 이단자가 과거에 킨타나 파에 속해 있었고, 킨타나의

86) 코클라이우스(1489~1552년)는 독일의 인문주의자로, 로마가톨릭 진영에서 마르틴 루터에 맞선 주요인물이다.

시동이었고, 킨타나의 총애를 받았다는 사실에 더욱 즐거워했습니다.”

“스페인 사람들, 무엇보다도 카스티야 사람들은, 자신들 역시 이단에 오염될 수 있다는 사실을 받아들이기 어려웠습니다. 스페인 사람들은 자신들을 다른 부류의 인간으로 생각하고 있었습니다. 이단 문제를 국가적인 신망과 관계된 사안으로 생각하고 있었습니다. 그들에게 종교는 피보다 더 강한 연결고리였습니다. 그리고 스페인의 명예는 혈연보다 훨씬 더 중요한 것이었습니다. 나는 지금까지 스페인이 지닌 광신만큼 지독한 광신은 본 적이 없습니다.”

킨타나는 수하들에게 레겐스부르크를 확 쓸어버리라고, 그 책을 팔고 있는 집은 한 군데도 빠뜨리지 말고 찾아가서 그 허섭스레기 같은 책을 모조리 사들여 불태우라고 명령한다.

『삼위일체론의 오류』를 파괴하려는 킨타나의 온갖 노력에도 불구하고 책이 발간되었다는 소식은—그리고 일부 책들은—그곳에 모여 있던 가톨릭교도들과 프로테스탄트들에게 들불처럼 번져 나간다. 그 순간까지 황제의 고해신부로, 세인의 존경을 받아왔던 킨타나가 조롱의 대상이 된다. 가톨릭 측의 적들은 그를 공격할 기회를 놓치지 않는다. 그가 공격을 받으면 쓰러진 나무와 다름없어진다는 사실을 모두가 알고 있다. 그리고 그들은 쓰러진 나무가 된 그를 장작으로 패버린다.

“킨타나는 세르베투스의 반항을 결코 인정하려 들지 않았습니다. 그 스스로 그렇게 불렀다시피, 자신의 ‘친애하는 제자’가 늘 정상적인 사람으로 보였으니까요. 세르베투스에게서는 그 어떤 일탈의 조짐도 보이지 않았습니다. 그럼에도 불구하고, 그 책은, 어느 환자, 즉 공포를 퍼트리는 걸 즐기는 사람의 작품이었습니다. 킨타나의 적들,

즉 프로테스탄트적 세계와는 그 어떤 대화도 시도하지 않던 가장 보수적인 가톨릭교도들은 킨타나가 주장하던 관용이 항상 이단, 영혼의 말살을 용인한다는 사실을 보여주기 위해 그런 상황을 악용했습니다. 세르베투스라는 인물은 그런 대화가 아무 소용이 없으며, 관용은 야수성과 야만성을 낳을 뿐이라는 사실을 보여주는 증거였던 것입니다."

프로테스탄트 세계에 주재하고 있던 교황 대사 지롤라모 알레안드로는 미겔 세르베투스의 『삼위일체론의 오류』가 출간되었다는 사실을 스페인 종교재판소에 공식적으로 알린다. 하지만 그럴 필요도 없었다. 세르베투스가 이미 사라고사의 대주교에게 그 책을 보냈기 때문이다. 한편, 유럽의 신학적 출판물들을 검열하던 관리들 역시 그 책이 출간된 것을 이미 알고 있었다. 그 책과 나중에 세르베투스가 저술한 짧은 대화집은 즉시 종교재판소의 최고 기관인 최고심의회에 고소당한다.

1534년 5월 24일 스페인 바야돌리드 메디나 델 캄포

종교재판소는 신중하게 작전을 세운다. 작전 내용을 적은 문서에는 '스페인의 명예가 위기에 처해 있다'라고 적혀 있다. 그 작전의 책임을 맡은 사람은 산티아고 대주교의 지도신부[87]인 후안 세르베투스이다. 그는 미겔 세르베투스의 형이다. 그는 바젤로 가서 그 이단자를 찾아내 가짜 약속을 함으로써 스페인으로 데려오거나, 저항을 할 경우 가차 없이 목을 베라는 명령을 받는다. 후안 세르베투스는 그다음 날 은밀하게 떠난다.

---

87) '지도신부'는 특정 종교 행사를 주관하도록 임명된 신부를 지칭한다.

재건

먼지 하나 없이 깨끗하여, 오래된 얼룩이나 오래되어 일그러진 기구조차도 왠지 청결해 보이는 그 방에서 쇠에 글자가 새겨지고, 주석이 단련되고, 금속이 융합된다고는 믿기 힘들 정도이다. 병적인 청결에 관해 이야기하는 것이 아니다. 어떤 작업 방법에 관해 이야기하려는 것이다. 모든 작업에는 각기 필요한 연장이 있는데, 연장들은 제자리에 놓여 있다. 이쪽에는 금형들이, 저쪽에는 칸막이를 한 작은 상자들이 놓여 있고, 이편에는 집게들이, 저편에는 망치들이 놓여 있다. 여기에서는 특이하지만 그리 역겹지 않은 시큼한 냄새가 난다.

피스터는 텅 빈 작업실의 가장 밝은 곳에 놓여 있는 커다란 독서대 앞에 앉아 있다. 트레첼 형제가 만족스러워했던 서체 디자인을 마지막으로 다듬고 있다. 둥그스름하지만 조금 더 수직으로 세워진 로마자로, 세로획의 경우 다른 획에 비해 두드러지고, 곧고, 두께가 균일하며, 획의 양쪽 끝 부분이 아주 가늘다. 피스터는 그 서체를 다양한 거리에서, 여러 각도에서 살펴보고는 됐다고, 마음에 든다고, 당시까지 디자인한 서체 가운데 자신이 꿈꾸던 것과 가장 유사하다고 생각한다. 여러 주에 걸쳐 다듬어낸 것이다. 피스터는 그런 식으로 작업을 한다. 활자의 윤곽은 가장 부적절한 순간에, 불현듯, 짧게 떠오른다. 볼일을 볼 때라든가, 제빵 담당 수녀와 사랑에 관해 이야기할 때라든가, 싸리풀 씨앗을 태운 연기를 들이마시고 졸 때 말이다. 좋은 생각이 떠오르면 활자를 직접 그려보고, 기억 속에서, 뇌의 어느 주름 속에서 어슴푸레 보았던 활자의 윤곽을 찾아 헤매면서 며칠을 보낸다. 마음에 들 때까지, 또는 처음으로 떠오른 이미지와 가장 유사한 형태가 나올 때까지 그렸다가 지우고 수정하고, 선들을 조합하고, 두께를 조정하면서 모양새를 만들어 나간다.

이제 피스터는 자리에서 일어나 나갈 채비를 한다. 롤랑은 집 건너편에서 나무토막을 다듬으며 서 있다. 피스터가 말을 타고 문을 나서자 롤랑은 눈을 들어 확인한 뒤 다듬고 있던 나무토막을 망토 속에 넣고는 말에 박차를 가한다. 늘 그렇듯, 서로 눈짓과 손짓을 교환한다. 말을 탄 롤랑은 피스터를 따라 벨라푸아의 대장간으로 간다. 대장장이 벨라푸아는 활자 주형 한 벌, 그러니까 아주 작은 금속 200개, 다시 말해, 길이가 5센티미터 정도 되는 작은 사각기둥 200개를 준비해놓았다. 표면이 반반하게 다듬어져 있는 사각기둥 끝부분에다 피스터가 새로 디자인한 활자를 하나씩 새길 것이다. 하지만 작업실로 돌아온 피스터는 본격적으로 활자를 조각하기에 앞서 활자 주형들을 자세히 검사하고, 각 활자 주형의 여섯 면을 차분하게 문질러 윤을 낸다. 활자를 새기는 작업은 다음 날로 미룬다. 활자 주형을 다듬는 작업이 밤 열두 시가 다 되어 끝났기 때문이다.

피스터는 위층으로 올라가기 전에 매일 밤 그렇듯이 작업실의 문을 열고 거리를 내다본다. 롤랑은 여전히 망토를 뒤집어쓴 채 말 위에 앉아 있다. 움직이지 않는다. 잠들어 있는 것 같다. 피스터는 잠시 문지방에 서서 자신의 모습을 노출시킨다. 혹시 롤랑이 그를 보면 뭔가 필요한 것이 생기거나, 생각을 바꾸어 이제는 집 안에 들어오겠다고 할 것 같았기 때문이다. 날씨가 추워 축축한 한기가 뼛속까지 스며든다. 올해는 봄이 늦다. 피스터는 롤랑이 아무 이상 없으니 잘 자라고 인사하듯 손을 들어올릴 때까지 기다리다가 작업실 문을 닫고 노인처럼 다리를 질질 끌며 계단을 올라간다. 이미 잠들어 있던 가정부가 위층으로 올라가는 피스터의 발소리를 듣고 자기 방에서 나온다. 피스터는 가서 자라며 그녀를 들여보낸다. 이날 밤은 배도 출출하지 않다. 그렇게, 그러니까 식욕도 없고, 싸리풀 씨앗을 태워 연기를 마시기 전에는 잠도 이룰 수 없는 상태로 여러 날을 보내고 있다. 싸리풀 씨앗의 연기를 들이마시는 동안 세상은 희미해지다가 마침내는 사라져버린다.

다음 날 피스터는 활자를 새기기 시작한다. 타인기(打印器)를 사용하지 않고, 먼저 활자의 속을 파낸 다음 윤곽을 잡는 식으로 수작업을 한다. 아주 섬세하고 세밀한 작업, 오감을 총동원해 활자에 집중함으로써 무념무상의 상태에 빠져든다. 활자 하나를 새기는 데 몇 시간이 걸린다. 활자 주형에 활자를 새긴 뒤에 불필요한 부분을 없애기 위해 줄질을 할 때에는 주형에 줄밥과 필라멘트가 달라붙지 않도록 아주 조심스럽고 부드럽게 움직여야 한다. 줄질하고 윤내고, 줄질하고 윤내고, 참을성 있게, 섬세하게, 활자 주형을 다듬는 것이 아니라 자기 자서전의 불완전한 부분을 수정하듯이 계속 진지하게 작업한다. 이런 작업을 하는 데 보통은 직원들이 도와주지만 이번에는 혼자서 작업하고 싶었다. 그래서 직원들에게는 따로 연락할 때까지 쉬라고 휴가를 주었다. 작업이 순조롭게 진행되고, 활자 주형이 단 하나도 파손되지 않는다면, 그날까지 최대 열 자를 새길 수 있을 것이다. 소문자들, 소문자와 같은 크기의 소형 대문자들, 대문자들을 둥그스름한 서체와 이탤릭체로 나누어서 활자 주형 한 벌을 모두 새기려면 여러 주가 걸릴 것이다.

이 기간 동안 동일한 작업이 반복된다. 새벽에 작업실의 불을 끄고 거리에 자신의 모습을 내비치고, 롤랑은 잘 자라고 손을 흔들고, 가정부는 피스터가 위층으로 올라가는 소리를 듣고 잠에서 깨어났다가 피스터가 하룻밤 더 저녁밥을 포기한 뒤에 다시 잠드는 것이다. 그 뒤 피스터는 싸리풀 씨앗을 태워 연기를 마시고 세상이 허물어지고 있다는 환각에 빠진다.

활자를 조각하는 작업이 모두 끝나자 피스터는 활자 주형을 대장간으로 가져간다. 대장장이 벨라푸아는 활자 주형을 두께 1센티미터 정도의 작은 납 조각에 박을 수 있도록 담금질을 한다. 유능한 대장장이인 벨라푸아는 피스터가 다시 대장간에 나타났을 때 이미 작업 준비를 마쳐놓았다. 그다음 날 아침부터 활자 모형을 만들기 시작한다. 활자 주형을 납 조각에 완벽하게 수직으로 세운 뒤, 단번에 내리쳐서 깊숙하게 찔러 박는다. 피스터가 이 과정을 반복하여 모든 활자의 원형을 새기는 데 이틀이 걸린다. 활자 주형을 박아 넣을 때 활자 모형의 옆면이 살짝 부풀어 오르는데, 이를 금강사(金剛砂)로 섬세하게 다듬느라 이렇듯 시간이 걸리는 것이다.

이어서 모든 활자가 수직으로 중심을 잡을 수 있도록 나무틀에 넣는 조정 작업을 해야 한다. 활자 한 세트에 들어 있는 모든 활자 모형을 동일하게 조정해주는 작업은 아주 중요하다. 이 작업을 하지 않으면 활자 한 세트에 들어 있는 여러 활자를 조합할 때, 즉 단어를 만들기 위해 활자를 모을 때 일부 활자는 더 높고 일부 활자는 더 낮아지며, 어떤 활자들은 사이가 너무 붙고 어떤 활자들은 사이가 너무 떨어지게 된다. 조정 작업은 분명 가장 까다롭고 가장 주의를 기울여야 할 부분이다. 조정 상태에 따라 인쇄가 균일하게 나오느냐 그렇지 않느냐, e나 o 같은 문자의 구멍이 보기 좋게 찍히느냐 보기 싫게 찍히느냐가 결정된다. 조정이 제대로 되지 않으면 활자 조각가의 노력이 허사가 되어버린다. 반대로, 디자인이 평범하고 조각이 불완전해도, 활자 모형을 조정할 때 활자의 높이나 활자의 간격, 활자의 선을 고르게 유지한다면 멋진 활자 세트로 변모할 수 있다. 다른 일이 그렇듯이, 여기서도 가장 중요한 것은 독자의 시각을 교묘하게 속이는 것이다.

첫 번째 활자 모형의 조정이 끝나자, 피스터는 그 모형을 틀에 고정시킨다. 그 사이 화덕에서는 납, 주석, 구리, 안티몬 합금을 달구고, 트레첼 형제가 이제 쓰지 않는 옛 활자들을 녹인다. 인쇄업자들은 활자를 오래 사용해 망가지면 피스터에게 넘겨 새로운 활자를 만들 때 쓰게 한다.

피스터는 장갑 낀 왼손으로 활자 모형이 들어 있는 거푸집을 잡는다. 오른손으로는 작은 국자를 잡아 녹은 합금을 떠내서는 거푸집에 부음으로써 쇳물이 활자 모형의 빈 공간을 채우게 한다. 쇳물이 다 채워지면 거푸집을 열고 집게를 이용해서 작은 금속 기둥을 꺼낸다. 기둥을 불빛 가까이 대고 새로 태어난 아이처럼 자세히 검사한다. 기둥 한 면에 활자가 볼록 솟아 있는데, 이는 연필로 디자인한 것이 금속으로 재생된 것으로, 이 부분에 잉크를 묻혀 종이에 찍을 것이다. 그 작은 쪼가리들, 즉 적절하게 조합된 쪼가리들의 잉크 자국이 피스터 자신의 삶과 수많은 타인의 삶, 그리고 기독교의 향방마저 바꿀 수 있었다는 사실이 거짓말 같기만 하다.

피스터는 그 금속 쪼가리들을 탁자 위에 올려놓으면서 가끔 생각해본다. 삶이란 것은, 특히 자신의 삶은 너무 오래 사용함으로써 결국 못쓸 정도로 망가져 다른 금속들과 함께 녹여져 새로운 활자 모형을 만들어내야 할 낡은 활자들과 같은 처지이다. 이제 아무 쓸모도 없어짐으로써 녹여져서 새로운 활자가 되어야 할 낡은 활자 같은 존재인 것이다. 지금 그가 집게로 들어 관찰하고 있는 활자처럼 반짝반짝 빛나고 단단한 다른 활자로 다시 태어나서 다시 오랫동안 쓰이다가 결국은 못쓰게 되어 다시 녹여질 것이다. 그리고 이런 과정은 끊임없이 되풀이될 것이다.

피스터는 초여름이 되어서야 새로운 활자 한 벌을 트레첼 형제에게 선보일 수 있게 되었다. 형제는 시험 인쇄를 한 번 해본 뒤 진심으로 감탄하고, 활자들의 우아한 선에 매혹되었다며, 합금의 견고함에 만족을 표시한다. 피스터는 트레첼 형제가 알랑거리는 달콤한 목소리로 활자에 대해 평가하는 것을 듣고, 그들이 늘 땀에 젖어 있는, 아이처럼 작고 허약한 손을 움직이는 것을 바라보며 항상 그랬듯이, 그들에게 혐오감을 느끼고, 기독교적 자애심과 교양이 어설프게 뒤섞여 드러나는 그들의 위선과 불량한 양심에 진저리를 친다. 그렇다. 트레첼 형제는 피스터가 리옹에서 자리를 잡도록 도와주었고, 바로 그런 이유 때문에 피스터는 그들을 증오하고, 그 혐오스런 형제의 호의를 받아들였던 자신을 증오한다. 그들을 없애야 한다는 억제할 수 없는 욕망이 피스티를 사로잡는다.

"언젠가 중고 책가게에서 아주 아름다운 책을 한 권 발견했지요." 피스터가 말한다. "알고 보니, 여기서 사장님들이 인쇄한 것이더군요."

그 말을 들은 트레첼 형제는 거드름을 피우며 어떤 책인지 궁금해

한다.

"프톨레마이오스의 『지리학』 말입니다. 정말 멋진 책이죠. 2절 판형에 2단으로 인쇄된 것으로, 표지의 제호가 바람에 휘날리는 깃발 형상으로 도안되어 있고, 표지 가장자리에는 그림들이 그려져 있지요."

트레첼 형제는 피스터의 칭찬에 기뻐한다. 그렇다, 그들은 그 책을 기억하고 있다.

"심혈을 기울여 만들었지요." 가스파르가 말한다. "마주 보는 두 면에 지도를 한 장씩 싣는 식으로, 총 마흔여덟 장을 실었어요. 그렇게 멋진 삽화가 수록된 책은 없을 거예요."

"정말 흠잡을 데 없는 작품이죠." 멜히오르가 덧붙인다. "옛 판본들과 대조하고, 자료를 수정하고, 주석을 첨가하고, 프랑스, 이탈리아, 독일, 스페인의 각 지역, 산, 강, 도시의 이름을 수록했어요."

"각국의 지리적 특징과 풍습, 그리고 주민들의 특성에 관해 간략하게 덧붙였지요. 전혀 현학적이지 않은 문체, 유쾌하고 이해하기 쉬운 문체로 말이에요."

세르베투스의 뛰어남을 인정하지 않고, 교정자의 공을 자신들의 것으로 돌리고자 하는 트레첼 형제의 야비함이 피스터의 마음을 아리게 한다.

"하지만 그건 사장님들이 아니라 미셸 드 빌레누브가 한 거잖아요." 피스터가 지적한다.

트레첼 형제는 잠시 당황하다가 즉시 대응한다.

"미셸 드 빌레누브! 아주 뛰어난 사람이었죠!"

"교정자 한 명이 필요했어요." 가스파르가 사실을 인정한다. "교정자가 여럿 있었지만 단 한 사람도 만족스럽지 않았거든요. 좋은 교정

자란 옛 언어들을 완벽하게 알아야 하죠."

"그래요. 우리는 빌레누브가 교양이 아주 많다는 사실을 즉각 알아차렸어요."

"불과 스물네 살밖에 되지 않은 젊은이였지만 교양이 아주 높았죠."

"대단했어요."

"옛 언어들은 물론 수학에도 통달했어요. 아무튼, 그는 『지리학』의 교정자로 적임이었죠."

"그는 우리를 도와 두 가지 판을 출간했어요. 첫 판은 35년도에, 그리고 두 번째 판은 41년도에 출간되었죠."

"성서 작업을 할 때에는 좀 특이한 일이 벌어졌어요. 그 일이 기억날지 모르겠군요. 우리는 여섯 책으로 출간하기로 계약을 했어요. 그런데 그가 가져온 건 파그니누스의 성서를 새로 번역한 것이었어요. 다른 사람 같았으면 파그니누스의 판본을 글자 그대로 베꼈을 테지만, 세르베투스는 그렇게 하지 않고, 자신의 주해와 해석과 비판을 첨가했죠. 우리가 계약한 건 그게 아니었거든요. 우리 사이에 약간의 오해가 있었던 거지요. 그동안 우리는 그를 아주 잘 대해주었죠. 우리는, 우리의 의사 친구로, 학식이 아주 깊고 명망이 높은 샹피에를 그에게 소개해주기도 했어요. 샹피에의 도움을 받을 수 있게 말이에요. 그런데 그는 계약을 위반하여 우리를 성가시게 했죠."

"혹시 세르베투스를 알아요?" 가스파르가 피스터에게 묻는다. "그에 관해 아는 게 뭐 있나요?"

"그는 지금 감옥에 있어요." 피스터는 사건의 모든 양상을 음미하려 애쓴다. "그는 미셸 드 빌레누브로 알려져 있었지요."

물론 트레첼 형제는 비엔에서 발각된 이단자로, 팔미에 대주교의 주치의였던 세르베투스에 관해 들은 적이 있다.

"나는 지금 사장님들의 친구 오리가 사장님들 같은 모범적인 가톨릭교도들과 세르베투스 같은 악질 이단자가 지적으로 어떤 관계였는지를 궁금해 할까 고민 중이에요." 피스터가 말한다.

"지적인 관계 같은 건 없어요, 요아힘." 멜히오르가 불끈 화를 내며 펄쩍 뛴다. 피스터가 그렇게 말하는 진짜 의도가 무엇인지 이해하지 못했기 때문이다.

종교재판소가 트레첼 형제를 심문할 것이라 기대하는 것은 순진한 생각이다. 그건 피스터도 알고 있다. 피스터는 이런 사실을 오리에게 알릴 생각이 전혀 없다. 하지만 트레첼 형제는 그걸 모르고 있다. 피스터는 그들이 상당 기간 불안에 떨 걸 생각하며 고소해 한다. 피스터는 그들이 자신의 생각을 짐작하지 못한 채 공포에 사로잡혀 있도록 내버려둘 심산이다.

피스터는 늦여름과 초가을은 작업을 마무리하며 보낸다. 더 많은 일을 맡지 않고 혼자 작업하기로 마음먹었다. 다른 사람들의 눈에 그가 사업을 정리하는 것처럼 보인다. 그가 예전부터 데리고 있던 직원들은 그렇게 생각하고 다른 작업실에서 일자리를 찾는다.

우기로 접어든 어느 가을 밤 피스터는 우아한 g자 하나를 디자인하고는 작업실의 불을 끄고 위층으로 올라가는 대신, 비가 쏟아지는 거리로 나선다. 거리는 빗물에 잠겨 있다. 일주일 내내 쉬지 않고 비가 쏟아지고 있다. 비옷을 둘러쓰고 무릎까지 물에 잠긴 채 건너편 집 발코니 아래에서 비를 피하고 있던 롤랑이 피스터가 다가오는 모습을 바라본다.

"롤랑. 이제 그런 바보짓 좀 그만하고 싶지 않소? 자, 이제 집으로 들어갑시다. 당신 일이 날 감시하는 거라면 집 안에서 하는 게 더 낫잖아요."

롤랑은 피스터의 반응이 재미있는 모양이다. 말에서 내려 말을 마구간에 넣어두고는 피스터를 따라 작업실로 들어간다. 피스터는 롤랑이 금속을 녹이는 화덕 앞에서 몸을 말리는 사이 가정부에게 저녁 식사를 준비해달라고 부탁한다.

"괜찮다면, 식사는 작업실에서 하고 싶군요."

"일에도 정도가 있는 법이오." 피스터가 롤랑에게 눈도 한 번 주지 않고 말한다.

"당신이 반항하거나 도망치려 하면, 죽이라는 명령을 받았습니다." 롤랑이 경고한다.

"어제는 목숨을 구해주고 오늘은 빼앗아야 한다니, 정말 고약한 일이군요." 피스터가 냉소적으로 말한다.

"목숨을 빼앗는 건 그렇다 치고, 그 상처는 어떻습니까?"

피스터는 롤랑의 말을 미처 듣지도 않고 창고로 내려간다. 가정부가 식사를 차려놓은 뒤에야 피스터는 창고에서 보르도 산(産) 포도주 몇 병을 들고 올라온다. 식탁에는 식초에 절인 메추리 요리가 차려져 있다. 두 사람은 날씨에 관해, 작업실이 물에 잠기지 않게 할 방법에 관해 얘기하면서 저녁 식사를 한다. 빗소리에 귀가 멍멍해질 정도이다. 메추리 요리에 곁들여 마시던 포도주가 바닥을 보이자 피스터가 한 병을 더 딴다.

"오리는 왜 당장 나를 체포하지 않는 거요?"

"제 생각에는 세르베투스의 문제가 해결되기를 기다리는 것 같습니다. 지금 당장은 다른 문제에 눈 돌릴 여력이 없거든요."

"우리가 찾던 그 이단자는 어떻게 되었나요?" 몇 개월 전부터 묻고 싶었던 질문이었지만 피스터는 건성으로 묻는다.

"도망쳤습니다." 롤랑 역시 피스터처럼 무심하게 대답한다. 그 말을 들은 피스터는 내심 고소해 한다.

"오리는 화가 단단히 났겠군요."

"아닙니다. 만족하고 있습니다. 프로테스탄트들이 세르베투스를 제네바에서 체포했거든요. 그를 화형시킬 겁니다. 여기서도 그를 화형시켰습니다. 그를 태운 게 아니라 화형식을 한 거죠. 그런 말을 쓰지요? 화형식이라는 말 말입니다. 그가 도망치자 사람들은 그의 초상화를 그려서는, 그의 책과 함께 불 질러버렸습니다. 하지만 제네바에서는 진짜로 그를 불태울 것 같습니다."

"불태우겠다고요? 칼뱅이 말이오? 설마 그러지는 않을 거요. 제네바 사람들은 누구를 불태운 적이 없거든요. 그건 교황주의자들이나 하는 짓이오. 가톨릭교도들이 추적하던 사람을 프로테스탄트들이 잡아서 불태우는 건, 자신들이 항상 비판하던 방식으로 처리하는 건 수치스런 짓이잖아요. 그건 상징적으로 엄청난 부담이 될 거요. 나는 칼뱅이 그런 어리석은 짓을 저지를 거라 생각하지 않아요. 자기 손에 재를 묻히고 싶어 하지는 않을 거요."

"바로 그렇기 때문에 그들이 그를 불태울 겁니다. 그는 상징적으로 아주 대단한 죄과가 있거든요. 칼뱅이 나서준다면, 세르베투스를 체포하고 사형시키는 데 들어갈 경비를 아낄 수 있기 때문에 오리는 아주 만족하고 있습니다."

피스터는 그런 일은 없을 것이라 확신하면서도 우기지는 않는다. 그저, 도대체 세르베투스가 제네바에서 무엇을 하고 있을까 자문해 본다. 세르베투스가 무엇 때문에 자신을 밀고한 그 사람에게 간 것일까? 세르베투스는 칼뱅이 자기를 배반했음을 모르고 있는 건 아닐까.

아니 상상조차 못 하고 있는 건 아닐까.

"우리가 알아낸 바로는 세르베투스가 생각보다 결백하지 않습니다. 그는 음모를 꾸몄습니다. 칼뱅을 제거할 준비를 하면서 제네바에서 한 달 정도 머문 것 같습니다."

"세르베투스는 음모나 꾸미는 사람이 아니오."

"그 말을 반박할 수는 없군요. 사실, 저는 평생 그를 본 적도, 그의 체취를 맡아본 적도, 그의 숨결을 느껴본 적도 없기 때문에 그를 잘 모릅니다."

"난 그가 쓴 책들을 읽어본 적이 있어요. 그건 음모를 꾸미는 사람이 쓴 책들이 아니오."

"책이라, 책이라. 당신처럼 교양 있는 사람이 여전히 책에 쓰인 것을 믿다니 믿기지가 않네요."

아주 특이한 장면이다. 두 사람이 식초에 절인 메추리 요리를 식탁 한쪽에 치워놓고 서로 얼굴을 마주하고 앉아 있다. 두 사람 사이에 놓인 두 번째 포도주 병이 거의 바닥을 드러내고 있다. 술이 거나해진 두 사람은 이제 서로의 눈길을 피하는 대신 응시하고 있다.

"칼에 찔린 상처는 어떻습니까?"

피스터가 롤랑을 찬찬히 뜯어본 것은 그때가 처음이다. 피스터와 나이는 비슷할 것 같았지만, 험상궂게 생긴 얼굴과 거친 피부 때문에 열 살은 더 들어 보인다. 머리카락이 한 올도 없는 게 신기할 따름이다. 반들반들 윤이 나고 둔탁해 보이는 머리, 두툼하고 힘세 보이는 목 때문에 사나워 보이는 인상이다. 반면에 짙은 파란색 눈은, 마치 자연이 그의 외모가 지닌 사나움을 부인하거나 조롱하려 한다는 듯이, 소년 같은 분위기를 풍기고 있다. 그리고 그는 입으로 틱 틱 소리를 내는 습관이 있다. 입을 다문 채 규칙적으로 어금니를 마주치고 있는데, 이런 근육의 움직임이 관자놀이까지 전해진다.

"당신은 아르놀트 크루크가 누구인지, 왜 그가 나를 찔렀는지 단 한 번도 물어보지 않았소."

"일을 할 때에는 가급적 질문을 적게 하는 게 좋다고 생각합니다."

"그렇군요. 하지만 그 이유가 궁금할 텐데요, 그렇지 않아요?"

"제가 궁금한 건 제 일뿐입니다."

피스터가 세 번째 포도주 병을 집어 들어 마개를 땄다. 롤랑은 말리지 않는다. 밖에는 비가 억수같이 쏟아지는 가운데 그곳 작업실에서 피스터는 20년 전에 일어난 사건 몇 가지를 풀어놓기 시작한다. 과거를 회상하는 것처럼 보이나 실제로는 현재에 관해, 자기 자신에 관해, 그러니까 자신이 누구인지, 어떻게 해서 그곳까지 흘러들게 되었는지 말하고 있다. 어느 정도는 사실적인 행위들에 관해, 어느 정도는 허구적인 다른 사건들과 함께 표류하면서 기억의 저편에 아련하게 보존되어 있던 사건들에 관해 이야기한다. 그러자 당시에는 아주 현실적이었지만 곧바로 망각되었던 그 사건들이 다시 형체를 얻어간다. 하느님이 육신을 가진 실체로 변하는 것이 아니라 하느님이 바로 육신을 가진 실체인 것과 마찬가지이다. 그렇듯 피스터는 자신이 겪은 실제 사건을 그대로 이야기하는 것이 아니라, 그 사건에 관한 이야기를 제3자처럼 전하고 있다. 하지만, 그렇다고 해도 피스터의 말은 증언으로서도, 분석의 도구로서도 가치가 훼손되지는 않는다. 오히려 그 반대이다. 피스터의 이야기는 실제만으로 이루어진 것에 비해 훨씬 더 풍부하다. 그가 기억 속에 간직하고 있는 사건들은 상상력 그리고 시간과 더불어 싹을 틔우는 씨앗과 같다. 그 사건들은 오직 피스터에 의해 이야기됨으로써, 이야기를 들은 다른 사람의 판단에 맡겨짐으로써 더욱 풍부해진다. 롤랑 역시 할 말이 많다. 롤랑이 피스터의 이야기를 거들어주고, 질문을 함으로써 그 이야기에 물길을 내기도 하고 막기도 하며, 가끔은 피스터가 결코 털어놓으려 하지 않았던 바를 실토하게 만든다. 이리하여 피스터만의 독백이 아니라 피스터와 롤랑 사이에 대화가 이루어지고 있는 것이다. 이처럼 과거 사건들을 재건해보는 것은 단순히 단어의 순서를 정하는 것에 지나지 않을 수도 있다. 사건들의 재건이 단어의 순서를 정하는 것이라고 해서 문제될 게 있을까? 그런 이유 때문에 사건의 재건을 포기할 필요는 없다. 피스터가 구사하는 구문의 형태는 피스터가 세상을 불완전하게나마 이해하기 위해, 혼돈 속에서 자신의 방향을 설정하기 위해, 그 혼돈 속에서 어느 정도는 공정한 사람이 되기 위해 현재 사용할 수 있는 유일한 도구이기 때문이다.

과거를 재건하는 과정은 진을 빼는 작업이어서 이야기를 마친 피스터는 기진맥진한 상태이다. 피스터는 자신이 도망쳐 나온 이야기, 즉 학살이 이루어진 뒤 자신이 어떻게 도망쳐 나왔는지는 다음에 이야기해주겠다고 한다. 하지만 롤랑은 피스터가 뮌스터에서 도망칠 수 없었기 때문에 실제로는 죽은 사람이라고 생각한다. 그래서 롤랑은 중얼거리듯 말한다.

"도망쳤다고요? 당신은 도망치지 못했습니다. 당신은 거기서 죽었으니까요."

그러자 자리에서 일어난 피스터는 포도주에 취해 붉게 달아오른 눈으로 롤랑을 바라보며 이렇게 제의한다.

"롤랑, 우리 제네바로 갑시다. 당신과 나 말이오. 오늘 밤 당장 가자고요. 지금 떠나면 내일 새벽에 도착할 거요. 시간은 충분해요."

하지만 롤랑은 자리에서 일어나지 않는다. 그리고 씩 웃는다.

"왜 웃는 거요?" 피스터가 버럭 화를 낸다. "당신이 그렇게 까칠하게 굴지 않아도, 당신이 아무것도 믿지 않는 회의론자라는 것쯤은 알고 있소."

롤랑은 여전히 웃음을 머금고 있다.

"물론 저는 뭐든 믿을 줄 아는 사람입니다. 식초에 절인 메추리 요리를 믿고, 이 포도주를 믿고, 성교를 믿고, 우정에 대해서는 조금, 아주 조금 믿고 있습니다. 그리고 어떤 열망이 제아무리 아름답고 공정하게 보일지라도 한 개인의 희생을 정당화할 수는 없다고 생각합니다."

"옳은 말이오. 그래서 함께 제네바로 가자는 거요."

롤랑이 갑자기 웃음을 거둔다.

"그런데, 제네바에서 도대체 뭘 하고 싶은 겁니까? 칼뱅과 얘기하려고요? 그게 바로 당신이 원하는 겁니까? 칼뱅과 얘기하는 거 말입니까? 당신 자신을 어떻게 소개할 건데요? 활자 주조공인 요아힘 피스터라 소개할 겁니까? 가톨릭교도들의 증오심과 공포심을 유발한 베른트 로트만이라고? 아니면, 몇 년 전 종교재판소의 추적을 피해 도망 다니다가 최근 몇 주 동안은 바로 그 종교재판소의 감독관으로 일했었다고? 그렇게 말할 겁니까? 당신 역시 당신을 배반한 세르베투스를 추적하고 있다고 말할 겁니까? 당신이 재세례파교도들을 혐오한다고, 뮌스터에서 일어난 그 모든 일은 일종의 '젊음의 죄'였다고 말할 겁니까? 그러고 나서 또 무슨 얘기를 할 건데요? 단지 생각이 다르다는 이유만으로는 사람을 태워 죽일 수 없다고 말할 겁니까? 서로 의견이 일치되지 않았던 바로 그 사람들처럼 행동하는 것은 불명예스러운 짓이라고 칼뱅에게 말할 겁니까? 가톨릭교회에 대한 칼뱅의 개혁이 더욱 비타협적으로 변할 수도 있다는 사실을 알고 있는지 칼뱅에게 물어볼 겁니까? 만약 칼뱅에게 그런 말을 한다면, 당신이 낡은 활자들을 주물용 도가니에 집어넣는 것처럼 칼뱅은 당신을 주물용 도가니에 처넣어버리겠죠. 그걸 알고도, 과연 그런 말을 할 용기가 날까요?"

피스터는 롤랑이 뻔뻔스럽게 쏟아내는 말을 믿기지 않는다는 듯 듣고 있다. 롤랑이 감히 그렇게 말하다니 믿기지 않았다. 머리 꼭대기까지 차오르는 술기운 때문이리라 생각해본다.

하지만 롤랑은 취한 것 같지 않다.

"게다가, 칼뱅은 당신을 화형시킬 준비를 하고 있을 겁니다. 재판소가 선고를 한 게 오늘인지, 어제인지는 잘 모르겠습니다만 아무튼, 당신은 프랑스를 떠날 수 없고, 나는 당신이 프랑스를 떠나는 걸 막아야 합니다."

피스터는 이 마지막 경고를 못 들은 것처럼 아무 말 없이 위층으로 올라가더니 차분하게 외투를 차려입고 다시 작업실로 내려온다. 피스터가 롤랑에게 자신이 무엇을 할 것인지 이야기할 수 있었던 것은 용기 때문이 아니라 앞으로 닥칠 위험을 평온하게 받아들일 준비가 되어 있기 때문이다. 이미 마음을 정한 피스터는 그 결과를 담담하게 받아들일 준비가 되어 있다. 자신을 추적하는 사람들에게 얽매여, 그리고 도망갈 방법을 찾느라 뒤를 주시하면서 말을 타고 앞으로 달려나가는 짓 따위는 결코 원하지 않는다. 그런 노력은 결국 헛되다는 사실을 그는 알고 있다. 그렇듯, 이미 결과를 알고 있는 상황에서 가장 이성적인 행동은 내기를 하지 않는 것이다.

"이봐요, 롤랑." 피스터가 말한다. "나는 제네바로 가겠소. 나를 막아야 한다면, 지금 당장 그렇게 하시오. 여기서 나를 잡지 않고 나중에 잡으러 다니는 건 의미 없는 짓이요. 잘 판단해보시오."

이어지는 5초가 너무 길게 느껴진다. 피스터는 롤랑이 자리에서 일어나 자기를 붙잡든지, 아니면 자기와 출입문 사이를 가로막기를 기다린다. 하지만 그런 일은 일어나지 않는다. 롤랑은 그저 피스터를 바라보고 무슨 일이 벌어질지 기다리고 있다. 그가 기다리는 일은 바로 이런 것이다. 즉 피스터는 마구간에서 자신의 갈색 말을 타고 나와 전속력으로 리옹을 떠나고, 롤랑은 피스터를 계속 주시한 채 손가락 하나 움직이지 않는 것이다. 말을 몰던 피스터는 후끈 달아오른 얼굴을 후려치는 10월의 차가운 폭우와 바람을 느낀다.

몰락

이야기는 제네바에서 끝난다. 피스터는 날이 밝을 무렵 산안토니오에 도착한다. 산안토니오로 들어가는 문은 아직 닫혀 있다. 이렇게 문이 닫혀 있는 시간에 도착한 사람들은 중앙문에서 200보 정도 떨어져 있는 쪽문으로 들어가야 한다. 그 문은 방문객이 다가가면 마술처럼 자동으로 열린다. 하지만 그 문을 움직이는 것은 마술이 아니라 보초병이 움직이는 굵디굵은 쇠사슬이다. 그래서 문이 열릴 때마다 요란한 소리가 난다. 피스터는 이단자 세르베투스의 재판을 보기 위해 왔다고 말한다. 보초병은 그 개자식이 어제 이미 처형되었다고 말한다. 당신이 방금 들어온 그 문으로 끌고 나가 저기 앞에 보이는 샹펠 언덕에서 화형시켰다고. 지금쯤이면 시꺼먼 재가 되어 있을 거라고.

발길을 되돌린 피스터는 당장 도시를 나가게 해달라고 애걸한다. 병사들은 무슨 영문인지 모르겠다는 듯이 어깨를 한 번 으쓱거린다. 조금 전에 열렸던 쪽문이 다시 열리고, 피스터는 칼뱅이 그런 정치적 오류를 저지르는 이유가 무엇인지 제대로 가늠하지 못한 채 쪽문을 나선다. 화형이 집행되었다는 언덕을 향해 급히 말을 몬다. 언덕이 아주 가파른 데다 한시 바삐 올라가야 한다는 조바심 때문에 말을 타고 그대로 언덕을 오른다. 리옹에서부터 먼 거리를 오느라 지칠 대로 지친 말은 언덕을 오르고 얼마 되지 않아 벼락에 맞은 듯이 고꾸라지고 만다. 그곳에 말을 그냥 두기로 한다. 이런저런 생각을 할 틈이 없다. 피스터는 언덕을 걸어 올라간다.

피스터는 기력이 다할 때까지 열심히 올라가다가 꼼짝할 수 없을 정도로 지쳐버리자 길옆에 털썩 주저앉는다. 언덕 아래로 펼쳐진 광경이 참으로 멋지다. 피스터는 주교좌성당을 중심으로 론 강 주변에 세워진 제네바 시 전체를 굽어보고 있다. 발 아래로 펼쳐진 광경을 보고 감탄하고 있지만 정상까지는 채 반도 오르지 못한다. 다시 올라갈 채비를 하고 자리에서 일어났을 때 마침 노새를 타고 언덕을 오르던 남자가 피스터의 곁을 지나간다. 두 사람은 대화를 나눈다. 그 남자는 피스터에게 저 아래에 지쳐 쓰러져 있는 말의 주인인지 묻는다. 피스터보다는 어려 보이는 젊은이다. 키는 썩 크지 않지만 늠름한 자태에 금발이다. 젊은이의 옷은 노새의 안장만큼이나 소박하지만 깨끗하고 다림질이 잘 되어 있다. 피스터는 그 말이 자기 것이며, 말에게 미안하다고 말한다. 말은 밤새 쉬지 않고 달려왔는데, 오래전에 실신하지 않은 게 이상할 정도라고. 젊은이는 말이 아주 고상하고 직관이 뛰어난 동물이기 때문에 자기 기사를 위해 언제 자신을 희생해야 할지를 잘 알고 있다고 설명한다. 만약 죽어야 한다면, 기꺼이 죽는다고. 피스터는 그더러 노새 몰이꾼인지 묻는다. 그는 노새 몰이꾼이 아니라 문법학자이지만, 자기 아버지가 노새 몰이꾼이어서 노새와 말에 관해 아주 잘 안다고 대답한다. 그러고 나서 그는 피스터에게 어디서 오느냐고 묻는다. 리옹이라고 피스터가 대답한다. 그 남자는 리옹에서 오는 길이 험하다는 걸 알기 때문에 피스터가 지쳐 있을 것이라 생각하고는 피스터에게 노새에 오르라고 한다. 다른 때 같았으면, 노새에 올라타고 남자의 허리께나 붙잡는 짓은 하지 않았을 테지만 이번만큼은 너무 지쳐 있어서 체면 따위를 지킬 기운이 없다.

두 사람은 대화를 나누면서 언덕을 올라간다. 순간 젊은이가 피스터도 화형장으로 가는 것인지 묻는다. 피스터는 어떻게 대답할지 고민한 뒤에 조심스럽고 모호하게 한 마디를 중얼거린다. 피스터는 자신이 제네바에 있고, 이 젊은이가 장 칼뱅의 확고한 추종자일지 모른다는 사실을 잊지 않는다. 하지만 사실은 그렇지 않다. 알프레드 코스텔카라는 그 남자는, 칼뱅이 자신의 권력을 굳건하게 하려고 미겔 세르베투스의 재판을 뒤에서 조종했다고 말한다. 칼뱅 자신의 개인적인 동기가 숨어 있다는 것이다.

이 말을 들은 피스터는 신중하게 처신해야 된다는 사실을 잊은 채 재판 과정, 세르베투스의 죄목, 세르베투스의 변론, 칼뱅이 그토록 어리석은 실수를 저지르게 된 동기, 재판이 속전속결로 처리된 이유, 세르베투스가 감옥에 갇히게 된 과정, 그리고 최종 판결에 관해 성급하게 묻는다.

코스텔카는 재판 초기에는 칼뱅이 신학적인 문제에 관심을 집중했다고 말한다. 칼뱅은 삼위일체, 신의 본질, 예수 그리스도와 성령, 예수 그리스도의 현현, 천사들, 그리고 세례와 죽은 자들의 부활에 관한 세르베투스의 주장을 요약하여 세출했다. 칼뱅은 세르베투스가 하느님을 공격하는 것 말고도 허위 교리를 가르쳤다고 주장했다. 그리고 세르베투스가 자신의 책들을 통해 그런 오류들을 널리 알림으로써 수많은 사람을 죽음으로 몰아넣었다고 주장했다. 그런 죄악은 인간이 저지를 수 있는 가장 무섭고 가공할 만한 죄악이라고 주장했다. 그리고 이런 범죄에 비하면 육신 하나를 제거하는 것은 아무것도 아니라고 했다. 세르베투스는 인정사정 보지 않고 대답했다. 칼뱅은 중상모략가요, 위험한 배반자요, 천박한 쥐새끼라고. 세르베투스는 칼뱅이 그리스도를 배반했다고 비난하면서 칼뱅더러 자기 옆의 피고인석에 앉아야 한다고 주장했다.

코스텔카는, 누구든 자신의 목숨이 신의 섭리라는 허울로 위장한 칼뱅의 교리에 달려 있음을 알고도 이런 말을 공공연하게 퍼붓기 위해서는 아주 정직하고 사상 자체에 아주 충실하든지, 아주 강하고 집요하든지, 대단한 미치광이가 되든지, 인간의 법칙에 대해 순수한 믿음을 가져야 한다고 말한다. 왜냐하면 제네바에서는 거의 모든 사람이 칼뱅이 하느님의 이름으로 행동한다고 생각하고, 또 세르베투스가 후회하는 기미를 보이지 않는 것이 그 누구보다도 칼뱅을 화나게 한다고, 생각하기 때문이라는 것이다. 코스텔카는, 제네바 사람들이 수많은 적을 만들었는데, 이런 적들이 바로 제네바 사람들을 파괴하려는 자유를 향유한다고 말한다. 코스텔카는 모든 집단은 스스로를 방어할 권리를 지니고 있지만, 한 사람을 죽인다고 해서 가톨릭교회의 순수성이 유지되는 것은 아니라고 말한다. 사람을 죽이는 것은 말 그대로 사람을 죽이는 것일 뿐이라면서.

노새가 끝없이 이어지는 길을 따라 샹펠 언덕을 분통 터지게 느린 속도로 올라가는 동안 코스텔카는 재판의 마지막 과정에 관해 피스터에게 얘기한다. 세르베투스를 체포하고 몇 주가 지난 뒤, 칼뱅은 신학적으로는 세르베투스를 화형시킬 근거가 희박하다는 사실을 깨닫는다. 세르베투스의 영특함, 광범위한 지식, 완벽한 히브리어 실력 때문에 종교적인 문제로 그를 처벌하기가 어려웠던 것이다. 칼뱅은 전략을 수정해야 했다. 그래서 그는 세르베투스의 사생활에 집중하기로 했다. 그는 세르베투스의 사생활을 샅샅이 파헤친다. 세르베투스는 평생 독신으로 살면서 시시껄렁한 이야기로 샤를리외의 순진한 소녀를 농락하고, 그것도 모자라 비엔에서는 나이 어린 사내 몸종을 두어 남색을 하고……. 칼뱅은 이런 혐의들을 찾아냈지만 세르베투스는 겁내지 않는다. 세르베투스는 종이와 펜, 잉크를 달라고 해서 스스로를 변론하는 진술서를 쓴다. 자신의 삶에 대한 변론이다. 코스텔카는 그 진술서가 대단히 뛰어난 텍스트였지만, 또 그만큼 무용한 텍스트였다고 말한다. 프레쉬르, 킨텐란 그리고 라마르탱이 계획한 재판에서 무엇을 기대할 수 있겠는가? 사실 코스텔카는 라마르탱이 어느 성찬전례에서 자기 똥을 봉헌하는 것을 본 적도 있다.

세르베투스가 굴복한 것처럼 보이는 순간도 있었다고 코스텔카는 기억한다. 세르베투스가 칼뱅에게 용서를 구하고 싶어 했다는 것이다. 하지만 칼뱅은 세르베투스가 용서를 구해야 할 대상은 자신이 아니라 하느님이라고 말했다. 그러자 세르베투스는 아니라고, 자신은 하느님을 모욕하지 않았다고, 그저 자신의 신념을 밝혔을 뿐이라고 말했다. 코스텔카의 말에 따르면, 그 논쟁이라는 것이 논란의 여지는 있지만 아주 매력적이었던 것 같다. 코스텔카는 신과 타인 앞에서 인간의 자유를 옹호했던 세르베투스의 변론을 특히 좋아했다. 칼뱅을 가장 짜증나게 했던 것은 바로 세르베투스의 자유에 대한 옹호라고 코스텔카는 생각한다. 그리고 코스텔카는 우리 인간이 신적인 무언가를 갖고 있다는 생각도 마음에 들어 했다. 코스텔카는 말로 다할 수 없이 성스럽지만, 결코 화합할 수 없는 하느님을 '흙바닥에서'[88]

---

88) 「이사야서」 29장 4절, "네가 낮아져서 땅에서 말하며 네 말소리가 나직이 티끌에서 날 것이라. 네 목소리가 신접한 자의 목소리같이 땅에서 나며 네 말소리가 티끌에서 지껄이리라" 에서 나온 말이다.

경배하는 비천하고, 무의미하고, 더러운 존재로서의 인간은 좋아하지 않는다.

이야기는 요아힘 피스터가 노새를 타고 어느 문법학자의 허리를 붙잡은 채 세르베투스가 처형당한 화형장으로 올라가는 장면에서 끝난다. 피스터가 그렇게 한 이유가 무엇일까? 그것은 피스터 자신도 모른다. 두 사람은 세르베투스가 화형당하기 전에 화형장에 도착하고 싶어 했지만 시간을 맞추지 못했다. 세르베투스는 1553년 10월 27일 새벽에 화형당했기 때문에 피스터와 코스텔카가 언덕 정상에 도착해서 볼 수 있었던 것은 한 무더기의 재뿐이다.

오늘날 그곳은 더 이상 촌스럽고 황량한 곳이 아니라 아름다운 공원을 끼고 있는 주거지가 되어 있다. 경치는 여전히 아름답다. 그곳에서는 제네바 시만 굽어보이는 게 아니라, 레만 호, 몽블랑의 눈 덮인 산등성이들, 그리고 쥐라 산도 보인다.

그곳에서 볼 수 있는 사람들은 대부분 노천카페나 맥주집 테라스에 앉아 즐겁게 이야기를 나누는 젊은이들이다. 아마도 근처에 대학 같은 교육기관이 있는 것 같다. 그곳에서는 군것질을 하며 호기심 어린 눈으로 주위를 살펴보는 스페인 관광객을 쉽게 만날 수 있다. 조금 더 멀리 공원 안에는 야외 수영장이 있어서 여름에는 어른들이 풀밭에 누워 일광욕을 즐기고 아이들은 수영장에서 물장구를 친다. 위쪽으로 뻗어 있는 미겔 세르베투스 거리는 교통량이 많다. 거리 중간쯤에 있는 거대한 어느 병원 앞을 살피다 보면 내리막길 왼쪽의 후미진 모퉁이에 세르베투스의 탄생과 죽음을 기리는 비석 하나가 보일 듯 말 듯 서 있다. 풀밭에 세워진 비석 주위로 거친 잡초가 무성하다. 그가 쓴 특이한 책들과 더불어 그가 세상에서 행한 행적, 그의 열정, 그의 고통스런 환멸, 그의 오만, 그의 정직성, 그의 허영, 그의 희생에 대한 유일한 증표이다.

이제 이 이야기의 마지막 장면이 펼쳐진다. 제네바로 돌아오는 길에 피스터와 코스텔카는 오줌을 싸기 위해 잠시 멈춰 선다. 문법학자는 피스터의 침묵을 깨기 위해 이 말 저 말 붙여본다. 피스터는 세르베투스를 화형시킨 그 모닥불, 이미 꺼져버린 그 모닥불에 도착한 순간부터 입을 열지 않고 있다.

"그런데, 선생님의 이름을 제게 말씀해주시지 않은 것 같은데요." 문법학자가 피스터에게 말한다.

"베른트요. 베른트 로트만." 피스터가 중얼거리듯 대답한다.

그러고 나서 피스터는 다시 입을 다물어버린다.

그러자 코스텔카는 시내를 산책하고 나서 제네바에서 가장 유명한 객관에서 점심을 먹자고 제의한다.

"그곳의 음식과 술이 얼마나 맛있는지, 그리고 고통이 얼마나 빨리 잊히는지 이제 곧 아시게 될 겁니다." 문법학자가 피스터의 등을 토닥거린다.

두 남자는 말없이 바지춤을 추스르고 다시 길을 따라 내려가기 시작한다.

역자 후기

어느 이단자의 삶과 죽음에 관한 기록

서구 역사에서 '종교개혁'이 차지하는 의미는 크고 다양하다. 중세가 근세로 이행하는 데 핵심적인 역할을 한 것이다. 종교개혁은 교황청의 부패와 잘못된 관행을 시정하려는 데서 표출되었지만, 기독교를 개혁하는 차원에만 국한된 것이 아니라 사회 전반에 걸친 변혁을 의미한다. 중세적 질서가 지닌 오류를 근본적으로 부정하고 새로운 질서를 수립하려는 운동의 성격을 지니고 있기 때문에 수많은 종교 사상이 유포되어 민중은 그동안 억눌린 욕구를 분출시킬 수 있게 된다. 나중에 이루어진 시민혁명 또한 일정 부분 종교개혁에 기반한다고 볼 수 있다. 한마디로 말해서 종교개혁은 기존 체제에 대한 저항의식과 국민의식 향상의 시발점이자 현대 서양의 사상적 기틀이 되는 것이다. 이런 이유로 종교개혁은 당대의 정신세계에 커다란 영향을 미치고, 문학에도 다양하게 반영된다. 종교개혁을 구성하는 독특한 인지들이 문학의 소재로 손색이 없기 때문이다. 종교개혁운동이 일어난 지 어언 500년이 지난 시점에서 종교개혁의 한 부분을 특이하고 예리한 시각으로 재해석하려는 문학적 시도가 있다. 스페인 작가 안토니오 오레후도의 소설 『재건』이다.

역사 속의 재세례파와 이단자들

다양한 종교개혁운동 가운데에는 16세기에 스위스에서 시작된 재세례파 운동이 있다. 당시에는 유아 때 세례를 받고 성인이 된 다음에는 교리문답을 통해 신앙을 확인할 뿐 세례식을 다시 하는 경우가 거의 없었는데, 이들 재세례파는 유아세례를 부정하고 성서의 내용에 근거해 스스로 신앙을 고백하는 사람에게만 세례를 베풀어야 한다는 교리를 주장한다. 본래 재세례파는 루터나 츠빙글리의 동지, 제자들이었으나 루터나 츠빙글리가 초기의 개혁 이념에서 벗어났다고 생각한 나머지 독자 노선을 걷기 시작한다. 하지만 이들은 앞서 언급한 선구자들의 개혁 운동에 가려 오랫동안 빛을 보지 못했을 뿐만 아니라 급진적인 성향을 보였기 때문에 이단으로 몰리기도 한다.

재세례파 운동은 초기 몇 년 동안 스위스와 독일에서 수많은 추종자를 확보해 세력을 넓혀나가는데, 특히 베른트 로트만(Bernt Rothman)이 주창한 뮌스터의 천년왕국운동이 유명하다. 뮌스터 시의 상인조합원들로부터 인기를 얻은 로트만은 비밀리에 학자금을 받아 비텐베르크 대학교에 진학한 뒤 1531년 7월 뮌스터 시로 돌아와 개혁적이고 역동적인 설교를 시작한다. 그의 설교에 놀란 주교가 그의 사제직을 박탈하자 조합원들이 일제히 들고 일어난다.

이 무렵 뮌스터에는 루터파, 개혁파, 재세례파 시민이 뒤섞여 거주하고 있었다. 처음에 이들은 가톨릭교회에 반항해 로트만을 뮌스터의 종교 지도자로 추대한다. 1532년 뮌스터의 상인조합원들은 가톨릭교회에 무력으로 대항해 승리를 얻어내고, 1533년 뮌스터의 주교는 뮌스터를 '복음의 도시'로 선포한다. 뮌스터가 복음을 받아들이자, 박해를 받아 네덜란드로 피신해 있던 수많은 재세례파가 뮌스터로 몰려오고, 1533년 이후 뮌스터에는 원래의 시민보다 이민자가 다수를 차지하게 된다. 그 후 뮌스터는 네덜란드인 얀 마티스(Jan Matthys)의 수중에 들어간다. 마티스는 농민전쟁을 부추겼던 뮌처의 사상을 뮌스터에 그대로 적용한다. 그는 스스로 예언자 에녹이라 칭하며 재세례파를 규합하고, 곧 뮌스터를 '새 예루살렘'으로 선포한다. 그는 교회가 개혁되어야 한다는 전제 아래 성서에 따라 뮌스터를 개혁하려 애쓰지만, 성서를 강조하는 그의 견해는 주관주의에 머무르고 만다. 「다니엘서」와 「요한계시록」을 주관적으로 해석해 종말에 관해 설교하면서 멀지 않은 장래에 천년왕국이 이루어질 것이라고 장담한다. 사유재산이 부정되어, 모든 현금과 재산은 공동 소유가 된다. 성서를 제외한 서적은 모두 불태워지고, 노동자들은 필요에 따라 현물로 임금을 받는다. 이 같은 '공산사상'에 반대하거나 항거하는 자들은 축출되거나 처형된다. 마티스는 소수의 군대로 가톨릭군대를 무찌르라는 계시를 받았다고 외치면서 가톨릭교회에 대항해 전쟁을 일으키나 막강한 가톨릭군대에 잡혀 살해된다.

마티스가 죽은 뒤, 뮌스터가 함락되기까지 마지막 1년 2개월 동안 무리를 이끈 사람은 라이덴의 얀(John of Leyden)이었다. 역시 주관주의적인 인물인 그는 친위대를 조직해 뮌스터 시민의 생활을 규제함으로써 공포감을 조성하고, 과부들에게는 결혼을 해서 자녀를 둠으로써 전쟁을 준비해야 한다고 설교하면서 가톨릭교회에 대항하는 전쟁을 준비한다. 그는 구약의 족장들처럼 일부다처제를 수용하라는 계시를 받았다고 주장하면서 미모의 여인 15명을 아내로 삼는다. 1534년 8월 주교의 용병을 격퇴한 그는 자신을 '마지막 메시아'요, '새 예루살렘'의 왕이라 선포한다. 이와 같은 주관주의적 이단사상의 위협에 직면한 가톨릭교회는 연합군을 조직해 1535년 1월 뮌스터를 공격한다. 1536년 6월 24일 뮌스터는 결국 가톨릭교회 연합군의 수중에 들어가고, 얀은 불에 달군 쇠로 고문을 당하다가 죽는다. 재세례파들은 박해를 감수하거나, 자신들의 신앙을 버리고 아우구스부르크 신앙고백서에 서명함으로써 정통 신학에 복귀하게 된다.

소설 속의 재세례파와 선구자들

소설 『재건』은 '하느님의 말씀'을 서로 다르게 해석한 사람들이 야기한 전쟁으로 인해 침잠해버린 16세기 유럽의 현실을 다룸으로써 독자들을 가톨릭 상층부의 부패에 대항하던 독일 뮌스터로 이끈다. 소설의 내용을 앞서 언급한 역사적 사실과 비교하면서 간단하게 살펴보도록 하자.

1535년 가톨릭교회가 타락했다고 생각한 사람들이 가톨릭교회에 대항해 독일의 뮌스터에서 봉기한다. 봉기의 중심에는 귀금속세공사의 아들이자 어느 주교의 총애로 설교사가 되었다가 곧 재세례파 지도자로 변신한 베른트 로트만이 있다. 뮌스터가 종교의 자유를 선언하자 가톨릭교회는 뮌스터의 저항을 폭력으로 잠재우려 한다. 뮌스터 사람들은 자신들을 포위하고 있는 가톨릭군대에 대항할 준비를 시작한다. 하지만 대부분의 경우가 그렇듯 이들의 모험은 선혈이 낭자한 파국을 맞고 만다.

18년이 지났을 무렵 그 사건은 세인의 기억 속에 머물러 있게 된다. 바로 그때 『기독교의 회복』이라는 제목이 붙은 특이한 원고가 발견된다. '이단자'의 시각으로 기술된 글이다. 의학에 조예가 깊은 뛰어난 문헌학자이자 신학자로 추정되는 저자의 이 작품은 육체의 기능에 관해 가장 이단적인 이론을 견지하고 있다. 하지만 원고에는 저자의 이름이 명시되어 있지 않다. 이름을 암시하는 이니셜 세 자만 있을 뿐이다. 그 '해로운' 원고의 출판을 저지하는 데 혈안이 된 가톨릭교회의 종교재판소는 그동안 뮌스터를 떠나 '피스터'라는 이름의 활자 디자이너로 변신해 있던 베른트 로트만을 시켜 원고의 저자를 찾게 한다. 피스터가 당대 사회와 가톨릭계의 독특하고 비밀스런 상황을 예리하게 파헤치고 기발한 추리력을 동원해가며 온갖 우여곡절 끝에 찾아낸 저자는 바로 스페인 우에스카 출신의 의사이자 신학자인 미겔 세르베투스이다. 하지만 피스터가 미겔 세르베투스를 찾아 나선 1553년, 그는 제네바의 샹펠에서, 종교재판소가 아닌, 프로테스탄트였던 칼뱅에 의해 산 채로 화형에 처해진다.

시대를 앞서간 이단자 미겔 세르베투스

그동안 스페인에서는 미겔 세르베투스(1511?~1553년 10월 27일)에 관한 얘기가 여러 권의 소설로 재생되었는데, 그에 관해 간단하게 살펴볼 필요가 있다. 사실 이 소설은 허구이지만, 주요 등장인물의 이름은 역사 속에서 명멸했던 실재 인물들로부터 차용하고 있기 때문이다.

어린 시절 스페인을 떠난 미겔 세르베투스는 프랑스 툴루즈에서 법학을 공부하고, 삼위일체 문제를 깊이 탐구한다. 1530년 2월 프란체스코 수도회 수사이자 후원자인 후안 데 킨타나를 따라 볼로냐에서 거행된 황제 카를 5세의 대관식에 참석한 뒤, 세속적인 교황의 허세와 교황에게 맹종하는 황제에 대해 실망하고는 후원자를 떠나 리옹, 제네바, 바젤 등지를 떠돈다. 바젤과 스트라스부르에서 종교개혁의 지도자인 요하네스 에콜람파디우스, 마르틴 부처, 카스파르 슈벵크펠트를 만난다. 삼위일체에 대한 자신의 새로운 견해를 담은 『삼위일체론의 오류』(1531년)를 출간한 뒤, 개정판 『삼위일체에 관한 대화 2권』(1532년)을 낸다.

이름을 빌라노바누스(소설『재건』에는 스페인 식 이름인 '비야누에바'로 소개된다)로 바꾸어 리옹으로 이주한 뒤 과학책들을 편집하고, 프톨레마이오스의 『지리학』을 번역·출간한다. 1534년 파리에서 장 칼뱅과 만나 신학 문제를 토론할 기회가 주어졌으나, 그곳에 가지는 못한다. 4년 뒤 천문학에 관한 책 한 권을 출간해 별들이 사람의 건강에 영향을 끼친다고 주장한다. 1538년 의학 교수들의 비난을 무릅쓰고 파리 대학교 의학과에 입학해 의학을 공부한 뒤 나중에 비엔 대주교의 주치의가 된다. 겉으로는 충실한 가톨릭교도로 지내면서 개인적으로 신학 연구를 계속해 리옹에서 『성 파그누스의 성서』(1542년)를 출간한다.

1546년 자신의 사상을 보충해 개정한 「기독교의 회복(Christianismi Restitutio)」이라는 원고를 칼뱅에게 보내면서 만나고 싶다는 뜻을 전한다. 두 사람 사이에 편지가 몇 번 오간 뒤, 칼뱅은 그와 절연하지만 그의 원고는 보관한다. 칼뱅은 프랑스 출신 동료 설교사 기욤 파렐에게 만일 세르베투스가 제네바에 나타나면 살려두지 않겠다고 공언한다. 1553년 세르베투스는 자신의 원고를 개정한 뒤 비엔에서 비밀리에 1000부를 인쇄한다. 그는 이 책을 통해 콘스탄티누스가 공포한 니케아 신조 때문에 성부와 성자 그리스도는 모욕을 당했고, 그리스도의 구속(救贖)의 역할이 모호해졌으며, 교회가 타락하게 되었다고 주장한다. 또한 교회를 국가로부터 분리하고, 성서와 콘스탄티노플 공의회 이전의 교부들이 쓴 책에서 입증 가능한 신학 진술만을 사용함으로써 교회를 원상태로 복원할 수 있다는 견해를 피력한다. 『기독교의 회복』에는 그가 성령과 거듭남의 관계를 논하는 중에 우연히 발견한 폐의 혈액 순환에 관한 내용도 소개되어 있다.

그 후 리옹의 시민이었던 기욤 드 트리는 세르베투스가 칼뱅에게 보낸 편지들 가운데 일부를 입수해 세르베투스를 리옹의 종교재판관에게 고발하고, 세르베투스와 그의 원고를 펴낸 인쇄업자들이 구속된다. 하지만 세르베투스는 재판 중에 도망쳐버리고, 가톨릭 당국자들은 그의 초상을 불태운다. 결국 제네바에서 체포된 세르베투스는 1553년 8월 14일부터 10월 25일까지 이단혐의로 재판을 받는다. 칼뱅은 재판을 주도하며 세르베투스를 사형에 처하도록 압박한다. 세르베투스는 진지한 성서주의와 그리스도 중심의 세계관을 펼쳤으나 삼위일체와 세례에 관한 견해에서 이단 혐의를 받아 10월 27일 샹펠에서 공개 화형을 당한다. 집행관들은 그가 재로 남을 때까지 집행을 지켜본다.

그의 처형으로 인해 프로테스탄트 사이에는 이단자에게 사형을 부과하는 문제에 관해 논쟁이 일어나고, 칼뱅에게 신랄한 비판이 쏟아진다. 1903년 처형지인 제네바 근교에 세르베투스 처형에 대한 '속죄기념비'가 세워진다.

'역사소설'을 통해 현재의 모순을 진단하다

이렇듯 다양한 종교개혁운동의 중심에 서서 자신의 사상을 전파하고 사회를 개혁하려던 인물 미겔 세르베투스의 삶과 죽음은 소설 『재건』을 통해 문학적으로 '재건'된다. 따라서 비타협, 종교적 광신, 권력 투쟁은 『재건』의 핵심 테마가 된다. 여기서 안토니오 오레후도의 역사적 관점이 드러난다. 오레후도는 과거에서 지금까지 바뀐 것이 거의 없다는 사실을 확인하기 위해 과거를, 역사를 바라본다. 오레후도 자신이 "당시의 갈등과 투쟁은 현재의 그것들과 유사하다. 비타협, 종교적 광신, 권력 투쟁, 정치행위의 유용성 또는 무용성 등 아주 현재적인 테마들이 당시에도 논의되고 있었다"고 말했다시피,

그는 16세기의 사건을 통해 현재를 이야기하고 있다. 그렇기 때문에 소설의 첫 줄부터 마지막 줄까지 거의 모든 기술이 현재형이다. 사건도, 언어도 현재형인 것이다. 이 소설이 우리에게 유용한 이유는 '역사소설, 전기소설, 탐정소설'적 특징을 지닌 소설 자체의 독특한 재미 때문이기도 하지만 종교개혁 이후 그토록 많은 시간이 흘렀건만 변한 게 거의 없다는 사실을 확인하면서 포착하게 되는 일종의 '반면교사(反面教師)'적 교훈 때문일지도 모르겠다.

그는 역사적 사실과 역사를 다루는 소설, 즉 소설적 사실 사이의 관계에 관해 다음과 같이 말한다. "나는 일반 역사소설의 규칙을 위반하고, 기대를 깨뜨린다. 일부 등장인물은 역사적인 인물이지만 내 기호에 맞게 이용한다. 나는 역사적 사실에 얽매여 있는 사람이 아니다. 소설적 사실은 역사적 사실과 다르다." 그렇기 때문에 철저한 역사적 검증을 바탕으로 16세기 가톨릭교회 내부에서 일어난 권력투쟁을 다루는 이 소설에는 당시와 현재의 현실을 비판하는 촌철살인의 풍자와 유머가 들어 있다. 뒤틀린 역사적 현실이 이 소설가를 통해 독특한 문학적 현실로 '재건' 된 것이다. 그래서일까? 일부 비평가들은 『재건』을 『장미의 이름』이나 『다빈치 코드』와 같은 계열로 본다. 오레후도가 대단히 독창적이고 뛰어난 작가이며, 『재건』 또한 독자의 관심을 불러일으킬 만한 수작이라는 의미이다.